Kim et les fantômes du temps

Le maître des chaises renversées

Henry Porter

Traduit de l'anglais par
Lori Saint-Martin et Paul Gagné

Les éditions de la courte échelle inc.
5243, boul. Saint-Laurent
Montréal (Québec) H2T 1S4
www.courteechelle.com

Traduction de l'anglais:
Lori Saint-Martin et Paul Gagné

Révision:
Sophie Sainte-Marie

Infographie:
Pige communication

Dépôt légal, 1er trimestre 2009
Bibliothèque nationale du Québec

Édition originale: *The master of the fallen chairs*, Orchard books

La courte échelle reconnaît l'aide financière du gouvernement du Canada par l'entremise du Programme d'aide au développement de l'industrie de l'édition pour ses activités d'édition. La courte échelle est aussi inscrite au programme de subvention globale du Conseil des Arts du Canada et reçoit l'appui du gouvernement du Québec par l'intermédiaire de la SODEC.

La courte échelle bénéficie également du Programme de crédit d'impôt pour l'édition de livres — Gestion SODEC — du gouvernement du Québec.

Catalogage avant publication de Bibliothèque et Archives nationales du Québec et Bibliothèque et Archives Canada

Porter, Henry

Le maître des chaises renversées

Traduction de: The master of the fallen chairs.
Pour les jeunes de 9 ans et plus.

ISBN 978-2-89651-122-8

I. Rocheleau, Julie. II. Saint-Martin, Lori. III. Gagné, Paul. IV. Titre.

PZ23.P673Ma 2009   j823'.914   C2008-942519-7

Imprimé au Canada

Henry Porter

Henry Porter est le rédacteur en chef du magasine anglais *Vanity Fair*. Il collabore également aux journaux *The Guardian*, *The Observer, Evening Standard* et *The Sunday Telegraph*. Il partage son temps entre New York et Londres.

Kim et les fantômes du temps

Le maître des chaises renversées

Henry Porter

Traduit de l'anglais par
Lori Saint-Martin et Paul Gagné

la courte échelle

Remerciements

Merci à Liz Elliot qui a d'abord entendu cette histoire en 1984 et m'a, depuis, encouragé à l'écrire. Merci aussi à mon ami Gilbert Adair, qui était présent lors de la naissance d'Iggy.

Je dois beaucoup à Pamella Merritt, qui a fait une lecture intelligente des différentes versions du *Maître des chaises renversées*. Merci à mon père, Harry Porter, de m'avoir parlé d'un jeu qui se jouait à Birmingham avec des chandelles avant l'ère des règlements sur la santé et la sécurité, et que j'ai appelé Glisse-la-Chandelle. Merci à Quintus pour son latin, à Ivo et Rachel Dawnay pour le pont de la Tarle. Merci à Alex et David Campbell de m'avoir fait voir la pierre du Gardien. Merci à mon agente, Tif Loehnis, pour ses nombreuses et utiles suggestions, de même qu'à Ann-Janine Murtagh pour l'élégance de son travail de révision.

En souvenir de Christopher Trevor-Roberts

Et à mes filleuls
  Bronwen Carter, Rachel Cockerell, Milly Dawnay, Sofia Margerison, Benjamin Porter et Harry Seymour

Et aussi à Alexander Porter, Oliver Porter, Lily Kamp et Henry Kamp

Chapitre 1

L'avent
1962

L'homme apparut à la fin du jour le plus court de l'année, parmi les neiges abondantes et les tempêtes de cet hiver-là, qui portaient l'odeur de la mer jusqu'à trente kilomètres à l'intérieur des terres. Mais son arrivée fut précédée d'une disparition tout aussi mystérieuse.

Bella Brown s'en fut sans dire un mot. Elle faisait partie du personnel de la maison et elle était mon amie. Certains de ses effets se volatilisèrent en même temps qu'elle, et la police conclut qu'elle s'était enfuie avec quelqu'un. Hypothèse pourtant peu vraisemblable dans la mesure où Bella était extrêmement timide : jamais elle ne regardait ses semblables en face. Lors des premières semaines que je passai à Skirl, chaque fois qu'elle me croisait, elle inventait toutes sortes de prétextes pour s'éclipser. Ceux qui la connaissaient étaient persuadés qu'elle avait subi un sort atroce, qu'elle avait été écrasée sous un arbre déraciné par les grands vents, ou pis encore.

À cette époque, de nombreux témoins déclarèrent avoir aperçu un étranger dans la vallée, un type sinistre emmitouflé dans des vêtements pour le moins miteux. Des policiers fouillèrent une grange délabrée et repartirent sans rien trouver, ni empreintes dans la boue ni vestiges d'un campement. Amos Sprigg, qui gardait les moutons, jura avoir vu se lever un amas de vieux sacs desquels émergea un homme couvert de poussière, comme s'il avait été saupoudré de farine.

On avait surpris un homme, le même peut-être, en train de traverser précipitamment la lande à l'extrémité du bassin de la rivière. Un jour ou deux plus tard, il espionnait la maison, à l'orée d'un petit bois. Il paraissait enveloppé de peaux et était coiffé d'un grand chapeau noir. Cette fois-là, Amos était en compagnie de Simon Vetch, un vacher énorme et rougeaud. Armés d'un manche de hache et d'une fourche, ils s'étaient avancés sans bruit. Cependant, l'homme s'était évanoui dans l'obscurité de l'après-midi d'hiver. On communiqua une fois de plus avec la police, et un agent se rendit sur place. Comme Amos et Simon furent incapables de s'entendre sur une version commune de l'événement, le représentant de l'ordre, qui devait s'occuper de deux ou trois routes bloquées par la neige, se demanda à haute voix s'ils avaient bu. Ils secouèrent la tête et s'éloignèrent à pas lourds, convaincus d'avoir vu quelqu'un… ou quelque chose. Leurs chiens «savaient», eux aussi. Et il faudrait beaucoup plus qu'un satané policier pour les faire changer d'idée.

Après la disparition de Bella, un malaise tomba sur Skirl, la demeure ancestrale de la famille Drago, qui appartenait à mon cousin et protecteur, le colonel. C'était une gigantesque propriété à l'aspect mélancolique, tapie dans la profonde vallée en forme de U formée par la rivière Skirl. Les rares visiteurs ne découvraient la maison qu'après avoir contourné quelques buissons de laurier. Ils apercevaient alors les fenêtres aveugles, s'étonnaient de l'immensité des lieux et du silence maussade qui y régnait. Les cheminées richement ornées, véritable forêt se dressant au-dessus de la ligne du toit, étaient pour la plupart éteintes. Le lierre, le lichen et la mousse avaient envahi les murs. La cour du côté est, où, autrefois, s'arrêtaient les attelages et accouraient des domestiques munis de lanternes et de parapluies, étouffait à présent sous les arbrisseaux et les mauvaises herbes.

Au cœur de Skirl trônait un autre très vieux bâtiment érigé six cents ans auparavant et peut-être même davantage. On tombait parfois sur des fragments de pierres nettement plus foncées et des portes dissimulées sous plusieurs couches de peinture. Notre maison était intégrée dans la première, à la manière d'une noix dans sa coquille. Lorsque je m'ennuyais, il m'arrivait de chercher les contours de la demeure originelle. Pour une raison quelconque, son plan et sa forme m'échappaient toujours. Chaque fois que je les suivais, les pierres sombres et humides, parsemées de minuscules cristaux de feldspath, disparaissaient derrière un mur plus récent.

On aurait dit que l'ancienne demeure souhaitait rester secrète.

Rien ne trahissait la présence de cette maison fantôme lorsqu'on entrait à Skirl, comme je le fis pour la première fois, par une magnifique journée de juillet, deux mois après le décès de ma mère. Elle était morte en mai, une semaine après mon treizième anniversaire, et on m'avait annoncé la nouvelle au pensionnat, en Angleterre. Et désormais je vivais à Skirl, et non plus dans notre ferme du Kenya. Personne ne savait combien de temps j'y habiterais ni si je m'y établirais pour de bon.

D'où peut-être la forte impression que je ressentis en franchissant la porte qui s'ouvrait sur un hall immense, au bout duquel se divisait un escalier bordé de vitraux qui s'élevait sur trois étages. Je me souviens d'avoir laissé tomber ma valise et d'avoir levé les yeux en m'interrogeant sur le nombre de pièces que renfermait pareil manoir. Plus tard, je découvrirais deux autres étages auxquels on n'accédait que par l'une ou l'autre des multiples volées de marches qui sillonnaient les diverses parties du bâtiment.

À gauche du grand hall d'entrée se trouvaient le salon et la salle à manger et, à droite, des séjours, une salle de billard et de nombreux réduits encombrés d'objets disparates et de meubles recouverts de housses poussiéreuses. On n'aurait pas assez d'une vie, me sembla-t-il, pour tout voir. Chaque fois que je partais à l'aventure, je découvrais des pièces ou des couloirs parsemés de tableaux hétéroclites : paysages, portraits, études de fleurs ou d'animaux, scènes mythologiques, batailles et massacres. À cause de la noirceur, j'avais de la difficulté à en distinguer les détails, en particulier lorsque les œuvres étaient accrochées en hauteur.

À l'arrière étaient regroupés la cuisine, les garde-manger, les resserres, les chambres des domestiques et la blanchisserie, bref tout ce qui assurait le fonctionnement d'une maisonnée comptant autrefois cinquante ou soixante personnes. Là, le sol en pierre était usé et plus bas qu'ailleurs. Par endroits, des canaux de drainage couraient, vestiges, peut-être, de l'ancienne demeure.

Aucun autre bâtiment ne renfermait autant d'escaliers, de galeries, de passages secrets, de couloirs qui revenaient sur eux-mêmes, d'impasses et de portes ne menant nulle part. Il y avait tant de bruits que les lieux paraissaient vivants : les gémissements du vent à travers les portes et les fenêtres, les grincements du bois vieilli, les claquements et les vibrations d'objets soulevés par la brise dans les combles, les cliquetis des tuyaux et les gargouillis des drains, les grattements des souris, le tic-tac d'horloges déréglées. Plus sinistres encore, des chuchotements et des pas furtifs se faisaient entendre et, pendant quelques secondes d'affolement, animaient les couloirs sombres.

Lorsque l'hiver s'abattait sur la vallée, la demeure, univers qui semblait se déployer à l'infini dans les ténèbres, devenait encore plus lugubre et plus mystérieuse. Je passais le plus clair de mon temps dans la cuisine en compagnie de Tom Jebard, gardien des lieux et seule personne à ne jamais se perdre dans la maison, qu'il connaissait comme le fond de sa poche, et d'Alice Camm, la cuisinière, bavarde intarissable que fascinaient les catastrophes. Son sujet de prédilection, c'étaient les tremblements de terre, suivis de près par les épidémies, les coups de tonnerre, les ouragans, les éruptions volcaniques, les météores, les vagues géantes et les navires qui se volatilisaient inexplicablement. Elle voyait partout des présages. Par ces sombres soirs de décembre, on l'entendait souvent marmonner entre ses dents que les tempêtes et la disparition de la douce et silencieuse Bella Brown annonçaient des maux bien plus graves.

Et la suite des événements lui donna raison.

Au moment où les dernières lueurs du crépuscule agonisaient sur la lande, du côté ouest, un inconnu frappa à la porte. Il s'approcha et, sans la moindre hésitation, tira sur la chaînette, déclenchant un carillon aux quatre coins de la demeure. Dans la cuisine où nous étions réunis, Jebard regarda la cloche qui, au-dessus de l'entrée, frissonnait au bout d'une sorte de dispositif à ressort. Les deux terriers, Schnaps et Trompette, un épagneul nommé Chardon et un vieux chien de berger répondant au nom de Noiraud l'interrogèrent du regard. Jebard plissa les yeux et frotta les jambes de son pantalon de velours brun élimé. Il ne réagit qu'après la deuxième sonnerie. Les chiens, qui donnaient l'impression d'avoir attendu ce signal, s'élancèrent, et l'homme leur emboîta le pas, une lampe-tempête à la main, moi à ses trousses. L'instrument nous épargnait la corvée de chercher les interrupteurs en chemin.

Nous trouvâmes les terriers en train de grogner et de gratter le bas de la porte. Jebard me tendit la lanterne, s'empara d'un lourd bâton et, de sa main libre, déverrouilla. Puis il reprit la lampe et la souleva.

— Recule-toi un peu, Kim. Je ne voudrais surtout pas te faire de mal. En cas de problème, cours vite chercher quelqu'un.

— Qui ? demandai-je.

Le colonel Drago vivait dans ses appartements, loin dans les entrailles de la maison, et Alice Camm ne serait d'aucun secours.

— Ne t'inquiète pas, bredouilla-t-il. Tu n'as qu'à aller chez Simon. D'accord ?

La lumière révéla une silhouette enveloppée dans de multiples vestons et manteaux. Ses bottes étaient emmaillotées dans des linges, et le personnage croisait devant lui ses mains gantées. À ses pieds était posé un sac parfaitement cylindrique, en équilibre sur sa base. Impossible de distinguer les traits de l'inconnu, dissimulés dans l'ombre d'une toque de fourrure munie d'une visière et de grandes oreillettes. L'esprit accaparé par les spéculations relatives à la disparition de Bella Brown et à la présence d'un rôdeur dans les environs, je frissonnai en songeant que le couvre-chef ne cachait peut-être aucun visage.

— Que voulez-vous ? lança Jebard avec brusquerie.

Il n'y eut pas de réponse.

Jebard recula d'un pas et brandit son arme.

— Si vous n'avez rien à dire, fichez le camp, sinon nous prévenons la police. Compris ? Nous ne voulons pas de gens comme vous ici.

Il allait rentrer lorsque les chiens dévalèrent les marches de pierre et coururent en cercle en jappant.

— La ferme ! ordonna Jebard.

Puis il fixa de nouveau l'intrus et désigna un interrupteur.

— Éclairons un peu mieux ce gentleman, Kim. C'est vous qui nous espionnez depuis des jours ? demanda Jebard, les yeux rivés sous la visière.

Rien.

J'allumai. Les chiens gravirent les marches et se mirent à renifler avec intérêt les pieds et le sac de l'homme, qui les fixa et émit une sorte de miaulement. Ils baissèrent la tête avant de s'éloigner. Puis l'homme dénoua un cordon à la hauteur de son cou : les oreillettes de son chapeau se redressèrent, et il le retira. Un large visage plat fut ainsi révélé. Dans l'air froid, la tête de l'homme fumait légèrement, et des mèches de cheveux noirs et mouillés collaient à son front. Il nous gratifia d'un énorme sourire : ses yeux disparurent, son nez se plissa et ses lèvres, en s'ouvrant, laissèrent voir une dentition régulière d'une blancheur qui, contre sa peau foncée, semblait éblouissante. Il hocha la tête avec une curieuse familiarité, comme s'il nous connaissait depuis toujours, et exécuta une révérence compliquée, la main qui tenait le chapeau derrière le dos.

Puis il s'avança de deux pas et déclara :

— Igthy Ma-tuu Clava. Je m'appeler Igthy Ma-tuu Clava.

Il répéta une fois de plus, à croire qu'il n'avait rien d'autre à dire.

— Je me fiche de savoir qui vous êtes, rugit Jebard. Vous n'avez rien à faire ici. Compris ?

L'homme sourit de nouveau.

— Temps très froid dehors. Avec permission, je vouloir entrer.

Sa voix aiguë possédait un éclat particulier. Je ne reconnaissais pas son accent, mais j'arrivais à le suivre.

— Pas question d'ouvrir notre porte aux inconnus à la moindre intempérie, ajouta Jebard sur un ton plus menaçant.

Je me rendis compte qu'il cherchait à comprendre.

— Je ne pas être inconnu. Je être frère de maison. Attendez, je montrer vous.

Il retira un gant, déboutonna son pardessus et fouilla parmi ses multiples couches de vêtements. Après maints tâtonnements, il trouva enfin ce qu'il cherchait et, en m'adressant un clin d'œil, tendit un paquet recouvert de papier kraft. Jebard l'accepta.

— Vous voir que je être frère de vous, dit l'homme.

Jebard parvint à esquisser un faible sourire.

— Je ne sais pas qui vous êtes, monsieur, mais vous n'êtes pas mon frère. Je n'en avais qu'un, Bert, et il dort au cimetière depuis vingt ans. Et il n'y a pas grand monde pour le regretter.

— En un sens, je être frère de vous, insista l'homme.

Le paquet s'était défait facilement et Jebard avait sous les yeux une Bible à la reliure en cuir souple et aux coins cornés.

— Qu'est-ce que c'est que ça ?

L'homme fredonnait.

— Livre venu de Skirl il y a très longtemps. Il prouver qui je être.

— Comment ? rétorqua Jebard.

L'homme me regarda. Il semblait réfléchir profondément.

— Vous ne pas être frère de moi, affirma-t-il en agitant un doigt sous le nez de Jebard, mais petit homme, oui. Comment toi t'appeler ?

— Ne le mêlez pas à ça, dit Jebard.

— Kim, répondis-je.

Jebard me lança un regard courroucé.

— D'où sort cette Bible ? demanda-t-il à l'homme.

— De père avant trois.

Jebard secoua la tête.

— Je ne comprends pas.

L'inconnu secoua la tête à son tour, l'air de trouver Jebard d'une extrême lenteur d'esprit.

— Il s'appeler Clava.

Jebard souleva le livre dans la lumière et lut l'inscription :

— « À Clive Endymion Francis Drago pour son vingt et unième anniversaire. De la part de son père affectueux, Clive Drago, le 4 avril 1855. »

L'homme, se penchant, posa l'index sur le premier nom.

— Ça être père de moi avant trois et là, ajouta-t-il en montrant le deuxième, être père avant quatre.

Il hocha la tête à plusieurs reprises d'un air enthousiaste.

Jebard secoua encore la sienne.

— Il essaie de nous dire qu'il appartient à la famille Drago, risquai-je.

— Je sais, répliqua Jebard, mais rien ne nous oblige à le croire sur parole. Cette Bible circule dans le monde depuis plus de cent ans. N'importe qui aurait pu mettre la main dessus et inventer une histoire à dormir debout.

L'homme contemplait la neige qui tourbillonnait dans la lumière.

— Néanmoins, reprit-il en plissant le nez au moment où quelques flocons se posaient sur son visage, je m'appeler Igthy Ma-tuu Clava, fils de Clava, fils de Clava, fils de Clava.

— Nous tournons en rond, affirma Jebard. Je vous dis que vous n'avez rien à faire ici.

L'homme recommença à palper ses vêtements et en sortit une pochette qui tenait dans le creux de sa main. D'un coup sec, il dénoua un cordon en cuir.

— Moi avoir argent. Voir vous-même.

À chaque secousse, une pièce en or tombait dans son gant.

Jebard en prit une pour l'examiner de plus près.

— C'est vraiment de l'or ?

— Oui, eux être sou-ve-rains de Victoria.

Il me montra le visage de la jeune reine sur un côté.

— Je être riche.

Jebard garda le silence pendant un moment.

— Ce sont des souverains ? D'où viennent-ils ?

— De père avant quatre. Lui les donner à père avant trois qui...

— Ça va, ça va. Vous dites que votre père avant trois était Clive Drago de Skirl ?

— Oui.

Igthy Ma-tuu Clava opina du bonnet d'un air compatissant. Que Jebard soit aussi lent à comprendre devait être pénible.

— Vous avoir obligeance laisser moi entrer pour réchauffer moi, dit-il en remettant les pièces à leur place.

La vue des souverains à l'éclat mat avait modifié l'attitude de Jebard. La curiosité l'emportait désormais sur le scepticisme.

— D'où êtes-vous ? Que venez-vous faire ici ?

— Rencontrer frères et rappeler moi à bon souvenir à eux, répondit-il simplement.

Jebard secoua la tête en fixant le sol. Sous l'effet du froid, son visage aux joues flasques était exsangue. On sentait qu'il se livrait à des calculs : en renvoyant cet homme, il risquait davantage qu'en le laissant entrer, surtout que j'avais vu les pièces d'or.

— Eh bien, dit-il en levant la tête et en regardant l'homme d'un air sévère, le village voisin est à huit kilomètres… et… on attend de la neige cette nuit.

Il marqua une pause pour donner plus de poids à ses propos.

— Mettez-vous bien une chose dans le crâne, monsieur Matou je ne sais pas quoi. Vous n'avez pas de frères ici. Ni d'autres proches parents. Vous êtes-vous bien regardé ?

Il examina l'homme de la tête aux pieds.

— Le maître des lieux, le colonel Drago, vous recevra s'il le veut bien. Ce soir, vous aurez droit à un toit au-dessus de la tête et à un bol de soupe. Dès que vous aurez raconté vos sornettes et que le temps se sera calmé, vous ficherez le camp d'ici.

Igthy Ma-tuu Clava sourit et s'inclina de nouveau, remit le chapeau sans se donner la peine de rabattre les oreillettes et prit son sac en bandoulière, comme un marin. Jamais il n'avait douté qu'on lui ouvrirait les portes de Skirl.

Chapitre 2

Le labyrinthe numineux

À mon arrivée à Skirl, au terme de ce terrible trimestre d'été, seules les possibilités d'exploration que m'offraient la maison et la ferme m'occupaient. Je parcourus les collines qui les dominaient. Je fis voler des cerfs-volants de ma fabrication à partir de la Butte de Sennak, un tombeau ancien, et j'observai les jeux de lumière sur le paysage qui se déployait à mes pieds, pareil à une carte géographique. J'allai en reconnaissance dans les bois de la vallée. Je sondai les chutes et les bassins sombres et profonds de la rivière Skirl et, à l'aide de vieux bidons d'essence, je confectionnai un radeau dont je me servais pour plonger et pêcher la truite. À plat ventre, j'admirais les minuscules poissons suspendus dans les lueurs ambrées. Quand j'en avais assez de découvrir le monde, je collectionnais les insectes et les fleurs sauvages. J'élaborais des plans de fusées et d'avions, ou j'imaginais une embarcation plus grande et naviguant mieux, équipée d'une voile et de rames tournantes.

Je dénichai un antique sac en toile, muni d'une courroie en cuir et de multiples compartiments. J'y rangeai les articles dont j'avais besoin pour mes balades en plein air : un canif, une loupe, de la ficelle, des allumettes, un livre intitulé *Les bestioles expliquées aux garçons*, des hameçons, des pesées et une ligne, une boussole datant de la Première Guerre mondiale, fendillée, mais à peu près exacte. J'y mis aussi des sandwichs et une bouteille de la citronnade préparée par Alice.

Lorsque je partais ainsi à l'aventure avec deux ou trois chiens dans mon sillage et mon sac sur le dos, j'étais relativement heureux. Le colonel Drago me laissait errer à ma guise, aux conditions suivantes : que je sois de retour à dix-huit heures pour manger et que je consacre au moins une heure par jour à la lecture.

J'avais en tête toutes sortes de projets d'expédition. Pendant la journée, j'arrivais presque à oublier la mort de ma mère. Cet environnement était pour moi si nouveau et j'étais si loin du Kenya — là où *elle avait été vivante* — que, à ces moments-là, sa disparition me semblait moins lourde. Le soir, en revanche, retranché dans la chambre que j'occupais dans un coin reculé de la maison, je pensais sans cesse aux circonstances de sa mort. Rien n'avait annoncé la maladie qui devait l'emporter. Comment avait-elle pu m'abandonner ainsi ?

Avant de dormir, je lui parlais. J'avais, de nous deux, une photo en noir et blanc. Je m'en emparais et, dans l'espoir qu'elle m'entendrait, j'entretenais maman de ma journée et de mes projets pour le lendemain.

Le plus bizarre, c'est que, à la vue de son portrait, j'entendais sa voix. Je me souvenais de son ton doux et mutin. Elle avait l'habitude de caresser mes cheveux en disant que j'avais hérité de l'allure gitane de sa mère, Florence Drago. Maigre et hâlé, mes cheveux bouclés brun foncé en bataille, sans chemise et nu-pieds, je grimaçais devant l'appareil tenu par mon père. Hilares, maman et moi regardions les chiots auxquels Nuba, une bâtarde, avait donné naissance quelques semaines plus tôt. Maman, qui avait enlevé ses lunettes de soleil, projetait la tête en arrière. J'examinai son visage un million de fois en me demandant à quoi elle songeait à cet instant précis et en m'interrogeant sur toutes les réflexions qui lui étaient venues par la suite.

Que j'aie pu être aussi heureux sans m'en rendre compte me laissait pantois. Physiquement, Kim Arthur Drago Greenwood était la réplique exacte du garçon sur la photo, car, depuis qu'elle avait été prise, un an plus tôt, il avait à peine grandi. À l'intérieur, cependant, il avait beaucoup changé. L'autre n'était plus qu'un parent éloigné.

L'automne arriva, les vents s'intensifièrent et, par une journée particulièrement exécrable où la pluie tombait en rafales, Alba Hockmuth apparut. C'était une autre cousine du colonel, originaire d'Europe centrale, et elle s'installa au premier étage, à l'avant de la maison. Quake, l'homme qui allait devenir mon précepteur, la rejoignit bientôt.

On avait décidé de mon avenir. Je ne retournerais pas à l'école, car mon père ne pouvait pas assumer les frais de mon éducation. Pour une raison qu'on me dissimulait, je ne rentrerais pas non plus chez moi. Je mis un certain temps à découvrir le fin mot de l'histoire. Quelques semaines plus tard, en effet, j'avais déjà commencé à vouer à Alba Hockmuth et à Quake une haine comme je n'en avais encore jamais éprouvé. J'entendis alors Alba déclarer que mon père était un ivrogne, qu'il allait devoir vendre notre ferme au Kenya et s'en aller. Jamais je n'y remettrais les pieds.

Sentant mon visage rougir de honte et de colère, je courus à la cuisine dans l'espoir d'y trouver Alice, mais seule Bella Brown y était.

Jusque-là, nous nous étions à peine adressé la parole.

— Ils ne savent rien de lui, bredouillai-je.

Puis je lui racontai tout.

Bella posa le poêlon qu'elle récurait et s'essuya les mains sur son tablier.

— Ils sont méchants, ces deux-là, chuchota-t-elle d'un air féroce.

Quelle différence avec la Bella que je pensais connaître !

— Ne crois rien de ce qu'ils racontent. Tu m'entends ? Ils sont vilains, vilains ! Tu seras de retour chez toi peu après Noël, Kim. Tu verras.

Bella se remit au travail en me gratifiant d'un sourire.

La mystérieuse Alba Hockmuth allait et venait dans une longue auto noire. Pendant les quatre ou cinq premières semaines, je ne fis qu'entrevoir de loin sa silhouette froide et impérieuse à la mise impeccable. Elle portait invariablement des talons hauts et un tailleur cintré qui accentuaient sa haute stature et l'impression d'autorité qu'elle dégageait. On voyait de moins en moins le colonel. En vertu d'un accord tacite, c'est Alba qui assumait désormais le commandement de Skirl. Je compris qu'il serait inutile d'en appeler auprès du colonel des décisions d'Alba, qui m'étaient transmises par Quake, assorties de menaces de privations et de punitions.

Ce dernier élabora un horaire cumulant leçons et devoirs qui ne me laissait pratiquement aucun temps libre. Pour m'éviter les distractions, il confisqua mon précieux sac et le rangea sur une haute tablette, qu'il croyait hors de ma portée. Il avait tort et, en son absence, je m'en servais à ma guise.

Quake — j'avais vu son nom complet, Harold St. John Xavier Quake, dans son précis de latin — était un instituteur de pensionnat à la retraite qui avait dans les cinquante-cinq ans. Il prenait plaisir à fréquenter la grande demeure, surtout quand Alba s'y trouvait, et arborait invariablement des richelieus polis, un gilet à motifs, une chaîne de montre en or et un mouchoir en soie dépassant joliment de sa poche.

— Il s'aime beaucoup, ce M. Quake. Franchement, je me demande pourquoi, murmura un jour Alice à Bella.

Je comprenais parfaitement les interrogations d'Alice. Quake avait la peau blême, les joues creuses et grises, des poches sombres sous les yeux, un long nez effilé au bout bulbeux, des oreilles fines parsemées de vaisseaux sanguins brisés, des cheveux raides et ternes qui lui barraient le front et des doigts tachés de jaune par la fumée de cigarette. Ses yeux et son nez coulaient abondamment, et il les épongeait à l'aide d'un mouchoir taché qu'il extirpait de sa poche et examinait souvent avec concentration. Quand il me pensait occupé à autre chose, il se mirait dans une bibliothèque vitrée, retouchait sa coiffure et se donnait de grands airs en levant le menton et en louchant.

J'étais un piètre élève, plus que je ne l'avais jamais été à l'école. Quake, pour me corriger, me tapait sur les mains et me bombardait de travaux supplémentaires. Au cours des derniers jours de novembre, mon corps se rebella contre lui et le régime auquel il m'astreignait : un furoncle apparut sous mon aisselle, puis un autre sur mon épaule. Ils me faisaient tant souffrir que je n'arrivais pas à dormir. Les heures de labeur que le précepteur m'imposait étaient au-dessus de mes forces. Alice convoqua le docteur Champkin, homme aimable au visage cramoisi et aux petites mains délicates. Il jeta un regard à Quake, qui clamait haut et fort que j'étais le pire des simulateurs qu'il ait rencontrés au cours de sa longue carrière, me gratifia d'un clin d'œil et m'accorda deux semaines de congé.

Quake, qui s'évanouit comme une mauvaise odeur, déclara son intention de se rendre à Dawlish, où habitait sa mère. Il m'apparut injuste qu'une créature pareille ait encore sa mère, alors que j'avais perdu la mienne. Curieusement, cependant, je me sentis supérieur à lui pour cette raison.

Puisque Alba était absente, elle aussi, je fus libre de m'amuser et de courir à gauche et à droite. Toutefois, Alice jugea plus prudent de me garder à l'intérieur, par crainte que « ces fameux furoncles se remplissent de la poussière de la ferme ».

Après avoir arpenté la vallée, je me mis donc à explorer la maison, même si, entre quatre murs, je n'étais plus du tout aussi sûr de moi. Pour un peu, j'aurais cru que les lieux avaient le pouvoir de me tromper, comme par magie. Je ne sortais jamais par où j'étais entré. Puisque la nouvelle demeure incorporait l'ancienne, je me pensais parfois à un étage donné alors que, ayant gravi une marche ou deux ou suivi un couloir en pente, je me trouvais à un autre niveau, rempli de pièces où je n'avais encore jamais mis les pieds. Il y avait ainsi deux ou trois trajets que je ne parvins jamais à maîtriser, et j'appris à les éviter. Dans la pénombre de l'hiver, il m'arrivait de me perdre dans des couloirs que je connaissais pourtant bien, après avoir été induit en erreur par des corridors et des portes en apparence identiques.

Un jour, je dévidai une énorme pelote de ficelle qui devait me permettre de revenir sur mes pas. Hélas, je n'eus pas assez de fil. Lorsque je rebroussai chemin, je me rendis compte que le bout que j'avais fixé au pied d'une chaise s'était mystérieusement détaché et avait abouti au milieu d'un autre corridor. Et lorsque je commençai à enrouler le fil, j'aperçus du coin de l'œil le portrait d'une jeune fille vêtue d'une robe grise au large col de dentelle blanche. Mince et pâle, elle portait un bonnet d'une telle finesse que le tissu laissait voir ses cheveux. Il s'agissait vraisemblablement de l'enfant d'un pèlerin, ses yeux gris-vert brillaient de malice et on voyait l'esquisse d'un sourire sur son drôle de visage ovale. Autour de son cou, un collier de perles minuscules brillait. À côté du corsage de sa robe figuraient les mots « *aetatis suae 12* ». Elle avait donc douze ans à l'époque où le tableau avait été peint. Elle semblait beaucoup plus jeune et menue que les enfants de douze ans de ma connaissance. Il n'y avait pas de nom sur le cadre et rien d'autre ne permettait d'identifier la petite espiègle. Pendant quelques secondes, je l'observai en me demandant qui elle était. Puis la lumière du jour disparut et le tableau se perdit dans les ombres.

Je sentis alors une sorte de légère effervescence autour de moi. À mon grand étonnement, la ficelle s'éleva à la verticale sur une hauteur d'environ soixante centimètres avant de retomber par terre, comme si quelqu'un l'avait soulevée puis lâchée. Je la ramassai aussi vite que je pus et détalai.

C'était le premier phénomène franchement bizarre que j'observais à Skirl, même si, sur le coup, je me dis qu'il s'expliquait par un coup de vent, hypothèse plausible compte tenu des courants d'air qui parcouraient la maison. J'en vins à confondre les autres bruits que j'entendais avec la respiration sifflante et les craquements des articulations d'une personne très âgée. En toute franchise, je devais admettre qu'il régnait à Skirl un vacarme constant, particulièrement aux abords de la vieille maison. Ces sons n'avaient aucune source reconnaissable. Un jour, j'avais ainsi décelé un froissement de papier, aussitôt suivi d'un halètement affolé, celui d'une colonne d'air aspirée par le vide. Une autre fois, les braillements nasillards d'un mirliton à plumes m'avaient poursuivi dans le couloir qui menait à ma chambre.

Je songeai à informer le colonel de mes observations, puis je me ravisai. D'ailleurs, ce n'était jamais le moment. J'apercevais de loin en loin la silhouette du vieil homme qui avançait en traînant les pieds, vêtu d'un ample costume en tweed et affichant une mine si tragique qu'il donnait l'impression d'avoir contemplé l'enfer. Il avait la bouche hermétiquement fermée, sa main droite tremblait le long de son corps et il marchait d'un pas lourd, audible dès qu'il quittait ses appartements au dernier étage. Il ne me prêtait aucune attention et semblait tout aussi indifférent au reste du monde. Lorsque je le saluais, il sursautait. « Ah ! C'est toi, Kim, disait-il. Est-ce qu'on s'occupe bien de toi ? Bravo. Tu m'en vois ravi. Bonne continuation, dans ce cas. »

* * *

Je tombai à quelques reprises sur Jebard, mais, en général, c'est Bella Brown qui surgissait aux endroits les plus incongrus, soit dans les pièces peu utilisées, abandonnées depuis longtemps à la poussière et à un lent pourrissement. Au cours de ma deuxième semaine sans Quake, Bella et moi devînmes amis. Elle s'assoyait au bout de mon lit et me parlait sur le ton de la confidence, comme si nous étions dans un lieu bondé et qu'elle craignait qu'on ne l'entende. Elle me bombardait de questions sur mes pérégrinations dans la demeure, d'abord de façon innocente. Bientôt, cependant, elle me demanda, sur un ton lourd de sous-entendus, si j'avais observé des phénomènes sortant de l'ordinaire. Je lui racontai l'incident de la ficelle, mais elle ne parut guère impressionnée. Alba et Quake l'intéressaient davantage. Où Alba allait-elle pendant ses absences ? Le colonel avait-il parlé d'elle ? Quake la connaissait-il avant de venir à Skirl ? À propos de mon père, avaient-ils ajouté quelque chose ?

Je ne lui étais d'aucun secours. Je voulus savoir ce qui motivait un tel intérêt. Elle secoua la tête et, d'un air grave, me recommanda de l'informer de tout fait inhabituel.

Le lendemain, je me rendis dans la Longue Galerie. Jebard m'avait déconseillé d'y aller, car on y conservait les archives de la famille Drago. On y trouvait aussi quantité de présentoirs débordant de curiosités, et il ne voulait pas que j'y fouille. Je lui désobéis peu après mon arrivée à Skirl. Il y avait tant à voir : des collections de scarabées et de papillons tropicaux, un traité sur le martyre des saints assorti d'insoutenables images de torture, des boucliers cérémoniels africains, un arc et un carquois de flèches de la Nouvelle-Guinée. Il y avait également d'intrigants outils en laiton, des instruments de musique anciens, deux étuis contenant des scalpels et des scies à os — dont l'une tachée de sang —, une baignoire en fer-blanc épousant la forme d'une chaussure, un crâne difforme de l'île de Java. Par-dessus tout, j'étais fasciné par un tiroir rempli de perles de turquoise, d'ambre, de grenat, d'obsidienne, d'os, d'écaille de tortue, de verre, de coquillage, de quartz, d'améthyste, de cristal de roche, de corail et de marbre rose et blanc.

Le plafond voûté était décoré de roses et de bruyères en plâtre de l'époque Tudor. La pièce baignait dans la lumière grise nacrée, filtrée par les vitraux carrés qui formaient un des murs. Dans la Longue Galerie, il n'y avait pas d'ombre, et c'était le meilleur endroit de la maison où observer des tableaux. On y avait accroché de nombreuses études minutieuses de fleurs et d'insectes, œuvres du même artiste, apparemment, à qui je vouais une admiration sans bornes. D'un côté pendaient à des tringles des tapisseries sur lesquelles des personnages s'adonnaient à une multitude d'activités : boules, tir à l'arc, jeu de paume, colin-maillard et quilles, sans parler d'un curieux sport où des paysans médiévaux aux visages grotesques lançaient des bâtons à une oie attachée à un pieu.

À une extrémité trônait un coffre recouvert d'un tapis élimé. Dessus, on voyait un énorme oiseau noir et blanc empaillé, au bec très gros, aux ailes petites et aux pattes palmées puissantes. «Grand Pingouin (*Pinguinus impennis*), espèce aujourd'hui disparue», annonçait l'étiquette. «Il a les ailes si petites qu'on dirait un manchot», avait-on ajouté en dessous.

J'ignore pourquoi, mais la vue de cet objet misérable me faisait toujours sourire. Je me dirigeai vers le volatile et, pour la première fois, me demandai ce que contenait le coffre. Au prix d'un léger effort, je repoussai l'animal et tirai le tapis afin de pouvoir soulever le couvercle sur une quinzaine de centimètres. Une odeur de renfermé et de bois m'assaillit au moment où, une main à l'intérieur, je commençais à fouiller à tâtons. Rien, sinon un livre tassé le long de la paroi. Je l'aurais peut-être raté si ma chaussure n'avait pas glissé sur les planches. Par réflexe, j'avais projeté la main sur le côté. C'était une plaquette à la reliure en cuir couleur crème, dont la texture rappelait celle de la cire séchée. Je l'époussetai de mon mieux, puis dénouai les cordons qui le fermaient. Sur la première page, je lus :

Les Frontières de la Tarle et de la Skirl : le labyrinthe numineux

En feuilletant le livre, je me rendis compte qu'il contenait peu de texte mais beaucoup de diagrammes et de cartes qui, pour la plupart, ne me disaient rien. Au milieu se trouvait une grille de soixante-quatre carrés renfermant chacun une lettre, dont certaines ne faisaient pas partie de notre alphabet. Je songeai qu'il s'agissait vraisemblablement de noms de code, car aucun mot ne me sautait aux yeux, sauf « Ahrinnia H. », qui ressortait du gribouillis. Sans code, il était inutile de tenter de déchiffrer le reste. À l'arrière, on avait fixé à la reliure une carte beaucoup plus grande de la vallée de la Skirl. Comme le papier était craquelé sur les bords, je la dépliai avec précaution. Sous la rubrique *Les Anciennes Frontières de la Tarle*, je distinguai deux larges arcs de cercle tracés en pointillé. Ils prenaient naissance juste au-dessus de la Butte de Sennak, suivaient chacun un versant du bassin, franchissaient les collines face à la maison et se réunissaient à un endroit précis le long de la rivière, non loin d'un ancien pont connu sous le nom des Marches de la Tarle. Au centre de cet ovale inégal, il y avait un petit croquis de la vieille maison. Je me demandai si le pointillé marquait l'emplacement d'anciennes frontières, mais l'hypothèse semblait improbable dans la mesure où elles traversaient des champs et des boisés. L'une d'elles coupait même une chaumière en deux.

Je n'eus pas le temps d'examiner le livre plus en détail. En effet, des pas résonnèrent dans l'air limpide et immobile de l'escalier en bois qui conduisait à la Longue Galerie. Ce n'étaient ni les souliers plats d'Alice ou de Bella, ni les bottes de Jebard. Je reconnus le martèlement de talons hauts. Une pièce verrouillée donnait sur le palier. L'intruse, si elle ne s'y arrêtait pas, monterait forcément jusqu'à la galerie.

Où me cacher? Le meilleur endroit — le seul en réalité —, c'était derrière les tapisseries du côté opposé de la porte. Il y avait un vide d'une vingtaine de centimètres entre le tissu et les boiseries. En m'aplatissant contre le mur et en retenant ma respiration, je réussirais peut-être à passer inaperçu. Je ne perdis pas une seconde. Par chance, un petit trou dans la trame d'une des tapisseries me permettait de voir.

Quelques secondes plus tard, les pas s'arrêtèrent et la porte s'ouvrit brusquement. Alba Hockmuth apparut. Elle avait sur les épaules un manteau noir au capuchon bordé de fourrure. Je remarquai aussi une jupe rouge foncé, un collier de perles et une large ceinture en cuir noir. Elle semblait plus grande, plus mince et plus puissante que dans mon souvenir. Son cou était long et tendu. Dans la singulière lumière de la salle, sa peau avait la blancheur du parchemin. Elle tenait la tête très haut, comme si elle humait l'air et n'avait besoin que de quelques instants pour deviner où je me cachais. Elle s'avança alors dans la pièce d'une démarche lente et volontaire, et retira ses gants, un doigt à la fois. Elle s'immobilisa et, d'un geste d'impatience, les fit claquer dans sa main.

— Sors de là. Je sais que tu es ici, dit-elle d'une voix calme.

Je fermai les yeux et restai immobile.

Soudain un violent fracas retentit du côté du coffre, suivi d'un bruit sourd. Alba se livra à une inspection en marmonnant quelques mots entre ses dents. Puis, à mon grand étonnement, elle resserra les pans de son manteau sur ses épaules, jeta un dernier coup d'œil autour d'elle et sortit en claquant la porte. J'attendis au moins dix minutes avant de bouger. C'est alors que je constatai la cause de la commotion : l'oiseau empaillé s'était renversé sur le coffre avant de tomber par terre. Il gisait sur le flanc, l'air plutôt triste et délaissé. Je le relevai, époussetai ses plumes et le remis à sa place en me demandant par quel prodige il avait pu accomplir un tel mouvement.

Ce soir-là, Bella arriva plus tard que d'habitude, tendue et timide comme toujours. Je lui parlai de la découverte du livre renfermant les diagrammes et les cartes, et elle m'écouta avec attention. Elle avait très envie de le voir et je promis de le lui montrer le lendemain.

— En tout cas, ce vieux volatile t'a tiré d'un sale pétrin, dit-elle en esquissant un sourire.

— Oui, mais comment Alba savait-elle que j'étais dans la Longue Galerie ?

— Simple coup de chance. Ça n'a rien d'exceptionnel. À son retour, elle inspecte les lieux. Ce soir, Quake et elle mangent dans ses appartements.

À la mention du nom de mon percepteur, je gémis.

Elle se leva et prit ma main dans les siennes.

— Bonne nuit, Kim. Demain, nous irons jeter un œil à ce livre.

— Que signifie « numineux » ? demandai-je.

Elle réfléchit un instant.

— Mystérieux, saisissant, inspirant une terreur sacrée, répondit-elle.

J'allais l'interroger sur les bruits de la maison, mais elle posa l'index sur ses lèvres. Elle devait partir.

— Fais de beaux rêves, Kim. Promis ?

Ce furent les derniers mots que je l'entendis prononcer dans le monde des vivants.

Chapitre 3

L'arrestation

Lorsque, en cette soirée neigeuse, quelques jours avant Noël, l'extravagante silhouette d'Igthy Ma-tuu Clava apparut à la porte de Skirl, je vis d'abord en celui-ci un moyen d'échapper à la tristesse maussade de la maison et au chagrin que m'inspirait la disparition de Bella. Au bout des quelques minutes qu'il passa sur le seuil, je sentais déjà que ma vie en serait transformée.

Nous nous dirigeâmes vers la cuisine, moi tenant la lanterne et Jebard fermant la marche, son bâton toujours à la main. Notre visiteur — ou Iggy, ainsi que je l'appelai d'emblée, car je n'arrivais pas à prononcer son nom comme lui, en produisant un petit bruit sec au fond de la gorge — observait la pièce dans la lumière dansante qui éclairait les tableaux.

— Regardez devant vous, lui ordonna Jebard d'une voix menaçante. Il n'y a rien à voir.

Dans la cuisine, Alice brillait par son absence, mais un lointain fracas nous provenait d'un des garde-manger :

elle avait la manie de trier et de polir des casseroles presque jamais utilisées. Jebard s'avança dans le couloir et lui cria d'arrêter. D'incompréhensibles protestations s'ensuivirent. Il haussa les épaules et se tourna vers moi.

— Je vais chercher le colonel, dit-il. Ne t'en fais pas, Kim. Mme Camm n'est pas loin.

Je hochai la tête. Iggy ne m'inquiétait pas le moins du monde. Dans la clarté de la pièce, son apparence me fascinait encore plus qu'avant.

— À quoi toi occuper temps, frère Kim ? demanda-t-il en posant son chapeau sur la table et en débarrassant les oreillettes de la neige qui s'y était accumulée.

Un peu intimidé, je haussai les épaules.

— Moi écouter.

Il sourit et ses yeux respirèrent la chaleur.

— Je suis un assez bon collectionneur, répondis-je. Je m'intéresse à la science, aux insectes, à l'astronomie, à plein de choses sauf au latin et à l'histoire, que je déteste par-dessus tout.

— Toi connaître rapidité de lumière ?

— Pardon ?

— Lumière… Elle voyager vite ?

— Ah ! Tu veux parler de la vitesse de la lumière !

— C'est ce que moi dire.

— Non. Tu as employé une mauvaise expression. Mais pour revenir à ta question, la réponse est deux cent quatre-vingt-dix-neuf millions sept cent quatre-vingt-douze mille quatre cent cinquante-huit mètres à la seconde.

— Tant que ça, lança-t-il, clairement satisfait du résultat.

Ou de moi. Comment savoir ? Je m'assis sur un banc près de la table et le regardai.

— Qu'es-tu venu faire ici ?

Il réfléchit et palpa une fois de plus ses vêtements.

— Voir toi et rencontrer autres frères. Moi apporter vous bon souvenir de îles à moi et d'habitants de elles.

— Comment s'appellent-elles ?

— Îles Ro-Torva.

Je répétai les mots.

— Où est-ce ?

— Dans mer, frère Kim. Dans eau.

— D'accord, mais laquelle ? Quel océan ?

— Elles être reliées. Parce que bateau voguer sur même nappe d'eau.

— Oui, mais la mer comporte différentes parties : l'océan Atlantique, l'océan Pacifique, l'océan Indien…

— Toi t'appeler Kim. Bras porter même nom. Jambe aussi. Tout ça être frère Kim.

En parlant, il avait commencé à enlever des couches de vêtements. Les gants, deux manteaux, plusieurs vestons et une écharpe, ensuite les jambières qui lui enveloppaient les mollets et les pieds. Comme ces dernières étaient trempées et croûtées de boue, il les accrocha à la poignée en fer de la cuisinière. Il retira enfin son pantalon imperméable. Sous cet attirail, il portait une tunique en soie brute, émeraude et bleue, sans col, très fripée, recouvrant une longue chemise orange et une jupe. Cette dernière, qu'il avait retroussée pour accommoder le pantalon, descendait à présent jusqu'à une paire de bottes militaires noires.

— Habits de roi, déclara-t-il, heureux de l'effet produit sur moi. Toi parler de mère. Et de père.

J'hésitai avant de tourner les yeux.

— Ma mère… est morte l'été dernier… en Afrique. Mon père vit encore là-bas. Nous avons une ferme au Kenya. Nous cultivons du café et une plante appelée sisal, et nous élevons des vaches. C'est grand. J'habite ici pour le moment, mais j'espère bientôt retourner chez moi.

Son expression se transforma et il hocha la tête avec bienveillance. Avant qu'il ait eu le temps d'ouvrir la bouche, Alice fit son entrée en tenant une pile de casseroles en équilibre précaire sur un plateau. Elle ne remarqua l'inconnu qu'une fois au milieu de la pièce. Elle s'arrêta brusquement, écarquilla les yeux, déposa son fardeau, se dirigea vers un tiroir rempli de couteaux et s'empara du plus gros.

— Où est Tom Jebard ? chuchota-t-elle en parcourant la pièce des yeux, à la recherche d'autres intrus.

Je la rassurai et lui expliquai que Jebard, à cause du froid, avait autorisé Iggy à passer la nuit chez nous.

— Il est parti chercher le colonel, ajoutai-je.

— Eh non, il ne faut pas le déranger, dit-elle, les yeux exorbités. Le colonel a besoin de rester seul.

Elle s'interrompit.

— C'est lui qui a rôdé dans les parages et nous a espionnés ? demanda Alice.

— Impossible, répondis-je. Il vient d'arriver.

— Qu'en sais-tu ? répliqua-t-elle sombrement.

Iggy donnait l'impression d'écouter d'autres bruits. La tête inclinée, il scrutait les ténèbres qui s'ouvraient au-delà de la porte restée ouverte.

— Qu'est-ce qu'il a ? s'étonna Alice. Est-ce qu'il est muet ?

Iggy se tourna vers elle, le regard moins intense, et lui sourit de toutes ses dents.

— Vous avoir fait plum-pudding pour Igthy Ma-tuu Clava et frères ?

Elle se tourna vers moi.

— Qu'est-ce qu'il me chante là ?

— Il vous a donné son nom, expliquai-je. Igthy Ma-tuu Clava. Si j'ai bien compris, il aimerait savoir si vous avez préparé du pudding de Noël pour la famille.

— Quelle famille ? De quoi je me mêle ? Le colonel n'aime pas Noël. Il a donné des ordres sans équivoque à ce sujet. Nous ne sommes pas assez nombreux pour un pudding. Et d'ailleurs, il faut commencer en novembre pour réussir un bon pudding. C'est bien connu. Et non pas à quatre jours de Noël.

Alice avait la manie de fournir plusieurs explications, sans ordre particulier, sinon celui dans lequel elles lui venaient à l'esprit. Cependant, la question d'Iggy était si incongrue qu'elle se calma un peu et posa son arme en le dévisageant. Il la gratifia d'une des révérences dont il avait le secret et, comme pour gagner l'admiration de la

femme, croisa les doigts sur sa poitrine et, roulant les « r »
avec exagération, déclama :

— Lara râle-t-elle ? Oui, Lara râle après le rat roux en
riant.

— Qu'est-ce qu'il baragouine ? demanda Alice.

Iggy n'avait pas encore terminé. Il inspira à fond et
poursuivit :

— Blés brûlaient, brûlent les blés.

— Ce sont des phrases difficiles à prononcer, des vire-
langues, dis-je.

— Oui, concéda Iggy, mais moi langue normale, frère
Kim. Toi regarder !

Il la tira pour nous montrer qu'elle était effectivement
longue et droite.

— Il est fou, trancha Alice. Dément. Comment M. Jebard a-t-il pu se laisser emberlificoter par de telles âneries ?

Nous entendîmes alors des voix résonner au loin.
C'était Jebard qui revenait en compagnie du colonel. Au
lieu de les attendre, Iggy s'élança vers la porte et, en un
éclair, s'engagea dans le couloir. Au bout de quelques
minutes, le colonel s'exclama :

— Que diable se passe-t-il donc ici ?

Alice et moi sortîmes en vitesse. Nous trouvâmes Iggy
devant Jebard et le colonel, au pied du grand escalier. Ce
lieu, où il faisait habituellement aussi noir que dans une
caverne, était éclairé par un chandelier en bois de cerf.
Iggy s'inclinait jusqu'à terre.

— Seigneur Drago, je m'appeler Igthy Ma-tuu Clava

et je apporter salutations habitants de Ro-Torva à frère seigneur Drago.

— Sottises ! Je suis le colonel Philip Drago et je ne suis pas seigneur.

— Vous ne pas être seigneur et maître de maison et occupants ?

— Oui, bon, peut-être, si on veut. Mais cela ne signifie pas que…

— Dans ce cas, je offrir à vous salutations de frères de Ro-Torva.

— Vous voulez bien me laisser terminer ? dit le colonel, fâché.

Iggy hocha la tête avec obligeance.

— Qu'êtes-vous venu faire ici ? Quel est le but de votre visite ?

— But ? répéta Iggy. Rencontrer habitants maison. Voilà but.

— Il n'y a que nous. Ma cousine Alba est absente, je crois. Elle va et vient comme une chauve-souris au crépuscule, celle-là, sans parler à personne.

Jebard ponctua la déclaration d'un petit geste de la tête, que le colonel ne sembla pas remarquer.

— Non, riposta Iggy. Il y avoir autour gens qui regarder Igthy.

D'un geste, il désigna le grand hall. Mystifié, le colonel secoua la tête.

— Vous pensez aux portraits ? Vous avez raison, je suppose. Mais ces personnes sont mortes depuis belle lurette. Pour ma part, je ne suis pas trop porté sur l'art, même si, dans cette vieille bicoque, il doit y avoir des centaines, voire des milliers de tableaux.

Iggy, cependant, songeait à autre chose. Il montra du bout du doigt un point situé au-dessus de l'épaule du colonel, l'escalier et plusieurs autres endroits.

— Je ne vous suis pas, mon vieux.

Jebard et Alice échangèrent un regard entendu. Je comprenais, moi aussi, car je surprenais des trottine-ments dans les couloirs, et j'avais parfois eu la sensation que des objets m'effleuraient dans l'obscurité.

Le colonel, apparemment, était dans l'incompréhension la plus totale. Il fit passer son poids sur sa jambe valide et sortit de sa poche une pipe, dont il explora l'intérieur à l'aide d'un instrument à trois dents tout en contem-plant Iggy. Il toussa, aspira l'air dans le tuyau, l'examina et posa sur le visiteur un œil humide.

— Selon Jebard, vous auriez en votre possession une Bible ayant appartenu à cette maison. Puis-je la voir ?

Iggy hocha la tête et déclara que ses affaires étaient restées à la cuisine. Nous quittâmes le grand hall, tous conscients du silence de plomb qui s'était abattu sur Skirl.

Arrivé à destination, Iggy brandit la Bible ouverte et reprit ses explications. Le colonel opina du bonnet, demeura silencieux un moment, puis demanda :

— Avez-vous hérité du livre à la mort de votre père ?

Iggy fit signe que non.

— Mon père être vivant. Lui donner livre et dire moi aller saluer frères.

— Il y a aussi, paraît-il, des pièces de monnaie ? D'où viennent-elles ? voulut savoir le colonel.

— Aussi de père avant trois. Avant, de maison ici.

Il sortit la bourse de sa tunique et la vida sur la table. Devant la rangée bien droite, ses yeux scintillaient de plaisir. Il y avait plus de trente souverains. Le colonel en approcha un de son visage et, par-dessus ses lunettes, décocha à Iggy un regard oblique.

— Elles valent beaucoup, peut-être des milliers de livres.

— Oui, confirma Iggy.

On entendit une voiture remonter l'entrée derrière la maison. Peu de temps après, la sonnette retentit. Jebard consulta le colonel du regard et alla ouvrir. Quelques instants plus tard, deux policiers apparurent, leur casquette à la main. Ils saluèrent le colonel, puis l'un d'eux s'adressa à Jebard :

— C'est l'homme dont vous nous avez parlé ?

Ils examinèrent Iggy d'un air suspicieux.

— D'où venez-vous, monsieur ?

Iggy nous dévisagea tour à tour, le colonel et moi.

— Îles Ro-Torva.

— Avez-vous des papiers ? Un passeport, par exemple ?

Iggy haussa les épaules. Il fouilla un moment dans son sac, sortit quelques documents, en tendit un au brigadier.

— Passeport.

L'homme étudia le petit livret bleu et, avec difficulté, déchiffra le nom complet d'Iggy.

— Vous êtes de l'archipel de Ro-Torva. Est-ce une sorte de colonie, monsieur ?

— Oui, et frère de moi être roi.

Jebard affirma qu'Iggy avait la manie de considérer comme « ses frères » tous les êtres de la création et qu'il ne fallait rien en déduire. Je compris que Jebard avait téléphoné à la police en allant prévenir le colonel.

— Depuis combien de temps êtes-vous dans notre pays ? demanda le premier policier, un simple agent.

— Pas longtemps.

— Si nous vous posons la question, précisa le brigadier, c'est que, au cours des dernières semaines, des témoins ont aperçu un individu au comportement suspect. Nous sommes impatients de le retrouver parce que, à peu près au même moment, une jeune femme appelée Bella Brown a disparu. Nous aimerions vous interroger sur vos mouvements.

— Mouvements ? répéta Iggy. Pas problème avec eux.

Il battit des bras et souleva ses jambes l'une après l'autre.

— Sacré comique, constata le brigadier. Peut-être y aurait-il lieu de poursuivre la conversation au poste.

Iggy, pour qui ces mots ne signifiaient rien, se fendit d'un large sourire.

— Avec votre permission, mon colonel, dit le brigadier en remettant sa casquette, je pense qu'il vaudrait mieux pousser l'enquête un peu plus loin. Nous allons emmener notre ami ici présent et procéder à quelques vérifications.

— Est-ce bien nécessaire ? demanda le colonel. Dans le contexte de la disparition de Mlle Brown, Jebard a eu raison de vous prévenir, mais, franchement, cet homme me paraît inoffensif.

— Mieux vaut pécher par excès de prudence, monsieur. Nous sommes toujours sans nouvelles de Mlle Brown.

— Elle a peut-être décidé de partir sans prévenir. L'explication est tout à fait plausible. Ses affaires se sont volatilisées en même temps qu'elle.

— Espérons-le, monsieur. Les hommes de la ferme semblent croire que c'est plus compliqué.

Sur ces mots, il signala à son collègue de se charger du sac d'Iggy. Ce dernier saisit son chapeau et se dirigea vers la table pour remettre les souverains dans sa bourse.

— Prenons-les aussi, tant qu'à y être, lança le brigadier.

— Je suis sûr qu'ils lui appartiennent, affirma le colonel.

— Simple précaution, au cas où un vol d'objets de cette nature aurait été signalé dans la région.

Les deux hommes emmenèrent ainsi un Iggy fort surpris, mais pas particulièrement inquiet, et l'installèrent sur la banquette arrière de leur voiture. Puis ils mirent le cap sur la ville voisine.

Chapitre 4

Quake

Iggy était donc arrivé parmi nous. Même s'il ne passa pas la nuit à Skirl, sa présence avait profondément modifié l'ambiance de la maisonnée. Il y régnait à présent une atmosphère de sombre contemplation. En allant me coucher, je me dis que toutes les vieilles demeures étaient bruyantes et que les chatoiements que j'apercevais parfois au loin, telles les ondes de chaleur qui montaient des plaines du Kenya, s'expliquaient par de simples jeux de lumière. Ce soir-là, cependant, le tohu-bohu avait gagné la quasi-totalité des pièces et des couloirs. Et j'observai un nouveau phénomène : les objets bougeaient d'inexplicable façon. Des chaises grinçaient sur les parquets, des portes claquaient et des rideaux remuaient soudain, comme si des mains invisibles tiraient dessus. Je me bouchai les oreilles à l'aide de mouchoirs chiffonnés et m'enfouis la tête sous les oreillers. Quand je sombrai dans le sommeil, je songeais encore à Iggy.

Le lendemain, il ne donna pas signe de vie et nous ne reçûmes pas de coup de fil de la police. Le matin était gris et froid, mais il n'y avait au sol qu'une mince couche de neige. Quake serait donc en mesure de venir à Skirl afin de m'infliger trois leçons : latin, mathématiques et géographie.

Je mangeai dans la cuisine en faisant une sombre mine à Jebard pour le punir d'avoir prévenu la police. Puis Quake arriva et je le suivis à la bibliothèque du premier étage, où une bûche solitaire fumait dans l'âtre sans dégager la moindre chaleur. La leçon se déroula comme d'habitude. Dans la lumière froide, Quake allait et venait en criant :

— Mais non ! Quel est le temps du verbe, mon garçon ? Les temps de verbe, tu connais ? Futur antérieur ! Fu-tur an-té-ri-eur !

Il tapa sur la table et, fidèle à lui-même, me pinça l'oreille jusqu'à ce que je trouve enfin la bonne réponse. Nous passâmes aux mathématiques et il n'eut plus de raison de me rudoyer. C'était, en effet, la seule matière où j'excellais. Le moment venu d'effectuer des calculs, il m'arrivait de le prendre de vitesse. Pour se justifier, il prétendait alors avoir été distrait par ma mauvaise posture ou encore par « l'insolence de mon regard ». Sur ce point, il avait tort : s'il y avait quelque chose dans mes yeux, c'était de la haine pure et simple.

Lorsque nous passâmes à la géographie, je lui demandai s'il connaissait les îles Ro-Torva.

— Trêve de questions futiles, mon garçon ! s'exclama-t-il.

À ce moment précis, Iggy entra dans la pièce, vêtu comme la veille et coiffé de son bonnet de fourrure.

Pendant un bref instant, Quake parut désemparé, mais il se ressaisit rapidement.

— C'est une salle de classe, ici, et non un moulin. De quel droit osez-vous interrompre ma leçon ? Et d'abord, qui êtes-vous ?

Iggy se présenta. Puis Alice franchit à son tour la porte de la bibliothèque.

— Mes excuses, monsieur Quake. Je n'ai pas pu l'arrêter. Il tenait à voir le garçon. Pas moyen de l'en dissuader.

— Qui... qui diable est-il ? s'informa Quake en gratifiant Iggy de son regard le plus hautain.

Iggy s'approcha du maître et l'examina sous toutes les coutures, comme un animal au zoo. Quake recula d'un pas et exigea des explications.

— Je l'ai poursuivi aux quatre coins de la maison, déclara Alice. Si ça continue, je vais y laisser ma peau.

Elle souligna ses propos en posant la main sur sa poitrine pantelante.

— Que fabrique-t-il ici ? Qui est-il ?

— Les policiers disent qu'il doit rester à Skirl jusqu'à la fin de leur enquête. Le colonel a signifié son accord. Il demeurera donc avec nous jusqu'à Noël. Dieu sait comment nous allons le nourrir. Que peut bien manger un homme pareil ?

— Plum-pudding, répondit Iggy, obligeant.

— Mme Hockmuth est-elle au courant de la situation ? demanda Quake.

— Elle est absente, monsieur, et nous ignorons quand elle reviendra.

— Pourquoi la police ? De quoi cet homme est-il soupçonné ?

De façon très confuse, Alice évoqua l'arrivée d'Iggy, la Bible, les pièces de monnaie, les questions du colonel et la décision prise par Jebard d'avertir la police, juste au cas. Quake cligna des paupières en signe d'irritation.

— Toi me suivre, frère Kim, lança Iggy sans crier gare.

— Laissez ce garçon tranquille, riposta Quake en haussant le ton. Il est en pleine leçon. Nous n'avons pas terminé et c'est moi qui suis responsable de lui.

Il m'empoigna par le bras et m'entraîna vers la table, où il me força à m'asseoir devant la pile de livres.

— Pour prix de tes efforts, tu auras droit à une retenue. Je suis sûr que tu as planifié cette interruption. Je ne tolérerai ni désobéissance ni négligence de ta part, jeune homme. Compris ?

— Ce n'était pas de la désobéissance, monsieur Quake, risquai-je. Ni de la négligence.

— Au travail, maintenant, m'ordonna-t-il en posant le doigt sur un diagramme où figuraient des nuages de formes diverses. Ce sera tout, madame Camm. Faites sortir cet individu.

Iggy secoua la tête et s'assit face à moi.

— Je rester ici avec frère Kim, dit-il en plaçant les mains sur la table.

Je remarquai des bracelets en or à son poignet et une bague à tête de serpent passée à son index droit. J'aurais juré que, la veille, il ne portait pas ces bijoux.

Pendant quelques secondes, Quake sembla suffoquer.

— Je… C'est inadmissible. Madame Camm, convoquez M. Jebard !

— Il est à la ferme, monsieur.

Quake regarda autour de lui et me surprit en train de sourire. D'un geste, il s'empara de mon *Précis de grammaire latine*, qu'un autre élève de Quake avait rebaptisé *Imprécis de grand-mère platine*, et m'en asséna un coup derrière la tête. Au moment où le précepteur élevait le bras, Iggy me toucha la main.

Le choc ne provoqua en moi aucune réaction. Absolument rien. Incrédule, je dévisageai Iggy. Comment s'y était-il pris pour me prémunir contre la douleur ? Il sourit, se leva et, d'un geste de la tête, me fit signe de le suivre. Sans réfléchir, j'obéis.

— Assoyez-vous ! beugla Quake.

— Frapper frère Kim être mal, déclara Iggy sur un ton plutôt cérémonieux.

Alice signifia son assentiment. Se sentant vaincu, Quake s'approcha de la table.

— On ne me traitera pas de cette façon ! Je refuse d'être dérangé par un… par un sauvage ! Je vous préviens que Mme Hockmuth sera mise au courant de l'incident. Elle en aura long à dire, j'en suis certain.

Il aboya les exercices que je devais faire pour le mardi suivant et sortit précipitamment de la pièce.

Je souris. Quake avait oublié que Noël tombait justement ce mardi-là.

Heureuse de constater qu'Iggy représentait un allié et non une menace, Alice retourna vite à la cuisine.

— Surtout, pas de bêtises. Mieux vaut éviter que d'autres questions soient portées à l'attention de vous savez qui.

Alice détestait Alba tout autant que les autres habitants de Skirl en raison du tempérament de cette femme et du pouvoir incontesté qu'elle exerçait désormais. À quelques occasions, j'avais entendu Alice marmonner qu'elle ignorait qui était cette Alba et d'où lui venait son influence.

Je n'eus guère le temps de réfléchir au sort que me réserverait Alba une fois que Quake lui aurait tout raconté. Iggy, qui s'était éloigné dans la direction opposée, m'appelait par-dessus son épaule :

— Toi suivre moi, frère Kim. Nous ne pas avoir beaucoup temps. Je te montrer chemin.

Nous gravîmes l'escalier du fond et entrâmes dans un étroit corridor terminé par une banquette surmontée d'une fenêtre par laquelle la lumière entrait à flots. Iggy s'assit, hissa ses jambes sur le banc et les croisa.

— Toi venir, frère Kim, nous avoir nombreux sujets à discuter.

Je pris place à mon tour et levai les yeux sur lui.

— Comme quoi, par exemple ?

— Primo, fantômes ; secundo, frère Kim.

— Les fantômes ?

— Il en avoir beaucoup ici, déclara Iggy en agitant la main. Et Igthy Ma-tuu Clava devoir percer secret. Pourquoi spectres être si nombreux ? Quelle être intention de eux ? Qui diriger eux ? Pourquoi ? Ici lieu important et nombreux événements se produire. Objectif être enquêter sur nature de maison et forces qui favorisent expression sans contrainte de phénomènes insolites.

— C'est vrai qu'il y a des fantômes ici, confirmai-je. Je vois des objets bouger et ils font du bruit.

Iggy me dévisagea.

— Et frère Kim pas effrayé ?

— Quelquefois, quand je suis seul dans ma chambre. Le soir, Bella — la fille qui a disparu — venait me parler et ça me rassurait.

Soudain, je me rendis compte qu'elle avait été pour moi une bonne amie et elle me manqua terriblement. Avant de s'évanouir dans la nature, elle m'avait promis de me trouver une autre chambre dans le manoir. J'eus une illumination subite.

— D'où tiens-tu autant de renseignements, Iggy ? Tu es arrivé hier.

Il réfléchit un moment et détourna les yeux.

— Clava parler à père avant trois qui parler à père avant deux qui…

Constatant que l'énumération m'inspirait un profond ennui, il s'interrompit.

— Eux raconter et moi venir étudier fantômes. Moi avoir carte. Toi regarder !

Il brandit la Bible qu'il nous avait montrée la veille et en tira une mince feuille de papier. Comme la lumière la traversait, je vis les lignes pointillées, les symboles et quelques mots tracés dans la partie supérieure.

— Les Frontières de la Tarle ! m'écriai-je. J'ai trouvé le même document dans un livre. Est-ce que tu sais déchiffrer les codes ?

Il me considéra avec intérêt.

— Ils sont aussi dans le livre. Faut-il aller les chercher ?

— Plus tard, frère Kim, dit-il en revenant à la Bible.

— Que sont les Frontières de la Tarle ? demandai-je.

— Fracture dans temps, dit-il. Et maison ici être centre.

— Peux-tu m'expliquer ?

Au lieu de répondre, il examina la bague à son doigt.

— Est-ce qu'elle est magique ? C'est grâce à elle que je n'ai rien senti quand Quake m'a frappé ?

Il toucha la bague.

— Oui, mais Iggy avoir petits pouvoirs à côté ceux maison.

Il tourna vers moi un visage bienveillant.

— Frère Kim aller comment ?

— Bien, je suppose, même si la maison me donne froid dans le dos. Pour l'été dernier, rien à redire, mais, depuis, les choses ont changé et je me sens un peu…

— … seul sans amie Bella ? risqua Iggy.

Je n'ajoutai rien. Il avait trouvé le mot que j'hésitais à prononcer. Pourtant, j'en aurais eu long à raconter. Par exemple, j'avais l'impression de sentir les murs de Skirl se refermer sur moi. Depuis quelques semaines, la mort de ma mère m'éprouvait si cruellement que je craignais de perdre la raison. Puis Bella Brown avait disparu et j'avais su dans mon cœur que quelque chose de grave était arrivé, car jamais elle ne serait partie sans me prévenir ou me laisser un mot d'explication.

Iggy hocha la tête comme s'il lisait dans mes pensées.

— Maintenant, Igthy Ma-tuu Clava être là et avoir enquête importante à mener. Lui avoir besoin aide de frère Kim.

— Quel genre d'enquête ? demandai-je. C'est à propos de la carte ?

Il esquissa un drôle de geste : il souleva une épaule, puis l'autre, et fit la moue. Puis il me répondit au moyen d'une question :

— Frère Kim être brave ?

— Je ne sais pas. Une fois, à la maison, un mamba noir s'est aventuré dans notre jardin. C'est un serpent, l'un des plus venimeux du monde. J'ai jeté des vêtements sur lui pour l'empêcher de me mordre. Sinon, je ne serais pas ici avec toi.

— Serpent, répéta-t-il d'un air sympathique. Dans ce cas, toi être courageux. Durant voyage au-delà Frontières de la Tarle, nous affronter nombreux dangers, mais pas serpents… Moi espérer.

Il décroisa les jambes, se leva et posa une main sur mon épaule.

— Frère Kim être brave parce que mère mourir et ça être pire chose. Et pourtant, toi discuter avec Igthy Matuu Clava et moi sentir tristesse dans cœur de toi, mais intrépidité dans yeux. Toi suivre moi, frère Kim. Moment venu entreprendre mission.

Il semblait connaître la maison mieux que moi. Après avoir parcouru des corridors glaciaux, nous débouchâmes dans une grande pièce située du côté ouest, où il y avait un ou deux meubles sombres et lourds ainsi que quelques tableaux. Des araignées et des mouches mortes jonchaient les bords des fenêtres crasseuses.

Iggy se dirigea vers le coin le plus éloigné et indiqua une vieille peinture que je n'avais pas remarquée, sans doute parce que, à cette heure, il n'y avait pas assez de lumière pour bien la voir.

Elle représentait Skirl, dominant un côté de la vallée. Si on avait reproduit avec soin les fenêtres et les pierres, les toits et les cheminées, le bâtiment était disproportionné par rapport au paysage environnant, et les animaux qui parsemaient les champs étaient trop grands ou trop petits. Un lièvre poursuivi par trois énormes chiens de chasse était plus gros que les vaches qui paissaient sur le coteau. Deux corbeaux qu'on aurait pu prendre pour des aigles étaient perchés sur le muret de la cour. À l'avant-plan, j'observai une particularité : une table de jardin blanche était entourée de délicates chaises de la même couleur, qu'un coup de vent avait renversées. Elles gisaient dans l'herbe, sur le flanc ou cul par-dessus tête. Il y en avait onze dans ces positions. Seules deux tenaient debout.

Plus je contemplais le tableau, plus je découvrais de détails. Une lune basse flottait au-dessus des collines, même si les ombres courtes indiquaient clairement que la scène avait été croquée aux environs de midi. Au dernier étage, à l'avant de la maison, une fenêtre était ouverte et un rideau battait dans la brise. Dans le bas de la toile, à l'endroit où l'artiste avait inscrit « La Maison de Skirl », un homme semblait nager dans la rivière. À y regarder de plus près, on se rendait compte qu'il se débattait avec l'énergie du désespoir dans le torrent rageur. Un peu en amont, campée sur le rivage, une femme coiffée d'un bonnet agitait fébrilement les mains. Derrière elle se dressaient les Marches de la Tarle, c'est-à-dire un pont préhistorique fait d'énormes pierres plates enjambant la rivière. Par Jebard, j'avais appris que les pierres et les vingt digues disposées à intervalles le long de l'ouvrage étaient si solides que, depuis des millénaires, elles résistaient aux inondations. À côté des marches se tenait un vieil homme armé d'un bâton. Debout près d'un feu, il regardait hors champ, ignorant tout du drame qui se jouait près de lui.

La concentration se lisait dans les yeux d'Iggy.

— Pourquoi t'intéresses-tu à cette image ? lui demandai-je. Qu'est-ce qu'elle a de si important ?

Il secoua la tête en silence.

— Rien, sans doute, poursuivis-je. C'est juste la maison et un tas de détails stupides.

Sa tête eut un curieux mouvement de bascule, puis il sortit la Bible de sa tunique et la feuilleta. Ayant trouvé l'Exode, il fit courir son doigt sur la page jusqu'aux mots « le » et « maître », encerclés à l'encre brune. Je haussai les épaules. Comme indice, c'était plutôt mince. Puis il me montra le Lévitique, où les mots « des » et « sièges » avaient aussi été encerclés. Enfin, dans le premier chapitre de l'Évangile selon saint Luc, « renversées » était souligné.

— Moi croire que sièges être chaises, déclara Iggy en refermant la Bible d'un coup sec.

Il indiqua, dans la portion inférieure du tableau, une petite plaque en laiton sur laquelle était écrit : « Le Maître des chaises renversées ». Un peu plus bas, il y avait une inscription en latin : « *Qui magistrum sellarum delapsarum magistraverit supererit ut rem referat.* »

— Toi pouvoir traduire pour Iggy avec *Imprécis de grand-mère platine* ?

Je secouai la tête. C'était beaucoup trop difficile.

— Mêmes mots que sur vieux papier, ajouta-t-il en retirant la carte du dos de la Bible et en l'examinant, les yeux plissés.

Il désigna la silhouette de l'homme.

— Nous aller parler à lui là-bas, près du pont.

— Il n'y aura personne. La peinture date de plusieurs siècles. Si un vieillard s'est déjà tenu à cet endroit, il est mort depuis longtemps.

— Non, riposta Iggy. Lui être là, lui attendre nous. Lui posséder grands pouvoirs magiques et nous devoir utiliser eux pour sauver nous.

— Que veux-tu dire ? Qui nous menace ?

Pas de réponse. Je levai donc les yeux sur le tableau en me posant de sérieuses questions sur l'état de santé mentale d'Iggy.

— Qui a préparé la carte ? Est-ce une copie ?

Il fit signe que oui.

— Clava. Dans Bible.

À cet instant précis, je sentis une drôle de sensation dans mon dos, et je me retournai. Sans doute Iggy éprouva-t-il la même, car, après m'avoir dévisagé, il pivota lentement sur ses talons, lui aussi. Il chuchota quelques mots dans sa langue et joua avec sa bague à tête de serpent.

J'eus beau regarder, je ne vis rien du tout. Puis mes yeux furent attirés par un subtil mouvement dans la poussière qui recouvrait le plancher, le long du mur. Tracées par un doigt invisible, des marques apparaissaient. Je me rendis compte qu'elles coûtaient un effort considérable à leur auteur, qui s'arrêtait par moments, puis reprenait de plus belle. Iggy s'avança furtivement. Lui emboîtant le pas, je constatai qu'il s'agissait de lettres. Sans réfléchir, je lus à haute voix : « Qui a mis Bella dans le P... » Nous attendîmes un moment. Très lentement, au rythme d'environ une lettre toutes les trente secondes, se formèrent les mots « Puits aux Vœux » suivis d'un point d'interrogation. Le mouvement cessa et l'étrange picotement que je sentais sur ma peau disparut.

— « Qui a mis Bella dans le Puits aux Vœux ? » murmurai-je. Qu'est-ce que ça signifie ?

— Quoi être « Puits aux Vœux » ? demanda Iggy.

— C'est un endroit où on va chercher de l'eau et dans lequel on lance des pièces de monnaie pour se porter chance.

— Payer pour eau ?

— Pas exactement. C'est une superstition. Les gens croient que leurs souhaits se réaliseront s'ils offrent quelque chose de précieux en échange.

— Être cadeau donné au dieu eau ?

— Oui, je suppose. Mais que faire à propos du message ?

— Où être puits ?

Je haussai les épaules. J'ignorais la présence d'un tel endroit à Skirl.

— Il faudrait poser la question à Alice ou à Jebard.

Je m'arrêtai, subitement atterré par le phénomène dont j'avais été témoin.

— Ces mots ont-ils vraiment été écrits par un fantôme ?

Iggy hocha la tête d'un air désinvolte.

— Bien sûr, frère Kim.

— Mais les fantômes…

— Oui, frère Kim. Lui nous dire où elle être.

J'en eus le souffle coupé. Des chaises qui grincent et des rideaux qui s'agitent, passe encore. Mais un message gribouillé dans la poussière par une main invisible, c'était une autre paire de manches.

— Peut-être que le Puits aux Vœux figure sur la carte ? avançai-je.

— Non, répliqua Iggy sans se donner la peine de vérifier.

Puis il se dirigea vers la porte et je le suivis. Avant de sortir, je me retournai et fus à peine surpris de constater que les mots s'effaçaient peu à peu.

Chapitre 5

Les Marches
de la Tarle

De retour dans la cuisine, nous ne dîmes rien à Alice et à Jebard de nos observations, mais je les interrogeai sur le Puits aux Vœux. Jebard se frotta le bout du nez en suçotant ses dents et déclara qu'il connaissait de nombreux puits, mais qu'aucun d'eux n'exauçait les souhaits. La plupart étaient condamnés ou perdus dans la végétation. L'eau de certains puits anciens avait la réputation de posséder des pouvoirs de guérison et, au Moyen Âge, des gens venaient de loin pour y boire. Un jour, la famille Drago y mit le holà et on oublia les puits.

Alice posa le repas sur la table et, les bras croisés, légèrement en retrait, regarda Iggy grignoter un peu de cheddar et des bâtonnets de céleri. Après avoir examiné d'un œil méfiant le jambon, les œufs durs et la soupe brune et épaisse qu'elle lui avait proposés, c'est tout ce qu'il avait pu se résoudre à avaler.

— Drôle de phénomène, cet étranger, lança-t-elle à mon intention comme si Iggy n'était pas dans la pièce.

Ce dernier plissa le nez et mentionna deux fois le plum-pudding, laissa échapper un rot sonore avec un plaisir évident et, méthodiquement, commença à enfiler ses manteaux et son pantalon imperméable. J'allai chercher mon duffel-coat, mon chapeau, mes bottes, mes gants et mon sac, que j'avais caché dans une dépendance.

— Où allez-vous ? demanda Alice en me voyant revenir. Vous allez attraper un rhume carabiné, tous les deux. Il gèle à pierre fendre dehors. Et on prévoit de la neige. Nous ne voudrions surtout pas nous retrouver avec une autre disparition sur les bras, n'est-ce pas, monsieur Jebard ?

Convaincu qu'Alice faisait trop de chichis, celui-ci avait tendance à ignorer de tels conseils de prudence. Pour obtenir gain de cause, j'avais appris à laisser Alice annoncer quelque improbable désastre et à attendre que Jebard manifeste son désaccord. Et il avait toujours le dernier mot. Elle finissait par fléchir en grommelant : « S'il arrive quelque chose, vous n'aurez qu'à vous en prendre à vous-mêmes. »

— Nous allons aux Marches de la Tarle, expliquai-je. Je connais le chemin.

— C'est votre affaire, dit Jebard en se tournant vers Iggy. Arrangez-vous pour qu'il ne se noie pas dans la rivière. Et soyez de retour avant la nuit.

Je consultai les chiens du regard pour voir s'ils avaient envie de nous accompagner. Seul Noiraud, couché près de la cuisinière, souleva la tête avec un semblant d'intérêt, mais il la reposa aussitôt.

Nous nous engageâmes dans l'allée, puis nous coupâmes à travers bois et montâmes vers les hauteurs, où une pâle lumière léchait la cime des arbres. Des corbeaux flottaient au-dessus de nous, puis repliaient leurs ailes et descendaient en piqué vers le fond de la vallée en s'interpellant bruyamment. À travers les hêtres, nous contemplâmes la maison. Nous avions sur elle le même point de vue que dans le tableau. Le froid nous empêcha toutefois de nous attarder. Je me demandais pourquoi l'artiste avait déformé le paysage à seule fin d'y caser les Marches de la Tarle — après tout, elles se trouvaient à quelques kilomètres de la demeure — quand Iggy s'arrêta brusquement en soulevant un doigt ganté.

— Être hiver, constata-t-il.

— Oui, concédai-je en m'interrogeant sur la suite.

— Dans image, arbres être sans feuilles.

— Oui.

— Alors pourquoi homme nager ? Pourquoi chaises dans jardin ? Mystère et gomme de poule !

— Tu es un détective à qui rien n'échappe, dis-je sur un ton légèrement sarcastique.

En réalité, je m'en voulais de ne pas y avoir songé.

Quittant les collines, nous longeâmes la Tarle qui, à une quinzaine de kilomètres en aval, se jetait dans la Skirl. Environ un kilomètre plus loin, la rivière s'évasait et formait un vaste bassin aux eaux peu profondes : c'est là que les anciens avaient aménagé le pont. Les pierres posées en travers du cours d'eau étaient énormes. Certaines faisaient plus de trois mètres de longueur, et toutes étaient assez larges pour laisser passer deux personnes côte à côte. La construction s'élevait de soixante à quatre-vingt-dix centimètres de la surface. On avait donc affaire à des pierres de gué qui se touchaient plutôt qu'à un pont proprement dit. Au total, l'ouvrage s'étirait sur une trentaine de mètres.

Hormis le ruissellement précipité de l'eau, tout était silencieux. Le vent s'était essoufflé, et les arbres, nus et muets, nous dominaient.

— Tu vois ? Nulle trace d'un vieil homme.

— Si nous allumer feu, lui venir, affirma Iggy avec une assurance exaspérante.

C'en était trop pour moi.

— Il n'y a personne ! m'exclamai-je. Le vieillard du tableau, à supposer qu'il ait existé, est mort depuis belle lurette. Comment veux-tu qu'il soit ici ?

— Sur l'image, lui faire signe à nous.

— Je ne te crois pas.

Iggy savait exactement comment s'y prendre pour préparer un feu. Il construisit un cône de bois sec bien droit autour d'un noyau constitué de fougères et de feuilles mortes. Je lui demandai d'où il tenait ce talent et s'il avait été à l'école.

— Bien sûr, moi aller école. Ensuite, moi étudier Université des Mers du Sud.

— Jamais entendu parler. Ça existe pour vrai ?

— Personne ici savoir qui toi être, mais toi exister, raisonna-t-il. Nous faire feu, maintenant.

Je lui tendis mes allumettes et il en gratta une. Il la lança sur le petit bois, qui s'enflamma facilement. Bientôt, le feu rugissait et crépitait, et des étincelles volaient au milieu des frondaisons.

— Allumettes être don ciel, déclara Iggy en me gratifiant d'un clin d'œil.

Nous retirâmes nos gants pour réchauffer nos mains. Iggy sortit de sa poche un bout de fromage enveloppé dans du papier ciré, vestige du repas que nous avions pris à la maison. Il le sépara en deux et, contents, nous mangeâmes en contemplant les flammes.

Nous fûmes sans doute distraits par le spectacle qui s'offrait à nos yeux. Comment expliquer, sinon, que nous n'ayons aperçu le vieillard que lorsqu'il eut franchi la moitié des Marches de la Tarle ? Il était vêtu de la même façon que dans le tableau : hauts-de-chausse, bottes en cuir brun, justaucorps en cuir aussi, long manteau vert et ample chapeau noir. Autour de son cou était accrochée une paire de lunettes, et il avait à la main un bâton. Je me figeai. Après la matinée que j'avais connue, je compris aussitôt qu'il s'agissait d'un fantôme. Iggy, pour me rassurer, hocha la tête et posa une main sur mon épaule.

Lestement, l'homme franchit la distance qui le séparait de nous, s'arrêta et fit doucement résonner sa houlette sur la dernière pierre. Il était très grand — selon mes estimations, il mesurait plus de deux mètres.

— Tout homme qui allume un feu, déclara-t-il, se croit le maître des flammes, mais il devient vite leur esclave : il doit se précipiter aux premiers sifflements de leur agonie et nourrir leur appétit d'une quantité de bois toujours renouvelée.

Dans le froid, le souffle de l'homme se transformait en vapeur. Rien à voir avec un fantôme.

Iggy s'inclina jusqu'à terre.

— Moi être Igthy Ma-tuu Clava, seigneur de Ro-Torva.

— Heureux de vous rencontrer, dit le vieillard sans laisser paraître la moindre trace de plaisir. Et toi, jeune homme ? À qui ai-je l'honneur ?

— Kim Greenwood, monsieur, répondis-je.

— Je t'attendais. Je t'ai aperçu ce matin. J'étais sûr que tu viendrais.

Je fus incapable de me retenir.

— Ce matin ? Comment ?

— Ne me coupe pas la parole.

— D'accord. Comment nous avez-vous vus ?

— Vous m'avez bien regardé, vous. Il est donc naturel que j'en aie fait autant.

Je sentais en lui de l'irritation et un peu de lassitude.

— Mais… vous êtes le personnage d'une peinture. Nous sommes réels.

— Quelle preuve en as-tu ? Qui te dit que tu n'es pas, en ce moment même, étudié, scruté à la loupe, examiné sous toutes les coutures par des gens dans quelque musée lointain ? Explique-moi, Kim Greenwood.

— Je ne peux pas le prouver, répliquai-je, mais, en général, quand on m'épie, je le sais. Prenez M. Quake, par exemple. S'il m'observe par-derrière, je le sens dans mon cou.

— Ah ! M. Quake, oui, en effet. C'est un vil individu. Il a bien des choses à cacher. Tu es au courant, je suppose.

— J'ignore tout de lui, admis-je.

— Disons simplement qu'il a un lourd passé.

— Qu'est-ce qu'on lui reproche ? demandai-je.

Le vieillard, se désintéressant de moi, fixait Iggy.

— Vous êtes un cas intrigant. En vous voyant, j'ai pensé : « Tiens, voilà un type qui est venu de loin dans l'espoir de prolonger sa vie. » J'ai raison, n'est-ce pas, monsieur Ma-tuu Clava ? Vous êtes ici pour sauver votre peau... et peut-être aussi celle de ce jeune homme. D'où votre intérêt pour le tableau et le mystère des chaises renversées. Il n'y a pourtant pas d'énigme. Elles symbolisent la mort, elles *sont* la mort. Il n'en reste que deux debout, et le premier courant d'air les retournera à leur tour.

Le vieillard fit claquer ses doigts et souffla dessus.

— Pouf ! Pouf ! Terminé. L'extinction, l'annihilation, le néant. Tel est le sort qui vous attend l'un et l'autre !

Il s'avança vers nous. Je remarquai ses mains, énormes et osseuses.

— Avez-vous payé ? demanda-t-il.

Iggy ne répondit rien.

— Auriez-vous donné votre langue au chat, par hasard ? insista l'homme méchamment.

Iggy gardait le silence. Il avait manifestement l'intention de me laisser diriger l'entretien.

— Avez-vous payé, oui ou non ? répéta le vieillard.

— Payé qui ?

— Le Gardien.

Je nageais en pleine confusion.

— Qui est-ce ?

— Moi, bien sûr ! Il y a un écriteau précisant les conditions.

— Où ça ?

— Là-bas, près de l'arbre abattu. La pierre verticale.

Je me retournai. Je ne voyais rien de tel.

— Où donc ?

— Concentre-toi, mon garçon ! Ouvre les yeux !

Je distinguai un objet enfoncé dans le sol mouillé. C'était la réplique exacte d'une vieille pierre tombale. Je courus vers elle. Des mots en caractères très anciens y étaient profondément gravés : « Je suis le Gardien. Nuit et jour, j'accueille les voyageurs qui acceptent de payer la traversée en pièces d'argent. »

Je n'avais pas un sou vaillant en poche.

— De l'or, ça irait ? demandai-je. Mon ami en a.

— L'or vaut mieux que les immondices que sèment derrière eux les excursionnistes et leurs sales enfants qui viennent ici pour « pique-niquer » et « barboter » dans ce lieu sacré, sans parler de la clameur des radios et des voitures qui s'incrustent comme de mauvaises odeurs ! Crétins ! Imbéciles ! Rustres ! Touristes ! La lie de l'humanité ! Laissez-moi vous dire que certains des abrutis qui se risquent à traverser mon pont sans

74

me dédommager s'exposent à des surprises plutôt désagréables…

Il baissa les yeux sur moi.

— Tu me sembles inquiet, jeune homme. Avec raison. Mais je ne les maltraite pas. Ils parviennent toujours de l'autre côté sans encombre.

Il s'esclaffa.

— Mais une fois de l'autre côté, ils s'aperçoivent que quelque chose ne va pas. Le temps a changé. Dans l'air, il y a des odeurs et des bruits différents. Tôt ou tard, ces demeurés se rendent compte qu'ils sont au bon endroit, mais à une époque différente !

Il rit d'un air malicieux.

— Tu devrais voir leur tête lorsqu'ils tombent sur une bande de brutes du Moyen Âge ou une grotte habitée par des ours. Un vrai régal. Ça pimente l'existence, si tu vois ce que je veux dire.

Il s'interrompit et me gratifia d'un sourire laissant voir ses dents cassées et tachées.

— Je les amène dans un autre temps d'où ils ne reviennent jamais. Jamais !

Durant ce monologue, Iggy s'était avancé vers la pierre et avait posé trois souverains en or au milieu des petites pièces crasseuses : trois pence, six pence, pennies et quarts de penny.

— Vous ne semblez pas aimer beaucoup les gens, observai-je.

Je le regrettai aussitôt.

— Ça, c'est le moins qu'on puisse dire, fiston ! Si tu connaissais comme moi l'espèce humaine — l'instinct meurtrier, la cruauté, les pensées ordurières —, tu ne la porterais pas dans ton cœur, toi non plus. Ton époque est la pire de toutes : la cupidité, la détérioration des lieux sauvages, la dégradation de la nature et de la beauté, le vol et le pillage, la saleté et le bruit, la brutalité arbitraire et banalisée ! L'homme néglige le monde. Il méprise et détruit ce qui le dépasse. Tant et aussi longtemps qu'il a la panse pleine et que ses hideux rejetons mangent à leur faim, il se moque éperdument du reste.

Il poussa un long soupir.

— Mais pourquoi perdre mon temps avec un jeune idiot et un homme qui joue les demeurés ? Occupons-nous plutôt de notre affaire. Puisque vous avez payé, vous avez le droit de poser des questions. À moins que vous ne souhaitiez traverser ?

L'homme me lorgnait d'un air mauvais.

— Non, merci, m'empressai-je de répondre.

— Dans ce cas, pose-moi des questions pertinentes, sinon tu n'obtiendras rien de moi. Si elles me plongent dans l'ennui, je mettrai un terme à l'entretien pour réintégrer une époque plus saine.

Iggy s'avança d'un pas et s'inclina de nouveau.

— Moi laisser parole à frère Kim. Lui être très intelligent. Lui connaître rapidité de lumière.

— Dans ce cas, il finira peut-être par comprendre quelque chose à l'Univers. Mais ça m'étonnerait.

Je toussai et me tournai vers Iggy. S'il avait l'intention d'utiliser de grands pouvoirs magiques, il aurait intérêt à se charger de l'interrogatoire. Il me fit toutefois signe de poursuivre et se retira en lui-même, selon sa curieuse habitude.

— Êtes-vous l'auteur du tableau ?

— N'importe quoi ! Creuse-toi la tête un peu.

— Connaissez-vous l'inscription latine qui figure au bas de l'image ?

— Je t'ai déjà révélé la signification des chaises. Le texte en question enfonce le clou, sans plus. « *Qui magistrum sellarum delapsarum magistraverit supererit ut rem referat* » se traduit comme suit : « Quiconque maîtrise le Maître des chaises renversées vivra et racontera son histoire. » On trouve dans la phrase un amusant jeu sur « maître » faisant appel au mot de bas latin « *magisterare* », dont la forme syncopée (c'est-à-dire abrégée), « *magistrare* », signifie régner, diriger, commander. Tu comprends ? Si vous découvrez les indices contenus dans le tableau, vous aurez peut-être la vie sauve.

— Vous semblez bien connaître la peinture. Nous aiderez-vous à la déchiffrer ?

— Absolument pas. Vous devez utiliser le peu de jugeote qui vous a été donnée pour tenter de l'élucider par vous-mêmes. Attention : il y a des gens qui vous mettront des bâtons dans les roues. Des hommes et... des femmes au cœur noir.

— Qui ?

— Je vendrais la mèche en vous le révélant, pas vrai ?

D'un air impatient, il balaya les bois du regard.

— Si tu as terminé, j'ai hâte de retourner au splendide été où j'ai choisi de passer mon temps, sans vos pique-niqueurs, vos randonneurs, vos pollueurs et vos adolescents avec leurs petites radios. D'ailleurs, votre hiver ne réussit pas à ma poitrine.

En guise de démonstration, il se racla la gorge et une sorte de râle monta de ses poumons.

— L'humidité, tu comprends ? siffla-t-il en sortant un mouchoir jaune de sa poche et en toussant dedans.

— Voyagez-vous vraiment dans le temps ? demandai-je.

— Voilà justement un exemple de question trop générale, répliqua-t-il. Il est vrai que je voyage dans le temps, ainsi que tu l'as dit grossièrement, mais les choses sont un peu plus compliquées que tu l'imagines. Je suis l'heureux bénéficiaire de certains privilèges à l'intérieur des Frontières de la Tarle. On peut effectivement y voir une sorte de bénédiction.

Il s'interrompit et me fixa de ses yeux sombres, terrifiants.

— De la précision, mon garçon. Je veux des questions précises.

— Que sont les Frontières de la Tarle ?

— Pour l'amour du ciel... bon... très bien... Les Frontières de la Tarle correspondent à une fissure étroite. À partir des environs de ce pont, suit la vallée de la Skirl et remonte la colline jusqu'à une tombe connue sous le nom de la Butte de Sennak. Tu sais probablement de quoi je parle.

Je songeai qu'il avait décrit à la perfection la carte qu'Iggy avait dans sa poche et celle que j'avais vue dans la Longue Galerie.

— Ces frontières ne sont par endroits qu'à une centaine de mètres l'une de l'autre. À l'intérieur existe un état particulier qui, pour peu que sa puissance soit utilisée au mieux, protège les morts de l'extinction totale et les vivants des morts. Tu te trouves en ce moment au centre de l'un des plus grands miracles de l'Univers, petit. Ne l'oublie surtout pas. Rares sont les lieux de cette nature.

Iggy hocha la tête, comme s'il venait de recevoir une confirmation.

— À ma connaissance, c'est aussi le plus puissant.

Aucune question ne me venait à l'esprit. Pourtant, il me restait beaucoup à apprendre. Impatient, le vieillard tambourina sur le sol à l'aide de son bâton.

— Autre chose ? demanda-t-il d'un air profondément ennuyé.

— Oui, oui… dis-je en me remémorant les dates et les noms de code que j'avais trouvés sous l'oiseau. Les frontières sont-elles toujours ouvertes ? Y a-t-il des moments plus propices ?

— Ah ! Voilà une interrogation à moitié sensée, et j'insiste sur les mots « à moitié ». Les Frontières de la Tarle sont en effet soumises à des variations cycliques. Les lois qui régissent la force récursive de ce… mouvement, appelons-le ainsi, faute de mieux, sont très complexes. Il suffit de souligner que les puissances qui s'expriment à l'intérieur de ces limites croissent et décroissent sur une période de cent ans.

— Et elles sont à leur maximum en ce moment, n'est-ce pas ? Est-ce pour cette raison qu'elle est venue ?

Le vieillard me scruta d'un air particulièrement féroce. Après, il mit ce qui me sembla quelques minutes à articuler sa riposte :

— Elle ?

— Oui, Alba Hockmuth.

— Ouiii. Alba Hockmuth. Où est-elle à présent ? Mes renseignements ne sont pas aussi à jour que je le souhaiterais.

— Elle est souvent à la maison, mais j'ignore où elle se trouve maintenant. Est-elle ici parce que le moment est particulièrement important ?

Il fit signe que oui.

— La mégère est venue réaffirmer ses droits et consolider son pouvoir une fois de plus. Remarque, elle n'est pas la seule à être sortie de nulle part, pas vrai ? Il en va de même pour toi, sans parler de Jeannot Lapin avec son chapeau aux grandes oreilles.

D'un doigt sale et crochu, le vieillard désigna Iggy.

— Il est arrivé comme un cheveu sur la soupe, lui aussi, à un moment d'une grande importance historique. Nous allons nous amuser comme des fous, j'en suis sûr.

Il nous examina l'un et l'autre.

— Je me demande si vous vous montrerez à la hauteur de la tâche.

— Quelle tâche ?

— Sauver votre misérable peau. Réussirez-vous ? Ça promet d'être passionnant.

Il donna deux coups de bâton.

— Est-ce que ce sera difficile ?

— Très difficile, en effet ! Pour égaler les pouvoirs de cette femme, ses machinations, ses bassesses, son cœur noir... vous devrez user de finesse. Elle a dupé, trahi et tourné en bourrique de nombreux ennemis beaucoup plus habiles que vous.

J'accueillis la nouvelle en remarquant à peine son ton amer.

— Savez-vous où est le Puits aux Vœux ? demandai-je. Nous connaissons quelqu'un qui se trouve peut-être dans un endroit semblable à celui-là. Et ce « quelqu'un » est en difficulté.

— Et il y serait retenu contre ses « vœux » ?

Il sourit de sa propre plaisanterie et poursuivit.

— Qui te l'a dit ?

— C'est une femme, pas un homme.

Je me tournai vers Iggy.

— Nous avons été mis au courant par un fantôme. Il a tracé un message dans la poussière.

— Une femme ou une fille, hein ? Et des fantômes ont communiqué avec vous... Hum. Je vous conseille la prudence. Les spectres vont et viennent, mais jamais sans raison. Il leur arrive aussi d'induire les autres en erreur, juste pour le plaisir. Ils ont un faible pour la supercherie.

— Mon ami affirme que c'était un bon fantôme.

Le vieillard examina Iggy avec hauteur.

— Oui, je le crois capable de reconnaître un ami. Il est bien plus futé qu'il n'en a l'air. J'admire la discrétion chez un homme. Par ailleurs, le silence est parfois synonyme de fourberie. Es-tu sûr de pouvoir lui faire confiance ?

— Oui, je pense, répondis-je. Pouvez-vous m'indiquer le Puits aux Vœux ?

À l'aide de son bâton, il se mit à frapper le sol en cadence.

— « En haut de la Maison de Skirl, là où les eaux disparaissent à la vue et se perdent dans des grottes aussi noires que la nuit, se cache le Puits aux Vœux. C'est là que vous trouverez la jolie fille, en haut de la Maison de Skirl. »

La comptine terminée, il s'arrêta.

— Une improvisation de mon cru. Pas mal, non ?

Je haussai les épaules en signe d'acquiescement, mais je me préoccupais surtout du sort de la femme en question. Elle était mon amie et je jugeais indélicat de plaisanter à son sujet.

— Comment s'appelle-t-elle ? voulut savoir le vieillard.

— Bella. Bella Brown.

Il étouffa un cri de douleur.

— Qu'elle soit maudite, celle-là ! Je n'ai jamais songé qu'il pouvait être question de Bella…

Sa voix s'estompa. La rumeur de la rivière s'amplifia et, pendant quelques minutes, le vieil homme, perdu dans les tourments, marmonna. Prière ou imprécation ? Je n'aurais su le préciser. Puis je l'entendis grommeler :

— En plein ce que je craignais. J'en étais sûr ! Je vais la retrouver. Voilà !

Je brûlais d'envie de lui demander comment il connaissait Bella. Devant son expression, j'estimai toutefois plus prudent de tenir ma langue. Il tourna la tête et contempla la fumée qui montait d'une bûche, les flammes qui crachotaient.

— J'ai du travail, dit-il doucement. Je ne resterai que jusqu'à l'extinction du feu. Tu as droit à une dernière question.

À ces mots, Iggy sortit de sa transe en tressaillant.

— Avons-nous les temps ? s'exclama-t-il.

— Exprimez-vous convenablement, mon vieux. Le temps, c'est singulier. Très singulier, même.

Cette mince plaisanterie lui arracha un sombre sourire.

— Vous avez « le » temps que le tableau voudra bien vous accorder. Vous devez établir à quel moment il a été peint. Cent ans après cette date, à moins que ce ne soit deux cents, je ne m'en souviens plus, l'horloge s'arrête… Pouf ! Pouf ! Les dernières chaises se renversent. Rideau pour vous deux, messieurs. Au revoir et merci.

Déjà, il s'était engagé sur le pont en faisant résonner son bâton.

— Adieu. J'espère ne jamais vous revoir.

Je le retins.

— Puisque vous avez le pouvoir de voyager dans le temps, pouvez-vous nous dire ce qui va nous arriver ?

Il se retourna lentement et, sous son chapeau, me jeta un regard si noir que je me rapprochai instinctivement d'Iggy.

— Insolent ! Sache que je ne vais pas plus loin que ton époque. Je ne supporte pas la destruction, le gaspillage de beauté éhonté qui s'ensuivront fatalement. Je ne m'aventure pas plus loin que le temps présent. Compris ? L'avenir ne m'intéresse pas. Je tiens à préserver mon équilibre, ma tranquillité d'esprit. Dans l'état actuel des choses, cette rencontre me perturbe beaucoup.

Il poursuivit son chemin. Je jetai un coup d'œil à la pierre tombale. Les souverains d'Iggy avaient disparu, même si le vieillard ne s'en était jamais approché. La petite monnaie n'avait pas bougé. Lorsque mon regard se posa de nouveau sur le pont, l'homme s'était volatilisé, lui aussi. Dans la pénombre grisâtre, j'entendais encore le martèlement de sa houlette.

— Merci, lançai-je en direction du bruit. Merci de votre aide, monsieur.

Chapitre 6

Ils se moquent
des feux de l'enfer

— Nous savons où est Bella, lançai-je sur le chemin du retour. Il faut aller la chercher.

Iggy secoua tristement la tête.

— Depuis combien de temps elle avoir disparu, frère Kim ?

— Environ deux semaines et demie, répondis-je.

Il s'arrêta et haussa les épaules d'un air impuissant.

— Pas la peine. Elle être morte.

— Qu'en sais-tu ? Nous devons la trouver.

Il opina du bonnet, la mine grave.

— Qui était sur le pont ? Était-ce vraiment le même homme que dans le tableau ?

— Vieil Homme de Tarle. Lui être très important. Nous revoir lui.

— « Je les amène dans un autre temps. » Voilà ce qu'il a dit. Il est vraiment capable d'une chose pareille ?

— Oui, frère Kim.

— Encore heureux alors qu'il nous ait épargnés.

Iggy réfléchit un moment.

— Alors nous vivre autre époque, frère Kim. Pas de pouf! pouf!

Je voyais où il voulait en venir. Si nous remontions dans le temps, les chaises de la peinture ne présenteraient aucune menace.

— Tu es sûr? Comment un être du passé aurait-il pu prédire ma mort sans savoir qu'un garçon nommé Kim Greenwood naîtrait un jour? Pourquoi est-il convaincu que ces deux chaises nous représentent?

— Parce que nous être frères. Éloignés, mais frères quand même.

Je commençais à comprendre. Si Iggy était effectivement un membre égaré de la famille Drago, lui et moi étions peut-être les derniers représentants de la lignée des Drago de Skirl. Les fils du colonel étaient morts à la guerre. Ma mère n'était plus de ce monde et Alba Hockmuth était une parente si lointaine du colonel qu'elle ne comptait pas. J'eus alors une terrible pensée. Ma mère était une Drago. Était-elle l'une des chaises renversées? Était-elle morte à cause de la peinture? Je m'arrêtai. Le vent nous secouait. Je sentis les larmes envahir mes yeux. Iggy sembla lire dans mes pensées. Il posa ses mains sur mes épaules, se pencha et me regarda droit dans les yeux.

— C'était une mère extraordinaire, bredouillai-je. La meilleure du monde. Douce, gentille… Quelle injustice!

— Moi savoir, frère Kim. Moi sentir chagrin de toi.

Pendant un certain temps, nous restâmes assis sur une souche, à l'abri d'un grand if. Iggy avait encore un peu de fromage et de chocolat, et nous les partageâmes. Pendant ce goûter improvisé, je me mis à parler de l'école que j'avais été forcé de quitter. Après le message écrit dans la poussière et l'excursion au pont, j'avais peut-être besoin d'un retour à la normale. Non pas que le pensionnat soit normal. Pour le bénéfice d'Iggy, j'évoquai quelques-uns des règlements : obligation de boutonner son veston jusqu'en haut et interdiction formelle de marcher sur la pelouse, sauf pour les plus vieux. Incrédule, mon compagnon écarquillait les yeux.

— J'avais toujours des ennuis. Les instituteurs me mettaient en retenue pour cause d'insolence, exactement comme Quake.

— Que vouloir dire « insolence » ?

— Effronterie, répondis-je.

Iggy n'était guère plus avancé. Je me remémorai alors les mots utilisés par le directeur dans un bulletin : « Refus de l'autorité et propension à la ruse. »

Iggy sourit.

— Ça être bien. Frère Kim être très rusé.

— Je pense qu'ils ont tous été heureux de me voir partir après la mort de ma mère. Ils n'appréciaient pas les tours que je jouais.

Comme Iggy paraissait intéressé, je lui parlai de la fois où j'avais noué un bout de ficelle à la chaise du titulaire et tiré dessus au moment où il s'assoyait. Désormais, la petite farce ne me semblait plus si drôle, mais Iggy se tordait de rire. C'était le son le plus bizarre que j'aie jamais entendu, une sorte de sifflement aigu qui avait pour effet de lui humecter les yeux. Après s'être tapé sur les genoux à plusieurs reprises, il déclara :

— Frère Kim être maître chaise renversée.

Je ris un bon coup avec lui.

— Il se passe quelque chose d'important, non ? Un événement rare et étrange qui ne se produit qu'une fois tous les cent ans. À ton avis, est-ce que ça concerne Alba ? Est-elle mêlée à cette affaire ?

— Je ne pas savoir, frère Kim. Le vieil homme et elle être ennemis et se disputer malgré frontières du temps.

— Ah bon ? Et comment s'y prennent-ils ?

— Nous voir. Détails échapper moi, frère Kim. Moi avoir beaucoup à apprendre sur elle. Mais d'abord, moi devoir voir elle, dit-il en se levant brusquement.

Nous poursuivîmes notre route. Dix minutes plus tard, nous atteignîmes le sommet de la colline qui formait l'un des côtés de la vallée. La maison en contrebas était illuminée. Bizarre puisque, en général, seuls les appartements du colonel et la cuisine étaient éclairés.

— Quelque chose ne va pas, dis-je.

Nous nous enfonçâmes dans les fougères mortes, glissâmes dans les ornières creusées par le passage des vaches. Nous trouvâmes une ambulance et deux voitures de police garées devant la porte, restée ouverte. Il y avait du monde. Jebard et Alice Sprigg s'entretenaient avec un policier, et Simon Vetch fumait nerveusement sous une lampe.

— Qu'est-ce qui se passe? demandai-je.

— Bella Brown, répondit Iggy simplement. Elle être retrouvée.

Il avait mis en plein dans le mille. Après notre départ, Amos était parti à la recherche d'un mouton égaré en compagnie des chiens. Schnaps et Trompette s'étaient introduits dans une large crevasse au milieu des rochers et avaient refusé d'en sortir. Amos avait éclairé les ténèbres à l'aide d'une lampe de poche et aperçu un sac à main et des chaussures. Peu de temps après, il avait reconnu le cadavre gelé de la pauvre Bella, recroquevillé au bord d'une pierre surplombant un bassin souterrain aux eaux bouillonnantes.

Iggy devint aussitôt le centre d'attention. Un policier le conduisit à la cuisine, et on demanda à Amos et à Simon s'il s'agissait bien de l'homme qu'ils avaient entrevu. Était-ce lui qu'ils avaient surpris en train d'espionner la maison? Ils ne pouvaient jurer de rien, mais ils croyaient que l'homme en question avait la peau moins foncée et était beaucoup plus grand. On les remercia et je fus convoqué à mon tour.

De chaque côté d'Iggy se tenait un agent en uniforme. Le colonel était assis au bout de la table, la tête dans les mains.

— Jeune homme, commença un inspecteur répondant au nom de Christy, tu as été presque toute la journée en compagnie de ce monsieur. A-t-il eu un comportement bizarre ?

— Non, répondis-je. Aucunement.

— T'a-t-il parlé de son passé ?

— Oui. Il m'a raconté la même chose qu'à vous.

Christy respira à fond.

— Assieds-toi, mon garçon. Pas la peine de rester debout.

Je me perchai sur le banc.

— Que faisiez-vous près du vieux pont ? poursuivit-il. Il est plutôt loin d'ici, surtout par un après-midi aussi froid.

Je me tournai vers Iggy, qui se passionnait pour une tringle fixée au plafond. À une certaine époque, elle avait servi à accrocher de la viande.

— C'est un monument préhistorique, expliquai-je. J'ai pensé que ça l'intéresserait.

L'inspecteur fit quelques pas en direction d'Iggy.

— Selon Mme Camm, vous avez, ce matin même, posé des questions sur un certain Puits aux Vœux. En apprenant qu'elle ne savait rien à ce sujet, vous vous êtes dirigés vers les Marches de la Tarle. Saviez-vous que l'endroit où Mlle Brown a été découverte était autrefois considéré comme un puits aux vœux ?

Il promena un œil critique sur l'antique équipement de la cuisine.

— Comment avez-vous été mis au courant de l'existence d'un tel endroit ?

— Je ne me rappelle pas, répondis-je. J'ai dû en entendre parler à la ferme et penser qu'il serait amusant d'aller y jeter un coup d'œil.

— Ce monsieur vous a-t-il suggéré de faire un tour là-bas ?

— Non. Il n'en savait strictement rien. J'ai dû lui expliquer. Je ne suis pas sûr qu'il comprenne de quoi il s'agit, même à présent.

Alice apparut dans la porte, l'air interloqué. Jebard était juste derrière elle.

— Sacrée coïncidence quand même, non ? Ce matin, il est question du Puits aux Vœux ; cet après-midi, Mlle Brown est retrouvée près du Puits aux Vœux. Qu'en dis-tu, mon garçon ?

— Rien. Je ne sais pas quoi penser.

— Nous croyons que Mlle Brown est morte en tombant dans ce trou. À moins qu'on l'ait poussée. Es-tu déjà allé de ce côté ?

— Non. Je vous répète que j'ignorais l'existence de cet endroit. Iggy aussi.

— C'est très grave, déclara le policier en balayant la pièce des yeux. Nous ne pouvons pas en rester là. Cet homme va nous accompagner au poste, où nous poursuivrons l'interrogatoire. Demain, nous aurons les résultats de l'autopsie. Nous déciderons alors de la direction de l'enquête.

Le colonel sortit la tête de ses mains et s'appuya au dossier de sa chaise. Il avait l'air épuisé.

— Inspecteur, commença-t-il, je puis vous assurer que ni Kim ni M. Ma-tuu Clava n'étaient au courant de l'existence du lieu connu sous le nom du Puits aux Vœux. J'irais jusqu'à affirmer que même le bon vieux Jebard n'en savait rien.

Il se tourna vers Jebard, qui confirma l'hypothèse d'un geste.

— Et on a déjà établi que M. Ma-tuu Clava était arrivé au pays il y a cinq jours seulement. Votre brigadier m'a appris qu'il était descendu mardi d'un paquebot de la Blue Star.

Iggy hocha la tête avec enthousiasme.

— On a vérifié son billet, poursuivit le colonel. Le service de l'immigration du port en question se souvient d'avoir interrogé M. Ma-tuu Clava — ce qui, entre nous, n'est guère étonnant — et divers employés soutiennent l'avoir vu à bord de trains et d'autocars en route vers ici. Nous sommes aujourd'hui le 22 décembre. Mlle Brown a disparu le 5. Elle portait alors les vêtements qu'elle avait quand on l'a retrouvée cet après-midi. À l'époque, Mme Camm vous avait donné une description exacte de son habillement. Il est donc raisonnable de conclure qu'elle est morte le jour de sa disparition, soit une douzaine de jours avant l'arrivée du paquebot. M. Ma-tuu Clava ne peut en aucun cas être tenu responsable de son décès.

L'inspecteur donnait des signes d'impatience.

— Mais, mon colonel…

— Il n'y a pas de mais, inspecteur. Vous n'êtes pas certain qu'il s'agisse d'un crime. Cette pauvre femme a pu glisser et tomber toute seule dans ce terrible endroit.

Je me tournai vers Iggy. Nous savions l'un et l'autre que c'était faux.

— Et pourtant, continua le colonel, vous sautez aux conclusions et portez vos soupçons sur le seul étranger qui se trouve dans les parages. Je suis d'avis que vous auriez tort de vous concentrer sur un seul suspect, tant et aussi longtemps que vous n'aurez pas déterminé la cause de la mort de Mlle Brown. Sans crime, pas de suspect.

Le policier n'apprécia guère qu'on lui dise comment faire son travail.

— Désolé, monsieur. J'insiste pour que cet homme nous accompagne, ne serait-ce qu'afin de pouvoir le disculper.

Le colonel se leva en prenant appui sur la table.

— Cet homme est mon invité, déclara-t-il. Et je crois ce qu'il raconte au sujet de ses origines et des motifs de sa venue parmi nous.

— Y a-t-il un rapport avec l'affaire qui nous occupe ? demanda l'inspecteur.

— Absolument aucun ! C'est une question d'ordre privé qui ne concerne que notre famille.

Puis le colonel sembla perdre sa combativité d'un coup. Brisé, il se laissa lourdement choir sur la chaise. Alice s'élança, mais il la repoussa d'un geste.

Sentant la victoire à portée de main, l'inspecteur proclama :

— Nous avons peut-être affaire à un meurtre, monsieur. Je négligerais mes devoirs en n'obligeant pas cet homme à nous accompagner.

Soudain, j'explosai :

— Ne voyez-vous pas qu'il est innocent, bande de cré…

— Assez, jeune homme, trancha le policier. Il vient avec nous, un point c'est tout. Brigadier, veuillez l'accompagner. Pas de bavures, compris ? Et que personne ne le regarde dans les yeux.

Il s'interrompit et se tourna vers le colonel.

— La dernière fois, monsieur, votre invité s'est amusé à hypnotiser un de mes agents. Mes salutations.

Affolé, Iggy scruta les environs, les yeux exorbités et la bouche entrouverte. Sans crier gare, il se précipita sur moi. Ni le brigadier ni l'agent n'eurent le temps de réagir.

— Toi trouver quand tableau être peint, frère Kim, siffla-t-il à mon oreille.

Il hocha la tête pour s'assurer que j'avais bien compris, puis les policiers s'emparèrent de lui. Je m'accrochai à son bras jusqu'à ce que l'agent m'oblige à lâcher prise. J'assénai un coup de pied sur le mollet du brigadier, qui poussa un cri (je n'avais pas retiré mes bottes) et leva la main sur moi.

— Ça suffit ! cria le colonel. Viens ici, Kim, et tiens-toi bien.

*　*　*

Une fois tout le monde parti, je quittai la cuisine, où Jebard servait à Alice une succession de verres de sherry sucré, et je courus rejoindre le colonel, qui errait dans la maison à pas très lents. Après mon esclandre, j'avais un peu peur de l'aborder.

— Quoi encore ? Que me veux-tu ? demanda-t-il sans se retourner.

— Pardon, monsieur. Iggy n'aurait jamais pu s'en prendre à Bella. Pourquoi l'aurait-il fait ? Il ne la connaissait pas. Il ne savait même pas ce qu'est un puits aux vœux.

Il s'arrêta et baissa les yeux sur moi. Son expression s'adoucit.

— Tu as un sacré tempérament, Kim. Il faudra t'en méfier. On n'insulte pas impunément des policiers. Si tu continues, tu finiras derrière les barreaux.

Il m'étudia de près.

— Tu as hérité de l'apparence, du caractère et de l'imprudence des Drago. « Ils se moquent des feux de l'enfer. » Voilà ce qu'on disait à propos des nôtres. Sans doute ces traits sautent-ils une génération, car ta mère était la créature la plus douce qui soit.

C'était la première fois qu'il la mentionnait en ma présence. Il me dévisagea.

— Je suis sûr qu'elle te manque terriblement, Kim, et nous devons nous montrer indulgents. Ce qui t'arrive, c'est terrible.

Gauchement, il me caressa l'épaule.

— Est-ce que tu voulais autre chose ? Je n'en peux plus. Et la mort de la jeune Bella me bouleverse profondément.

— Croyez-vous qu'elle a été assassinée ?

— Eh bien, les signes ne sont guère encourageants. Nous devons attendre les résultats de l'autopsie.

— Est-ce que je peux vous poser une question ?

— La persévérance est une autre caractéristique de la famille. Vas-y, Kim. Je t'écoute.

— Pensez-vous vraiment qu'Iggy Ma-tuu Clava soit un de nos parents ? Au fond, il est doux comme un mouton et il ne nous ressemble pas le moins du monde.

Après m'avoir observé un long moment, le colonel traîna les pieds jusqu'à un fauteuil et s'assit.

— J'espère que Jebard pensera à éteindre toutes ces lumières. L'électricité va me ruiner.

— Voulez-vous que je le lui rappelle ?

— Ce serait gentil.

Il tritura sa pipe et réfléchit encore un instant.

— Pour répondre à ta question au sujet de notre invité… Franchement, il sait des choses que personne d'autre ne pourrait connaître. Nous avons peut-être affaire à un imposteur de génie, mais je n'en crois rien. La Bible qu'il a apportée avec lui était celle de mon grand-oncle Clive Endymion Drago, personnage extravagant s'il en fut. Après un scandale quelconque — les détails sont nébuleux —, il a été banni du pays. On lui a remis une forte somme d'argent, puis donné l'ordre de ne jamais revenir. Il paraît qu'il s'est converti et qu'il est devenu une sorte de missionnaire. Du moins, c'est ce qu'on raconte. Il s'est acheté un bateau et a parcouru les îles des Nouvelles-Hébrides et d'autres régions éloignées du Pacifique. Dieu seul sait où il a abouti. Il est mort sans que la famille soit prévenue. Avant, il lui arrivait parfois d'envoyer des lettres et des photos. Elles ont cessé un jour et la famille l'a oublié. Il est donc possible, tu vois, que M. Ma-tuu Clava soit le descendant de l'excentrique Clive Endymion et, par voie de conséquence, mon cousin et le tien. Ça te va ?

— La police va-t-elle le libérer ?

— Évidemment. Elle n'a pas assez de preuves pour l'inculper. Je ne serais pas étonné de le voir rentrer demain, lundi au plus tard. Sinon, je vais charger un avocat d'obtenir sa libération. Pour ce faire, il faut du temps et de l'argent, tu sais. Et je n'ai hélas plus beaucoup de l'un ni de l'autre. Maintenant, mon petit, je pense qu'il vaudrait mieux me laisser seul.

— Savez-vous quand a été réalisé le tableau aux chaises renversées ?

— Pourquoi diable cette question ?

— C'est peut-être important.

— J'en doute. Quoi qu'il en soit, je ne peux pas te répondre. Il y a des centaines de peintures à Skirl, Kim. Je ne les connais pas toutes. Quant aux dates… J'imagine que l'information figure quelque part sur la toile elle-même.

Je me rendis compte qu'il n'avait aucune idée de la signification du tableau. Et, bien sûr, je n'avais pas intérêt à lui répéter les révélations de l'homme des Marches de la Tarle. Moi-même, j'y croyais à peine. D'ailleurs, la journée tout entière avait la qualité du rêve.

Il passa la main sur son front. Une fois de plus, son visage se voila de tristesse.

— Mieux vaut que je me retire, décréta-t-il. File manger un morceau en compagnie de Mme Camm.

Il mit les mains sur ses genoux et se leva en gémissant.

— Et rappelle à Jebard d'éteindre.

Il s'éloigna dans la pénombre en marmonnant des propos incompréhensibles au sujet de Bella Brown, indifférent aux bruits qui, lentement, avaient pris naissance autour de nous, aux grattements et aux soupirs qui, soudain, avaient envahi le couloir.

Je me hâtai de retourner à la cuisine, où j'eus droit à une assiette de purée au chou et à la viande hachée. Aux côtés de Jebard, Alice, qui s'éventait, évoqua la nécessité d'organiser des funérailles pour Bella. J'avais mille questions en tête. Lorsque Alice se tut, je lui demandai ce qui était arrivé aux fils du colonel. Elle grimaça et consulta Jebard d'un air peu convaincu.

— Il les a perdus à la guerre. Mme Drago et lui se sont retrouvés fin seuls. Charles et Andrew étaient de bons garçons. Quelques semaines avant la mort d'Andrew — il a péri en mer —, ils sont venus passer leurs jours de permission à Skirl. Avant de repartir à la guerre, ils ont joué une partie de criquet sur la pelouse. Ils étaient si beaux en uniforme.

Elle s'arrêta pour renifler et s'éponger les yeux.

— Un an plus tard, Charles est mort à son tour dans des circonstances nébuleuses. Le colonel ne s'en est jamais remis. Le malheur qui s'abat sur cette famille… Qui sait quand il s'arrêtera?

Chapitre 7

L'esprit troublé du grand pingouin

Cette nuit-là, je rêvai à Alba Hockmuth. Debout à côté de mon lit, les bras croisés, elle m'examinait avec mépris. Dans la réalité, elle mesurait plus d'un mètre quatre-vingts ; dans mon songe, elle était beaucoup plus grande encore. Vêtue d'une robe de l'époque élisabéthaine, aux poignets de dentelle et à la collerette blanche immaculée, elle portait de nombreuses bagues aux doigts et des boucles d'oreilles très bizarres. De près, je me rendis compte que chacune se composait d'un pendentif en or à l'extrémité duquel un homme minuscule se tortillait à la façon d'un poisson pris à un hameçon. Elle mit la main sur son oreille droite pour empêcher l'un d'eux de se trémousser et le serra jusqu'à ce qu'il crie. Je me réveillai. La lumière était allumée, mais je ne voyais rien. Quelques secondes plus tard, une voix s'éleva. Mon rêve se poursuivait-il ? Ce n'était pas celle d'Alba ; en réalité, elle m'était étrangère. On ne peut imaginer voix plus creuse, plus aiguë. Et elle se trouvait indiscutablement dans ma chambre, car je distinguai clairement le faible écho de la chansonnette qu'elle entonna : «Méfie-toi de l'étranger, il te veut du mal. Il t'assommera et te jettera au fond du puits. Méfie-toi de l'étranger. Sinon tu finiras au fond du puits.»

Enfin, elle se tut. Le silence tomba sur la pièce et sur la maison. Pendant quelques minutes, je restai immobile en priant pour que la créature s'en aille. Soudain, un avion miniature, posé sur une tablette, décolla et, une fois au centre de la chambre, s'écrasa avec fracas. Des fragments de plastique volèrent dans tous les sens. «Méfie-toi de l'étranger. Sinon tu finiras au fond du puits», répéta la voix dans un murmure. J'enfouis mon visage dans les oreillers, mais je ne m'assoupis qu'aux premières lueurs de l'aube. Même alors, je dormis à peine.

* * *

C'était un dimanche matin, deux jours avant Noël. Encore bouleversé par les tourments de la nuit, je m'habillai. Dans l'état de terreur où je me trouvais, j'en étais venu à la conclusion que les fantômes de la maison me prévenaient contre Iggy parce que celui-ci risquait de contrecarrer les projets de quelqu'un. Aucune autre explication possible : rien n'aurait pu ébranler ma confiance dans mon ami, même si je ne le connaissais que depuis quelques jours.

Je cherchai Alice, mais elle avait fait la grasse matinée. À mon entrée dans la cuisine, les chiens levèrent la tête d'un air endormi. Ils n'avaient aucune envie d'affronter le froid. Je les laissai donc près de la cuisinière et me préparai des tartines à la confiture en me répétant les mots d'Iggy : il y avait de bons et de mauvais fantômes. Peut-être ceux de Skirl étaient-ils engagés dans une sorte de combat. Pourquoi le colonel ignorait-il leur présence ? Pourquoi Jebard et Alice ne semblaient-ils que vaguement conscients de la multitude d'esprits qui hantaient la maison ?

Puisque je m'étais senti on ne peut plus seul durant la nuit, je me dis que la situation ne risquait pas de dégénérer davantage, ce qui, d'une certaine façon, me remonta le moral. Je savais que je devais nous sauver de la malédiction, et c'était mon unique préoccupation. Mes yeux se posèrent sur les quatre bouteilles de liqueur de prunelle qui trônaient sur la tablette devant la petite fenêtre. Pour concocter cette boisson, Jebard utilisait les baies bleu-noir au goût amer qu'il cueillait à flanc de colline. Après les avoir fait macérer, il les retirait et filtrait l'alcool à plusieurs reprises. Résultat final ? Un liquide rouge pâle d'un éclat incomparable. La lumière du matin traversait les flacons comme les vitraux d'une église. Pendant un moment, il n'y eut rien de plus beau dans le monde. Sans raison, je sentis un courant d'optimisme déferler en moi. Que risquait-il encore de m'arriver ? Ma chambre était peuplée de mauvais rêves et de murmures maléfiques ?

Et alors ? Que pouvaient-ils contre moi, qui avais perdu ma mère ? J'irais examiner le tableau de nouveau, mais je décidai de passer d'abord par la Longue Galerie, où je prendrais le petit livre que j'avais découvert avant la venue d'Iggy. Je le lui donnerais à son retour. Et j'avais l'intention d'examiner d'autres détails, des objets beaucoup plus difficiles à emporter.

Dans la clarté du matin, je gagnai les étages supérieurs de l'aile est. À destination, mon haleine fumait dans l'air froid. Je me dirigeai vers l'armoire où étaient conservés les vieux albums de photos, tirai le tiroir du bas, sortis des piles de lettres retenues par des rubans roses, puis trois albums parmi les plus anciens. Sur la plupart des images, on voyait des membres de la famille Drago assis dans le jardin de Skirl avec un air cérémonieux. Les hommes étaient vêtus d'un blazer et coiffés d'un canotier. Les femmes portaient des robes longues, un parasol à la main. Sur d'autres photos plus grandes, des domestiques en uniforme posaient devant la façade. Quelques hommes de la famille se tenaient au milieu d'un amas d'oiseaux morts ; des enfants étaient assis dans un cabriolet ou juchés en équilibre précaire sur le dos d'un shetland à la mine lugubre.

Je songeai que les Drago se passionnaient pour la photo, car, outre les portraits de famille, toute une iconographie faisait la chronique des événements de la vie courante, comme l'arrivée de la première moissonneuse ou d'un tracteur à vapeur conduit par un homme à rouflaquettes agitant un petit drapeau. J'examinai une pléthore d'études d'habitants du domaine : des hommes au visage inexpressif, des femmes endimanchées assises devant leur chaumière, de jeunes ouvriers brandissant fièrement les brides de leurs chevaux de trait, des charretiers et des palefreniers également en compagnie de leurs animaux, des gardes-chasse au garde-à-vous, et des jardiniers armés de râteaux, de fourches et de bêches dans la lumière d'un été depuis longtemps disparu.

Je me rappelais avoir vu quelque part le portrait d'un homme aux grosses moustaches, debout à la proue d'un petit voilier. Avant de le retrouver, je fus distrait par une série de grandes photos de famille prises en 1860 et 1861, où une anomalie me sauta aux yeux. Sur chacune des huit ou neuf photos qui composaient l'ensemble apparaissait la silhouette floue d'une femme de grande taille. Chaque fois que l'obturateur s'était ouvert, elle avait bougé ou agité la main devant son visage. Il me sembla bizarre que le photographe n'ait jamais réussi à la représenter clairement. J'examinai le bas de chaque image. Sur chacune des légendes, le nom de cette femme avait été rayé. Je me dis qu'il faudrait montrer ces photos à Iggy et poursuivis.

Sous celle que je cherchais, je lus les mots suivants : « Clive Endymion Drago, 1882 — Fanafuti. » C'était sûrement l'arrière-grand-père d'Iggy — son père avant quatre. Sur la page opposée, il y avait un plan plié du même navire. D'une belle main, quelqu'un avait écrit :

« YACHT DE MISSIONNAIRE D'E.C.F. DRAGO, conçu et trans-
porté en Extrême-Orient en l'an de grâce 1865 —
DIXON KEMP, GLASGOW. » La photo avait sans doute été
prise et envoyée à Skirl comme preuve des bonnes œuvres
d'Endymion dans les archipels du Pacifique. À mon
avis, il avait l'air beaucoup trop heureux et trop espiègle
pour ce genre de travail. Derrière le mât du navire était
assise une femme vêtue d'un sarong à motifs. Elle avait
le visage brun et plat et ne regardait pas l'objectif. Était-
ce l'arrière-grand-mère d'Iggy ?

Pour dessiner l'arbre généalogique des Drago et identifier les membres de la famille qui avaient péri à cause
de la malédiction des chaises renversées, il me fallait
bien plus de détails. Je connaissais déjà deux noms :
Andrew et Charles. Je me mis à lire des lettres et à noter
le nom d'autres candidats possibles dans le journal de
poche que ma mère m'avait offert à Noël.

J'étais là depuis à peine une dizaine de minutes quand,
soudain, une voix rompit le silence.

— Qu'est-ce que tu viens encore fabriquer ici ?

Je me retournai. Il n'y avait personne.

— Qu'est-ce que tu viens encore fabriquer ici ? répéta
la voix.

Je me levai lentement, balayant la Longue Galerie des
yeux.

— Ici, lança la voix sur un ton irrité. Tu n'espères
quand même pas que je vais venir jusqu'à toi ? Mes
pattes sont clouées à ce socle.

Je constatai à ma vive stupeur que c'était l'oiseau qui me parlait. Il bougeait son bec et agitait faiblement ses ailes.

— Je suis le dernier représentant des grands pingouins, le seul, condamné à vivre dans cette pièce empoussiérée.

Le volatile se tut et sembla renifler.

— Ne te dérange surtout pas, je ne suis qu'une victime de la nature. Allez, je t'en prie, continue ce que tu as commencé. Pourtant, j'aimerais bien qu'on s'occupe de moi de temps en temps. Et toi ! Jamais tu ne me regardes sans ce petit sourire narquois.

Le ton du grand pingouin était si tragique et si peu menaçant que je ne me sentais pas en danger. Mon ahurissement était tel, cependant, que je ne trouvais rien à répondre. Je m'approchai du coffre.

— Tu parles vraiment ? Mais tu es un oiseau, un oiseau mort par-dessus le marché !

— Disparu, en réalité, me corrigea le grand pingouin en posant sur moi un regard empreint de mélancolie. As-tu seulement une idée de ce que c'est que d'être le dernier de ton espèce ?

— On doit se sentir très seul, répondis-je en me demandant si je n'étais pas en train d'imaginer cette conversation.

— Exactement. Personne avec qui partager mes souvenirs, personne qui ait connu autrefois une liberté comparable à la mienne.

L'oiseau s'interrompit brusquement et je crus apercevoir une larme au coin de son œil.

— Plus de morue au menu du soir, plus de marées printanières grouillant de sprats et de maquereaux, plus de surf à plat ventre sur les eaux soulevées par les grains d'automne, plus d'escalades de pitons rocheux, le gosier rempli de harengs. Fini. L'homme est apparu dans nos colonies de nidification et nous a exterminés jusqu'au dernier, écrasant nos œufs sous sa botte, frappant nos petits à mort. Des millions d'individus tués pour le plaisir. *Pour le plaisir !*

— Je suis désolé, dis-je. Jamais je ne tuerais un oiseau. J'aime les voir voler.

— Voler ! Il n'y a pas que ça dans la vie, tu sais. Les grands pingouins suivaient les poissons des Grands Bancs jusqu'aux îles du sud de la Floride, et ils nageaient aussi vite que les dauphins. Pas besoin d'ailes quand on possède deux nageoires hors du commun. Ce serait aussi bête que de suggérer aux dauphins de s'élancer dans l'air.

— Mais ils le font, ripostai-je. Ils bondissent hors de l'eau. Et si tu avais eu des ailes convenables, tu aurais peut-être réussi à échapper aux chasseurs.

— Là n'est pas la question, déclara l'oiseau en déployant ses ailes pour me montrer qu'elles n'étaient pas si petites qu'on le prétendait. Nous avons succombé à un accès de rage meurtrière. Nous n'y sommes pour rien. La nature tordue de l'homme a tout gâché.

Je m'excusai une fois de plus et demandai à l'oiseau s'il m'en voudrait de reprendre mes recherches.

— Ah ! Tu vois ! Tu refuses même d'entendre les péchés de ton espèce.

Le grand pingouin ferma les yeux et baissa la tête. Bien qu'il ne fût pas beau, je me rendis compte, à le regarder de plus près, que sa taille imposante ainsi que ses taches blanches et noires étaient saisissantes, en particulier la petite aigrette de plumes blanches qu'il avait près du bec.

— Navré, dis-je. Mais je ne devrais pas être ici, tu comprends ? Je ne veux surtout pas être pris en flagrant délit. Il faut que je continue.

— Motus et bouche cousue, déclara l'oiseau en rouvrant lentement les yeux. En contrepartie, tu dois écouter mon histoire. D'accord ?

— Eh bien…

— Et je t'aiderai à trouver ce que tu cherches, s'empressa-t-il d'ajouter. Je vis dans cette pièce depuis un siècle. Je connais les objets qu'elle contient ; je sais depuis quand ils y sont et qui les a déposés là.

— Dans ce cas, je suis tout ouïe.

Je constatai que je venais de conclure un marché avec un oiseau empaillé. Le Vieil Homme n'avait-il pas affirmé que les Frontières de la Tarle protégeaient les vivants des morts, et les morts de l'extinction ? Visiblement, dans cette maison, rien ne mourait.

— Je commence, lança l'oiseau en louchant vers le plafond et en baissant les ailes. Un hiver, il y a eu une forte tempête sur l'océan, et les rares survivants de notre espèce ont dû gagner la terre ferme. Nous avions parmi nous un spécialiste de la plongée. Dans les langues anciennes de l'Atlantique Nord, son nom signifiait «Intrépide Pêcheur de Calmars». De peine et de misère, il a gagné une île appelée Saint Kilda, où vivaient autrefois les hommes les plus cruels et les plus stupides de la création. Les insulaires l'ont capturé sur son perchoir au-dessus des brisants et l'ont emmené dans l'une de leurs maisons puantes, où ils l'ont accusé d'être un sorcier et la cause du mauvais temps. Il a comparu devant un juge et un jury. Imagine un peu la scène : un oiseau traduit en justice ! Il n'avait aucune chance, évidemment. Tout homme qui aurait osé le défendre aurait à son tour été accusé de sorcellerie. L'«Intrépide Pêcheur de Calmars» a donc été condamné à la mort par lapidation. Les hommes, les femmes et les enfants l'ont bombardé de pierres. Bientôt, il a été réduit à l'état de bouillie sanglante. Il a été le dernier grand pingouin à visiter cet endroit maléfique.

— Quelle terrible histoire, admis-je. Est-ce que tu le connaissais personnellement ?

— Oui. Ne t'ai-je pas précisé que c'était *mon* histoire ? C'était mon ami, ma douce moitié, mon âme sœur, mon bien-aimé compagnon des profondeurs.

Le grand pingouin était donc une femelle ! Elle renifla de nouveau.

— J'ai été capturée à mon tour, puis empaillée. Et me voici, seule de mon espèce, dépossédée de tout, sauf des souvenirs de notre histoire.

Elle souleva une aile et la laissa retomber.

— Tu veux savoir ce qui m'irrite le plus ? Ces mots humiliants : « Il a les ailes si petites qu'on dirait un manchot ». « Il » ! Je ne suis pas un mâle, d'abord. Et nous avons déjà réglé la question des ailes et des nageoires.

— N'y pense plus, répondis-je en rayant les mots offensants d'un trait de mon crayon.

— Merci ! C'est un jour à marquer d'une pierre blanche. J'ai rencontré un humain qui a du cœur.

— M'aideras-tu, maintenant ? J'aimerais récupérer le livre qu'il y a dans ce coffre. Est-ce que je peux te déplacer ?

— Trop tard, répliqua la femelle grand pingouin. Il n'est plus là. Tu aurais dû l'emporter quand tu en avais l'occasion. Le lendemain, la jeune fille calme est passée le chercher.

— Bella ? Elle est venue sans moi !

Elle hocha la tête.

— Et ensuite, quelques heures plus tard, l'autre est arrivée. Quand elle a constaté la disparition de l'objet en question, elle a piqué une de ces crises !

— Qui ça ?

— Mme *A. H.*, évidemment.

— La femme qui est venue pendant que je me cachais, Alba Hockmuth ?

— Exactement.

Soudain, je compris.

— Tu es tombée exprès ? Pour l'empêcher de me trouver ?

111

— Oui, admit l'oiseau. Appelons ça une tactique de diversion.

— Ah bon ? Merci, vraiment. Mais comment Alba savait-elle que le livre était là-dedans ? Pourquoi ne l'a-t-elle pas pris la première fois ?

— Elle a compris au moment de sa disparition. Me suis-tu ?

— Que contient-il donc de si important ?

— Des secrets. Ceux qu'elle cherchait. Partout. Je montais la garde sur lui et, avant toi, personne ne l'avait repéré.

Je nageais en pleine confusion. Si Bella avait le livre, comment expliquer qu'on ne l'ait pas trouvé avec son cadavre ? Le cas échéant, j'étais sûr que l'inspecteur l'aurait mentionné et qu'il aurait interrogé le colonel à son sujet. Or il n'en avait pas été question. Où était-il donc ?

— Il faut que je découvre le nom des Drago morts prématurément à cause d'une malédiction.

— Là, je peux t'aider, répondit l'oiseau avec amertume avant de lever les yeux. J'ai vu des tas d'individus aller et venir. Franchement, je préfère quand ils s'en vont.

— Te souviens-tu de Clive Endymion Drago ? demandai-je.

— Oui, c'était le meilleur du lot. C'est peut-être même lui qui m'a achetée ; je n'en suis pas sûre. Il s'intéressait à moi et il a réalisé quelques dessins de moi pour ses livres. Quant aux autres... Quelle vilaine engeance !

Les frères d'Endymion, Rufus et Titus, étaient de vrais petits monstres. Adultes, ils ne valaient pas beaucoup mieux. Clive Endymion est parti et Rufus a hérité de la maison. En passant, il m'a un jour utilisée comme cible pour ses fléchettes. Plus tard, il est tombé du haut d'une fenêtre. Un jour béni… Son fils, Francis, est mort d'un accident de cheval. Désarçonné, il a été traîné dans un ruisseau peu profond, et il s'est noyé. Titus aussi est mort par noyade. Son héritier à lui, Richard Drago, est décédé… je ne sais plus comment. C'était en Amérique, en tout cas.

J'étais au courant. Dans l'un des albums, j'avais vu une photo de Richard qui, coiffé d'un petit chapeau melon, posait à côté d'une tête de bison. Ses moustaches étaient trop grosses, et il tenait une carabine : la crosse reposait sur une large ceinture en cuir et le canon disparaissait hors champ. Je tressaillis en me rendant compte que cet homme était mon arrière-grand-père. Selon la légende, il avait péri dans un incendie à Phoenix, en Arizona.

La veille, j'avais appris que les fils du colonel — et donc les arrière-petits-fils de Rufus — avaient l'un et l'autre connu une fin tragique à la guerre. À la fin, mon journal contenait sept noms. Pourtant, le tableau comptait treize chaises, dont deux encore debout. Quatre décès restaient inexpliqués. J'aurais parié que les disparus appartenaient à la branche familiale d'Iggy. À moins que ma mère ne soit elle aussi décédée à cause du tableau…

Je commençais à m'habituer à l'idée de converser avec la femelle grand pingouin. Je la bombardai de questions sur les morts. Je lui demandai aussi de m'indiquer où je pourrais dénicher des lettres concernant tel ou tel parent. J'avais soin de ne pas évoquer la vie sur l'eau. Le moindre écart de langage et elle parlait pendant vingt minutes des difficultés de la pêche à la sole, du plaisir béat qu'elle avait pris à capturer d'énormes quantités de harengs et à les déguster sur un rocher sous le soleil printanier. Si je tentais de la ramener à mon affaire, elle déclarait :

— Il ne faut jamais froisser les plumes d'un grand pingouin en l'interrompant.

Alors qu'elle pérorait, je déchirai une page de mon cahier et y reproduisis notre arbre généalogique. Il y avait de nombreux blancs, mais, sous chacun des membres de la famille morts dans des circonstances mystérieuses, j'écrivis «CR» pour chaise renversée.

La femelle grand pingouin m'accompagna ainsi pendant environ une demi-heure. De temps à autre, elle manifestait de l'intérêt en hochant la tête ou en s'écriant : «Très intéressant!» Elle racontait en long et en large l'histoire d'une bande de grands pingouins qui s'étaient liés d'amitié avec un globicéphale vivant au milieu des icebergs des côtes du Groenland quand, sans crier gare, elle se tut et reprit sa pose de spécimen naturalisé. Ses yeux devinrent vitreux et inanimés, tandis que ses plumes, si lustrées un moment plus tôt, me semblèrent tout à coup ternes et poussiéreuses.

Puis j'entendis des pas retentir dans l'escalier qui menait à la Longue Galerie. Je reconnus le martèlement de talons hauts. Je glissai l'arbre généalogique dans mon pantalon et me ruai sur les lettres et les albums qui jonchaient le sol. Trop tard. La porte s'ouvrit et Alba Hockmuth, d'une majesté plus terrifiante encore qu'avant, apparut. Le plus curieux, c'est qu'elle portait des vêtements rappelant le costume élisabéthain dans lequel je l'avais vue en rêve, mais en plus moderne : combinaison noire moulante au col blanc, gants en cuir. Sa peau était plus pâle que jamais, et ses lèvres, rouge sang. Elle arborait un grand nombre de bracelets et de colliers. Malgré ma frayeur, je ne pus m'empêcher de jeter un coup d'œil à ses boucles d'oreilles pour voir si des hommes minuscules s'y tortillaient. Derrière, Quake tenait le manteau d'Alba.

— Qu'est-ce que tu fabriques ici ? fit-elle sans se départir de son calme.

— R... rien, bredouillai-je.

— Tu fourres ton nez dans des affaires qui ne te concernent pas. Tu n'as même pas le droit de venir ici, hein, petit ?

— Je... je... je regardais juste de vieilles photos, répliquai-je.

— Ne t'ai-je pas expressément défendu de monter ici ?

— J'avais juste envie de me plonger dans les albums. Je voulais demander la permission, m... m... mais Alice dormait encore.

— Je n'ai aucune pitié pour les menteurs et les écornifleurs, lança-t-elle. Tu n'en es pas à ta première visite, n'est-ce pas ?

Au lieu de répondre, je secouai la tête.

— Tu passeras le reste de la journée dans ta chambre. Demain, tu m'expliqueras au nom de quoi tu t'es permis d'abandonner la leçon de M. Quake pour partir en compagnie d'un homme qui est à présent détenu par la police.

— M. Quake a quitté la pièce en premier, marmonnai-je. J'ai cru que le cours était terminé.

À la vitesse de l'éclair, elle traversa la pièce et m'asséna sur la tempe un coup d'une violence telle que je m'écroulai. Je levai les yeux sur elle et décidai qu'il valait mieux demeurer par terre.

— Qu'est-ce que tu cherchais ? s'écria-t-elle en détachant froidement chaque mot. Qui t'a dit de venir ici ?

— Personne. Je n'avais rien d'autre à faire.

— Et tes études, dans tout ça ? s'enquit Quake, qui savourait sa revanche.

Pour la première fois, je décelai dans ses yeux plus que de la méchanceté. Une expression sinistre et maléfique.

— Tu as pourtant de quoi t'occuper. As-tu fini les exercices que je t'ai donnés hier ?

— Non. Je comptais les finir aujourd'hui.

Mensonge éhonté.

D'un geste, Alba lui ordonna de ramasser les lettres

éparpillées à mes pieds. En me lorgnant avec cruauté, il les lui remit d'un air d'adoration.

— Cela ne te concerne pas. Rien de ce qui est ici ne te concerne. *Compris ?*

Elle fit quelques pas, une main sur la hanche. Elle tenait à l'index de son autre main le ruban qui avait servi à ficeler les enveloppes. Ses talons résonnaient sous la voûte du plafond. Elle s'interrompit et jeta un coup d'œil par l'un des vitraux. Puis elle se retourna et, du regard, me fouilla jusqu'aux entrailles.

— Où est le livre ?

— Lequel ?

— Celui qui était dans cette pièce et qui a disparu.

— Je ne l'ai pas pris.

— Tu sais donc de quoi je parle.

— Non… non. Je n'ai rien emporté du tout.

— Debout ! Cesse de te recroqueviller par terre comme une mauviette.

Dès que je fus levé, elle s'avança vers moi, laissa tomber les lettres et me saisit par les épaules.

— Le livre ! Qu'as-tu fait du livre ?

Je me concentrai sur les bribes de vérité que je pouvais lui offrir en pâture.

— Je n'ai pas pris de livre. Ni rien d'autre.

— Dans ce cas, où est-il ?

— Je ne sais pas. C'est vrai, je vous jure.

— Il était là. Nous en sommes sûrs. Et il n'y est plus. Tu es le seul à avoir pu mettre la main dessus. Où est-il ?

Je secouai la tête en essayant très fort de retenir mes larmes. Si je pleurais, sa victoire serait totale.

— Tiens-toi tranquille, cria-t-elle d'une voix stridente. TIENS-TOI TRANQUILLE. Je t'interdis de pleurnicher en ma présence. TU M'ENTENDS ?

Puis, d'une voix posée, elle ajouta :

— Tu ne bougeras pas d'ici avant d'avoir confessé ton crime, c'est clair ?

— Je ne vois pas de quoi vous parlez. Je… je… je regardais les photos de la famille… les… vieilles images.

Elle ne m'écoutait pas. Soudain, elle sembla se désintéresser de moi. Elle se tourna vers la porte.

— Nettoie-moi tout ça. Après, monsieur Quake, auriez-vous l'obligeance d'escorter ce garçon jusqu'à sa chambre ? Ensuite, venez me retrouver dans le salon bleu, si vous voulez bien.

Elle s'éloigna et je commençai à ranger les lettres et les albums. Quake avait le visage brillant d'anticipation.

— Profite du temps que tu passeras dans ta chambre pour finir tes exercices, dit-il. Je les corrigerai demain. Tu n'auras rien à manger et tu n'adresseras la parole à personne. Tu m'entends, espèce de petit morveux ? Je vais t'apprendre à obéir, moi.

Dès que j'eus refermé le dernier tiroir, il me saisit l'oreille et la pinça. C'en était trop. Je décochai une série de coups de poing en direction de ses jambes, mais je ratai la cible.

— Tu me le paieras, marmonna-t-il entre ses dents.

Sur ces mots, il me donna deux violents coups sur la tête.

Il m'entraîna à sa suite et j'évitai de me retourner. Pourtant, j'aurais été prêt à parier que le grand pingouin avait tout vu.

Chapitre 8

Un ciel menaçant

Au cours des quinze heures suivantes, rien ne bougea dans ma chambre. Au début, j'en fus heureux, mais, bientôt, je m'ennuyais tellement que j'en vins presque à souhaiter qu'un fantôme se manifeste pour mettre un peu de piment dans ma journée. La maison semblait d'un calme inhabituel. Les seuls sons que j'entendis furent les pas d'Alice qui, à dix-huit heures, m'apporta un peu de soupe et de pain : à propos de la privation de nourriture, Alba, en effet, s'était laissé fléchir. Quake avait veillé à ce que je reçoive le minimum vital. En me tendant le plateau, Alice m'avait toutefois gratifié d'un clin d'œil : sous la serviette, je trouvai une tranche de jambon et quelques carrés de chocolat.

Le lendemain matin à dix heures, Quake passa me prendre. La mine renfrognée, il m'agrippa par le collet et m'entraîna vers le salon bleu, où Alba m'attendait, assise devant un petit bureau. Sur le dos de ses mains pressées l'une contre l'autre, les veines saillaient.

— Emmenez-le ici, dit-elle sans se retourner.

Elle était d'une parfaite immobilité. À sa vue, je songeai aux crocodiles que j'avais un jour aperçus sur les rives du Zambèze. Elle pivota lentement vers moi avant de cligner des yeux à la manière d'un reptile.

— La santé du colonel s'est détériorée, déclara-t-elle sans la moindre trace de compassion. La fatigue imputable à ta présence sous son toit, sans doute. On lui a ordonné de garder le lit. Je suis toutefois portée à croire que le repos ne lui fera aucun bien : c'est une question d'âge plus que de maladie. Je suis donc seule responsable de la maison et de toi. M. Quake, qui s'installe à Skirl, organisera tes journées. Nous allons t'initier au travail. Tes études, bien sûr, ainsi que le fonctionnement harmonieux de la maisonnée. Moi exceptée, M. Quake est seul maître à bord. Jebard et Mme Camm ne s'ingéreront pas dans nos affaires, sauf quand Jebard sera chargé de t'assigner des tâches. Compris ? Tu n'as de comptes à rendre qu'à M. Quake et à moi.

— Mais…

Elle se leva, contourna la table et croisa les bras.

— Il n'y a pas de mais. C'est moi qui décide. N'oublie jamais que tu es ici en qualité d'invité. Nous t'accueillons par charité et je m'attends à ce que tu te comportes en conséquence. Tu m'obéiras. Compris ? M. Quake a mis au point un horaire qui débute aujourd'hui.

— Nous sommes la veille de Noël ! me récriai-je en fixant le tapis.

— Je t'interdis de m'interrompre.

Du coin de l'œil, je vis sa main tressaillir.

— Et maintenant, raconte-moi ce que tu manigançais dans la Longue Galerie.

— Je vous l'ai déjà dit, marmonnai-je en regrettant de ne pas avoir songé à un mensonge plus convaincant. Je m'ennuyais. Je ne faisais rien de mal.

— Pourquoi fouillais-tu dans cette armoire en particulier ?

— Je feuilletais simplement de vieux albums de photos à la recherche des ancêtres d'Iggy.

— Iggy ? répéta-t-elle.

— L'homme détenu par la police, expliqua Quake.

— Quoi ? Ce sauvage ! Il n'y a aucun lien de parenté avec nous. C'est un imposteur.

— Le colonel croit son récit, bredouillai-je.

Une fois de plus, la main d'Alba eut un soubresaut.

— Le colonel est un vieil homme sentimental et sensible aux chimères.

Elle tourna les yeux vers la fenêtre. Une multitude de corbeaux s'élança des arbres qui bordaient l'autre berge de la rivière.

— Que fabriquais-tu réellement dans cette pièce ?

Quake s'était posté derrière moi et brandit mon journal.

— Tu as écrit des noms dans ce calepin.

Je l'avais laissé dans la Longue Galerie. Heureusement, il n'avait pas retrouvé l'arbre généalogique que j'avais commencé à établir.

— Inutile de nier, poursuivit-il, je reconnaîtrais tes gribouillis entre tous.

— Pourquoi ces noms ? demanda Alba.

— Simple curiosité, répondis-je. J'avais envie de connaître mes ancêtres.

— Non, non, non ! s'écria-t-elle en tapant du poing sur le bureau. Cesse de me mentir ! Pourquoi ces noms ? Et ça ? À quoi rime ce diagramme ?

J'avais complètement oublié ! Le soir du départ d'Iggy, j'avais tracé une grille comportant soixante-quatre cases, comme les tableaux du livre. J'y avais inscrit mon nom et celui d'autres personnes, puis je m'étais amusé à mêler les lettres.

— Un casse-tête. Rien de plus.

Sans crier gare, Quake m'asséna une claque qui me propulsa vers l'avant.

— Dis la vérité à Mme Hockmuth. Sinon, gare à toi.

J'étais au bord des larmes. Cependant, je trouvai encore la force de résister.

— Vous n'avez pas le droit de me frapper. Si vous recommencez, je vais prévenir le colonel et…

Pour ma peine, j'eus droit à une autre gifle cinglante de la part de Quake.

— Ce carré, que signifie-t-il ? reprit Alba lorsque je relevai la tête, la joue en feu.

— Un jeu, rien de plus.

— Nous avons entendu des voix, lança Quake. Tu conversais avec quelqu'un. Qui était-ce ?

— Vous vous trompez. J'étais seul.

Ils échangèrent un regard.

— Nous n'avons vu que toi, admit Quake. Mais un complice aurait pu filer par-derrière ou disparaître par d'autres moyens.

Alba secoua la tête. Quake allait trop loin. Je me demandai s'ils savaient que Skirl grouillait de fantômes qui chuchotaient la nuit, traçaient des mots dans la poussière, provoquaient le vol et l'écrasement d'avions miniatures. Un lien unissait Alba et Quake, un secret qu'ils me soupçonnaient d'avoir découvert.

— J'étais seul, répétai-je. Alice n'était pas encore levée quand je suis monté et je n'ai pas vu Tom Jebard. À qui est-ce que j'aurais pu parler ?

Cette démonstration de logique les laissa de marbre. Alba se rapprocha de nouveau de la fenêtre.

— Veillez à ce que ce garçon reste occupé, ordonnat-elle. Qu'il ne mange rien jusqu'à ce soir. Jebard a du travail pour lui. Nous reprendrons cet entretien lorsqu'il aura eu l'occasion de réfléchir.

Elle se retourna.

— Je compte sur ta collaboration. En cas de refus, ta vie deviendra très, très pénible.

Je fus enfermé dans une petite pièce en compagnie d'une pile d'exercices. Je ne devais pas sortir avant d'avoir terminé. Parfois, j'entendais des voix de l'autre côté de la porte. Une fois, je me levai et collai mon oreille au trou de la serrure. Alba disait :

— Il ne peut rien faire. Tenez-le occupé jusqu'au jour J.

— Et si la fille lui avait raconté… répondit Quake. S'il révèle le pot aux roses ?

Il marmonna quelque chose à propos d'un accident. Hélas, je ne saisis pas tout.

Sans doute Alba s'était-elle tournée de mon côté, car j'entendis distinctement sa réponse.

— Non. Leur destin à tous les deux est déjà tracé.

Sa voix était si rapprochée que je courus à mon pupitre. Sur mon cahier d'exercices, je remarquai alors des mots. « Sois mon ami — Poisson d'Argent. » De vraies pattes de mouche… J'avais beau être fatigué et affamé, je n'avais pas écrit ce message sans m'en apercevoir. Qui était donc Poisson d'Argent ?

Quelques instants plus tard, on déverrouilla la porte. Quake entra en coup de vent et m'agrippa par le bras.

— Je vérifierai ton travail plus tard. Si tu l'as bâclé, prépare-toi à recommencer.

Je fus conduit auprès de Jebard qui, à contrecœur, me tendit un balai et une pelle à poussière. Jusqu'à treize heures, je devais balayer la cour devant l'étable et ramasser les herbes mortes. Après, une autre corvée m'attendait à la ferme : transporter du purin jusqu'à la lisière d'un champ. C'était un travail salissant, rendu plus difficile encore par le froid et la croûte de terre gelée, que je devais d'abord briser. Amos Sprigg et Simon Vetch me décochaient des regards honteux. Subrepticement, Simon me glissa la moitié de son sandwich, sans s'attarder, car Quake rôdait dans les parages.

Il était près de seize heures quand j'entrevis une lueur à la fenêtre de l'un des bâtiments. En me tournant vers l'ouest, je constatai que le soleil s'était couché. Au-dessus de la lande ne restait qu'une fine bande de bleu nacré. Devant mes yeux, les nuages qui recouvraient la vallée se muèrent en champ de bataille, où se mêlaient des bruns, des rouges et diverses teintes d'ocre. Puis, pendant un instant magnifique, le ciel de Skirl se gonfla, se colora de mauve et de sang, pareil au panache d'un volcan illuminé par de la lave en fusion. Je n'avais jamais rien vu de pareil, même en Afrique, et j'étais certain qu'une telle beauté n'augurait rien de bon. Je me demandai si Mme Camm avait observé le phénomène, elle aussi. D'instinct, je pivotai vers la maison. Qu'y avait-il donc aux fenêtres ? À une douzaine d'endroits, j'eus l'impression que des silhouettes grouillaient derrière les carreaux. Je mis aussitôt cette illusion sur le compte de l'étrange voûte céleste. Bizarrement, bon nombre de reflets ressemblaient à des visages et à des mains cherchant à retenir les dernières bribes de lumière. Je frissonnai. La couleur déserta les nuages, la nuit tomba et un froid implacable s'abattit sur la vallée.

Une dizaine de minutes plus tard, Jebard me rappela, m'ordonna de ranger mon matériel et de me rendre au salon bleu.

Alba trônait dans un fauteuil et Quake se tenait derrière elle, un verre à la main. J'avais très faim. Après le long moment que j'avais passé dehors, le feu de bois rugissant m'engourdissait. Je sentis des picotements dans mes doigts, et mon nez se mit à couler. De sa voix aiguë et impérieuse, Alba me questionna de nouveau. Pour l'avoir déjà trop entendue au cours des derniers mois, je savais que le ton monterait progressivement. À la fin, la femme crierait et déverserait sur moi un torrent de paroles brutales et virulentes. Sa colère était l'une de ses armes les plus redoutables, et je savais par Alice que des adultes comme Amos et Simon tremblaient devant elle.

— À quoi servent ces carrés ? demanda-t-elle. Et les noms qui figurent dans ton calepin… Pourquoi en avais-tu besoin ?

Je bredouillai quelques mots à propos du tableau et en restai là.

— Plus fort, mon garçon, ordonna Quake. Quel tableau ?

— Les chaises renversées… Je… je… tentais de…

Alba lança à Quake un regard entendu.

— De quoi parles-tu donc ?

— De la peinture aux chaises renversées. Je voulais savoir si Iggy et moi étions les suivants. Je cherchais le nom des victimes.

— Qui a eu cette idée ? Le sauvage qui a assassiné la bonne ? C'est cette petite écornifleuse qui t'a révélé l'existence de la peinture ? Hein ? Et le livre ?

Elle se pencha, scruta mon visage, puis elle saisit mon bras et y planta ses ongles.

— Regarde-moi dans les yeux.

— Personne ne m'a rien dit, répondis-je en lui obéissant.

Brièvement, je m'interrogeai sur les profondeurs insondables du mal que je lus dans son regard.

— Alors tu as tout conçu par toi-même ?

— Non… Je ne sais pas.

— Qui t'a renseigné sur le tableau ? Tu ne bougeras pas d'ici avant de m'avoir répondu.

— Je ne tiendrai pas encore longtemps, dis-je. Je suis très fatigué.

Je chancelai, mais ni l'un l'autre ne se précipita pour me soutenir. Puis il se produisit un drôle de phénomène. Je m'entendais parler. Seulement, les mots qui jaillirent de ma bouche m'étonnèrent. Mon intention était d'affirmer que je leur raconterais ce qu'ils voulaient, à condition qu'ils me laissent m'asseoir à la cuisine et manger un morceau. Je lançai plutôt :

— Vous avez mis Bella dans le Puits aux Vœux.

Et non « *Qui* a mis Bella dans le Puits aux Vœux », comme le message inscrit dans la poussière.

Alba me regarda d'un air de dégoût.

— Quoi ? Qu'est-ce que ça signifie ?

— C'est sorti tout seul, bafouillai-je. Je… je… je ne sais plus ce que je raconte.

— Je vois, répondit Alba en examinant la pierre d'une de ses bagues. Tu cherches à écarter les soupçons qui pèsent contre ton compagnon, n'est-ce pas ?

Je secouai la tête au moment où sa voix s'élevait et où les veines de son cou se gonflaient. La pièce se mit à tourner. Puis le sol monta à ma rencontre, et la poussière du tapis me remplit les narines.

Chapitre 9

L'esprit de Noël

Tout d'un coup, je m'aperçus qu'un homme en pardessus brun m'examinait. C'était le docteur Champkin.

— Le garçon a perdu connaissance, déclara-t-il. Son taux de glycémie est très bas, compte tenu du genre de tâches qu'il a accomplies par temps froid.

Il se redressa en reniflant.

— Rien qu'une tasse de thé bien sucré ne puisse arranger. À l'avenir, je vous conseille la prudence. Un garçon qui n'a que la peau et les os ne peut pas travailler comme un cheval de traite.

Alice, qui avait posé quelques gâteaux secs près de moi, porta une tasse à mes lèvres. C'est à ce moment que je me rendis compte que nous étions dans la cuisine et non dans le salon bleu. Alba et Quake brillaient par leur absence. Autour de moi, je ne discernais que des visages affables : le colonel, Jebard et un autre type, sosie du docteur Champkin. Pendant un moment, j'eus l'impression de voir en double, car les deux hommes, qui avaient le même nez rougeaud et les mêmes joues couperosées, se ressemblaient comme deux gouttes d'eau.

Le médecin sourit.

— Je te présente mon frère Felix, dit-il, l'avocat de la famille. Par le plus grand des hasards, il reconduisait M. Ma-tuu Clava à Skirl et j'ai décidé de l'accompagner, en partie, je l'avoue, pour vérifier si les pilules que j'ai prescrites au colonel produisaient l'effet escompté. Je suis heureux de constater que, sur ce plan, mes attentes ne sont pas déçues, n'est-ce pas, monsieur?

Le colonel grogna son approbation. Iggy surgit de derrière lui et s'accroupit près de ma chaise.

— Comment aller frère Kim?

— Mieux, merci. Je ne me rappelle pas ce qui s'est passé. J'étais… Mais la police t'a relâché?

— Oui, répondit-il.

— Où m'a-t-on trouvé? voulus-je savoir.

— Sur le palier de l'escalier principal, expliqua Alice.

Alba et Quake m'avaient-ils abandonné à cet endroit? Étais-je sorti du salon bleu en titubant avant de m'effondrer de nouveau? Avais-je imaginé les mots proférés par ma bouche à propos de Bella Brown? Mystère.

— Tom t'a conduit ici, continua Alice. Il t'a découvert près de la vieille horloge. On peut dire que ça lui a fait un choc. Mme Hockmuth nous a raconté qu'elle t'avait proposé de descendre à la cuisine et que tu étais tombé dans les pommes en chemin.

Les deux Champkin m'observaient en souriant largement.

— Et on a libéré Iggy ?

— Évidemment ! s'écria Felix. La police n'avait aucun motif de le retenir contre son gré. M. Ma-tuu Clava compte désormais parmi les clients de Champkin et Associés. Il ne risque plus d'être victime de traitements arbitraires. On a eu tort de l'appréhender.

— En effet, souligna le colonel.

Il paraissait encore un peu fatigué, mais son regard était beaucoup plus vif.

— L'autopsie a révélé que la pauvre fille avait rendu l'âme avant l'arrivée de notre ami. Cependant, on ignore toujours les circonstances exactes de sa mort.

Je me demandai si je devais leur parler de la conversation que j'avais surprise, puis je fus distrait par le souvenir des mots qu'une main spectrale avait écrits dans mon cahier. Comment expliquer pareil prodige ? Que cela signifiait-il ? Et qui était Poisson d'Argent ?

— Aujourd'hui, c'est la veille de Noël, ajouta le colonel. C'est en soi un motif de réjouissance, sans parler du retour de M. Ma-tuu Clava et du prompt rétablissement du petit Kim. Il est grand temps de redonner vie à la maison. Madame Camm, êtes-vous en mesure de préparer un repas pour nous, M. Jebard, les ouvriers de la ferme et vous, bien entendu ?

Alice commença à protester.

— Très bien, formidable, dit-il en lui tapotant l'épaule. Je n'en attendais pas moins de vous.

Il se tourna vers le médecin.

— Vous restez tous les deux à dîner ? Parfait. Il faudra monter des bouteilles de la cave, Jebard. Veuillez prévenir Mme Hockmuth et M. Quake. Qu'ils soient dans la salle à manger à vingt heures trente pile.

Sur ces mots, il signala aux frères Champkin de le suivre.

* * *

Il me tardait de tout raconter à Iggy : l'échec de mes tentatives d'en apprendre plus sur le Maître des chaises renversées, ma rencontre avec le grand pingouin, le retour d'Alba Hockmuth et son intérêt pour mes fouilles dans la Longue Galerie, les mots qui étaient apparus dans mon cahier et ceux qui avaient surgi dans mon esprit épuisé. J'avais en tête tant de possibilités et de questions que je ne savais pas par où commencer. Cependant, on ne nous laissa pas seuls un instant. Jebard nous mit à contribution. Nous installâmes la table en acajou, astiquâmes les verres et remplaçâmes les chandelles des supports muraux, tandis qu'il décantait le vin et polissait l'argenterie, sortie du coffre-fort pour l'occasion. Nous devions nous dépêcher, et Jebard travaillait avec une hâte inhabituelle, sans oublier d'évaluer nos efforts, qu'il jugea naturellement insuffisants. Il finit par déclarer qu'il faudrait s'en satisfaire.

Amos Sprigg apporta un arbre de Noël coupé dans le noir et encore humide. En s'aidant de briques, il le planta dans un vieux seau en cuivre. Bien qu'expert en plum-pudding, Iggy, apparemment, n'avait jamais vu de sapin de Noël. Aussi fut-il fort étonné quand on nous demanda de le décorer à l'aide de rubans rouges et de guirlandes qui avaient connu des jours meilleurs. Je tentai de lui glisser quelques mots à l'oreille, mais il secoua la tête et me dit qu'il devait d'abord trouver un endroit où passer la nuit. Il alla interroger Mme Camm à ce sujet en me laissant le soin de mettre du houx sur un buffet. Je remarquai l'expression lointaine et furtive de ses yeux, qui me rappela celle que j'avais surprise lorsque nous avions fait face au Maître des chaises renversées.

Il revint environ une heure plus tard, arborant une tunique moutarde, une jupe rayée aux tons vert foncé et rose, et un large sourire. Bientôt, les invités commencèrent à arriver : Amos et sa femme Sarah, Simon Vetch et sa mère, Tout-Doux Perkins, un bûcheron au cou cassé qui penchait la tête et qui, pour cette raison, vous regardait par en dessous d'un air bienveillant. Dans la vallée, on le connaissait simplement sous le nom de Tout-Doux. Il avait à la main un étui à violon et portait un nœud papillon un peu flasque qu'il redressait sans cesse. Le colonel se présenta en veston d'intérieur. Les frères Champkin le suivaient, un verre à la main. Ils riaient et avaient le visage beaucoup plus empourpré qu'avant.

L'atmosphère était légèrement tendue : aucun des habitants de la vallée n'avait encore mangé dans la grande demeure en compagnie du colonel. Ce dernier passa le bras autour des épaules de Tout-Doux :

— Quel festin, n'est-ce pas, monsieur Perkins ? Quand Skirl a-t-elle connu pareilles réjouissances pour la dernière fois ? C'était avant la guerre, je crois. Et quel plaisir de vous voir réunis ici !

Tout-Doux acquiesça de la tête et fut conduit à une chaise.

Dans la lumière des chandelles, les verres et l'argenterie scintillaient. Au centre de la table, il y avait du poulet froid et du jambon, des pommes de terre rôties, des saucisses et des tourtes, du pain frais, du fromage et des tartelettes de Noël. Dans l'âtre central, un feu de bois rugissait. Subrepticement, les chiens entrèrent pour se coucher devant. Devinant les merveilles interdites, ils ne quittaient pas la table des yeux.

Le colonel fit tinter son verre à l'aide d'une fourchette et les conversations s'interrompirent.

— Où est Alba ? demanda-t-il en se retournant. Avez-vous prévenu Mme Hockmuth, Jebard ?

— Oui, monsieur.

— Eh bien, il est près de vingt et une heures. Nous allons commencer.

Au moment où la conversation reprenait de plus belle, Quake ouvrit la porte et s'écarta avec ostentation pour laisser entrer Alba, comme si elle était un membre de la famille royale d'Angleterre. Après quelques pas, elle salua le colonel d'un geste de la tête.

— Heureuse de constater que vous allez mieux, mon cousin, déclara-t-elle même si son visage ne trahissait aucune sollicitude. Nous nous sommes rongé les sangs.

— Possible, répondit-il gaiement, mais je me porte à merveille, et le petit Kim aussi. En passant, Alba, je vous prierais de ne pas oublier qu'il est de la famille. Vous êtes trop dure avec lui. C'était une erreur. Que cela ne se reproduise plus, ni pendant le congé de Noël ni après.

Le ton de reproche n'avait pu échapper à Alba.

Tous les yeux étaient rivés sur elle. Elle avait noué ses cheveux noirs, et des épingles ornées de pierreries scintillaient au moindre de ses mouvements. Elle avait revêtu une longue robe de velours noire cintrée, au col montant bordé d'un ruban de soie turquoise foncé. Des boutons de nacre parcouraient le devant et les manches du vêtement. Sous un bras, elle avait coincé un petit sac de soirée également de couleur noire ; dans une main, elle tenait un éventail rouge fixé à un manche en écailles de tortue.

Elle était si droite qu'elle semblait la personne la plus grande de l'assemblée. Mais c'était surtout sa peau, d'une blancheur surnaturelle, qui frappait. Ses yeux et ses lèvres étaient maquillés avec tant de soin qu'on aurait pu croire à une œuvre peinte sur une toile. Elle se dirigea lentement vers le bout de la table, tournant à peine la tête. On sentait néanmoins qu'aucun détail ne lui échappait. Son dédain était palpable.

— Allons, Alba, dépêchez-vous, lança le colonel. Nous aimerions commencer.

Elle s'assit à l'autre extrémité, à côté d'un des Champkin, qu'elle salua cérémonieusement. Quake, qui avait revêtu pour l'occasion un mouchoir spécial, une cravate et un gilet d'apparat, s'installa à côté d'elle en souriant aux Champkin. Je brûlais d'envie de révéler aux frères que, quelques heures plus tôt à peine, Alba et lui m'avaient maltraité.

Le colonel récita le bénédicité en latin, puis leva son verre.

— Merci de partager votre joie de vivre et votre chaleur avec Skirl. Bienvenue dans cette pièce où les Drago prennent leur repas depuis des siècles.

Un triste souvenir envahit son visage, mais il se maîtrisa.

— Je… je… je profite de l'occasion pour vous souhaiter un joyeux Noël et remercier Mme Camm, qui, avec l'aide de Mme Vetch et de Sarah, a accompli un véritable miracle culinaire. Buvons à leur santé, ajouta le colonel en portant son verre à ses lèvres.

Iggy sourit et gratifia Alice d'une de ses révérences. Il ne toucha toutefois pas le verre de vin rouge posé devant lui.

— Il est étrange, poursuivit le colonel, d'assister à la renaissance de la famille Drago après les multiples tragédies qui l'ont marquée. L'hiver dernier, j'ai eu le bonheur d'accueillir sous mon toit Mme Hockmuth, ma cousine éloignée. Vous le savez, Alba a passé la majeure partie de sa vie en Autriche. Aujourd'hui, elle assume une bonne part du fonctionnement de la vieille demeure, et je lui suis reconnaissant de ses efforts.

Le visage d'Alba resta impassible, mais elle agita son éventail sous son menton. Quake hocha la tête en signe d'approbation et s'essuya la lèvre du bout du doigt.

— Puis est arrivé le jeune Kim, comme pour me rappeler un détail que j'avais pratiquement oublié : la famille Drago a un avenir ! Il a beau s'appeler Greenwood, je reconnais en lui bon nombre de nos traits.

— Et, enfin, M. Ma-tuu Clava nous est tombé du ciel.

Le colonel s'interrompit.

— Ou Iggy, ainsi que le jeune Kim se plaît à l'appeler.

Le maître de céans but une gorgée de vin.

— Je suis fermement convaincu que M. Ma-tuu Clava est des nôtres. En réalité, j'en suis certain. En l'an de grâce 1863, mon ancêtre, Clive Endymion Drago, a quitté cette maison et a renoncé à son héritage. Nous avons une petite idée de la vie qu'il a menée, car Clive Endymion donnait de ses nouvelles par lettre. Rarement mais scrupuleusement. En fin de compte, on fit construire un petit navire pour l'aider à poursuivre son œuvre de missionnaire dans les mers du Sud. Il vécut toute une aventure. À la lecture de ces missives, j'avoue avoir conçu un attachement sincère pour le mouton noir de la famille. C'était un homme bien meilleur que la plupart de ses proches et nettement plus aimable, plus doux et plus intéressant que mon propre grand-père, Rufus.

Alba s'éventa avec plus de vigueur en regardant autour d'elle d'un air d'ennui appuyé. Le colonel lui sourit.

— J'achève, Alba. Mais puisque vous n'avez pas encore rencontré M. Ma-tuu Clava, je tenais à vous montrer qu'il est bel et bien celui qu'il prétend être.

— Mon cher cousin, j'espère que vous ne vous attendez pas à ce que j'admette que cette personne a dans les veines le même sang que vous et moi ? On m'a mise au courant de tous les détails pertinents à son sujet, et j'en suis venue à la conclusion qu'il s'agit d'un imposteur. Il n'a aucune preuve de ce qu'il affirme.

Le colonel secoua la tête, sortit une enveloppe de sa poche et la posa sur la table.

— Je crois avoir ici la preuve que vous souhaitez. Il s'agit d'une lettre de Clive datée de 1867, l'une de ses dernières. Il annonce son mariage avec une gentille autochtone et la naissance de deux enfants. Je l'ai lue pour la première fois hier soir. Elle faisait partie d'une liasse que mon père m'a remise il y a très longtemps.

Le colonel poussa un long soupir et balaya la table des yeux.

— Navré de vous importuner de la sorte avant le début des festivités. Je tiens seulement à rassurer chacun en soumettant M. Ma-tuu Clava à une petite épreuve.

Il s'adressa à Iggy, qui affichait son expression la plus simple et la plus ouverte.

— Iggy — vous permettez que je vous appelle ainsi ? —, Clive Endymion a eu au moins deux descendants.

Connaissez-vous le nom de ses enfants et de son épouse ?

Tous les yeux se tournèrent vers Iggy. Hormis le crépitement du feu, le silence était absolu. Autour de la pièce, les ténèbres s'étaient épaissies, et les photos accrochées aux murs n'étaient plus que des ombres. On aurait dit que la maison, de même que les créatures tapies dans ses moindres recoins, tendait l'oreille.

Iggy se leva en souriant largement et battit des mains.

— Femme s'appeler Lam te-Shalla, c'est-à-dire « née d'un coquillage », fils, Nim Ma-tuu Clava, fille, Aita Ma-tee Clava. Nim Ma-tuu Clava être grand-père Iggy, et lui avoir fils…

— Exactement, s'exclama le colonel d'un air triomphant. Les noms en question figurent dans la lettre. Seul un descendant de Clive peut les connaître. Jusqu'à hier soir, la lettre était enfermée dans un coffre scellé. Que notre invité ait pu les apprendre de la bouche d'une source indépendante est fort improbable…

— … mais pas impossible, glissa Alba.

Le colonel pivota vers elle.

— Il ne demande rien, Alba. Il est venu par ses propres moyens et a affirmé à la police avoir l'intention de rentrer dans son pays dans quelques semaines. Il n'exige rien de moi et n'a pas non plus de prétentions sur cette demeure. Dans l'esprit de Noël, je propose donc que nous l'accueillions de tout cœur parmi nous. Le chapitre est clos. Levons nos verres en l'honneur de M. Ma-tuu Clava, fils longtemps égaré de notre maison.

Iggy, toujours debout, s'inclina et, d'une voix aiguë, entonna dans sa langue un chant où il était question de divers ancêtres, qui semblaient tous s'appeler Ma-tuu ou Ma-tee Clava. Il accompagna sa complainte de nombreux gestes dramatiques et, à une ou deux reprises, se boucha les oreilles en écarquillant les yeux. D'abord étonnés, la plupart des spectateurs parurent apprécier la prestation. Alba et Quake fixaient la table d'un air glacial, les yeux rivés sur un point situé à la gauche d'Iggy.

Après, Iggy se rassit et leva la main pour indiquer qu'il n'avait pas terminé. Il fouilla dans sa tunique et déposa sur la table une poignée de petites boîtes rondes.

— Qu'est-ce que c'est ? demanda le colonel.

— Cadeaux pour frères, répondit Iggy en se fendant d'un large sourire.

Chacun des paquets était emballé dans d'étroites bandes de bambou recouvertes de laque qui, à la lueur des chandelles, prenaient une couleur vert doré. Après avoir vérifié leur contenu en soulevant légèrement le couvercle, il les distribua à la ronde. Dans les leurs, Alice et Jebard trouvèrent un souverain en or, et Alice affirma à quelques reprises que le geste était en effet conforme à « l'esprit de Noël ». Les frères Champkin eurent droit à de petits rouleaux de parchemin sur lesquels étaient peints des papillons et des oiseaux. Amos Sprigg et Simon Vetch reçurent trois hameçons grâce auxquels, insista Iggy, ils captureraient tous les poissons de mer ou de rivière qu'ils voudraient, aussi méfiants ou rusés soient ces derniers.

Le colonel hérita d'une miniature représentant une femme vêtue d'une robe victorienne. Iggy se leva d'un bond.

— Être mère de Clava.

Le colonel semblait interloqué.

— Mon Dieu, vous avez raison. Il s'agit bel et bien de Lily Drago, mon arrière-arrière-arrière-grand-mère et la mère d'Endymion. Son portrait est accroché près de mes appartements. Sans doute Endymion a-t-il gardé cette image avec lui jusqu'à sa mort. Quelle autre preuve vous faut-il, Alba ?

Puis, se tournant vers Iggy, il ajouta :

— Pourquoi diable avoir tant tardé à me montrer cet objet ?

— Être surprise pour Noël, frère Drago.

Chaque boîte renfermait un présent ravissant. Mme Vetch et Sarah poussèrent des oh ! et des ah ! en découvrant leurs broches en coquillage. Subjugué par un minuscule canif, Tout-Doux regarda par en dessous en esquissant un sourire de travers.

Iggy se tenait derrière ma chaise. Il posa sa main sur mon épaule.

— Toi ouvrir présent, frère Kim.

Je soulevai le couvercle et découvris un pendentif auquel était accroché une petite harpe, formée de deux « S » face à face. Cinq cordes en métal rigide étaient fixées entre eux. J'allais pincer l'une d'entre elles quand Iggy m'arrêta.

— Plus tard, toi avoir besoin musique, expliqua-t-il en accrochant l'objet à une chaîne qu'il noua autour de mon cou.

Il ne restait que deux boîtes. Elles reposaient devant Alba et Quake.

— Allons, Alba, dit le colonel. Cessez de jouer les rabat-joie. Ouvrez votre cadeau. Vous aussi, monsieur Quake.

Alba s'exécuta en premier. Tenant la boîte à bout de bras, elle enleva le couvercle d'une chiquenaude et l'envoya valser au loin. À l'intérieur, il y avait un petit flacon au bouchon jaune mat. Reconnaissant son existence pour la première fois, elle dévisagea froidement Iggy, examina le contenu avec dégoût, puis reposa l'objet.

— C'est du mastic gris, constata Quake d'un air méprisant.

Le docteur Champkin porta le flacon à son nez.

— Une sorte de pommade, décréta-t-il. Au parfum très suave ! Je n'ai encore jamais rien senti de pareil.

Il renifla de nouveau.

— Extraordinaire ! Il y a… de multiples couches d'odeur. Essence d'amande ! Myrica ! Miel ! Quelque chose comme le curcuma ou le gingembre, la rosée sur l'herbe ou des fleurs en abondance. Une sorte de résine en arrière-plan. Oui, oui, oui. Je détecte de la noix de coco et, mon Dieu, la mer !

Il se tourna vers Iggy.

— De quoi s'agit-il, au nom du ciel, monsieur Ma-tuu Clava ?

— Odeur de terre entière, répliqua Iggy. Cadeau pour très excellente personne.

Le médecin fit circuler le flacon autour de la table et chacun s'émerveilla. Personne ne s'entendait sur les ingrédients, pas même les deux frères Champkin, pourtant d'accord sur tout.

— Je ne sens pas la mer, Rudi, lança Felix Champkin à son frère. En revanche, je décèle l'odeur de la terre fraîchement retournée dans un jardin, les braises d'un feu de camp au crépuscule, au moment où la rosée se dépose, les feuilles nouvelles du printemps, le foin, le cidre, la menthe et… la lavande. Oui, la lavande, à n'en pas douter.

Chacun eut son tour. Le colonel se remémora l'Égypte et les parfums du souk, la natte qui couvrait le sol de sa chambre, le linge repassé de frais, le cuir d'une selle encore chaude.

Lorsque vint mon tour, mes narines se remplirent de la senteur des fleurs qui bordaient la véranda de la maison où j'avais grandi, des effluves singulièrement doux du bétail sous le soleil, des feuilles d'eucalyptus que brûlait James, notre jardinier. Autant de souvenirs olfactifs que je croyais avoir oubliés.

Le flacon finit par revenir devant Alba. Plutôt que de donner libre cours à la froide et terrifiante colère dont nous la savions capable, elle semblait un peu troublée.

— Ouvrez le vôtre, ordonna-t-elle à Quake.

Délicatement, l'homme souleva le couvercle. Puis il eut un mouvement de recul et laissa tomber l'objet.

— C'est un énorme scarabée cerf-volant, s'écria Simon Vetch, amusé.

La créature s'était renversée sur la nappe. D'un bleu foncé, elle était de la taille d'une boîte d'allumettes.

— Ça, c'est un cadeau de collectionneur, s'exclama le colonel, ravi de l'inconfort de Quake. Si vous n'en voulez pas, je le prends. Allons, Alba, dites-nous ce que vous sentez.

Elle ramassa le petit objet et renifla plusieurs fois.

— Rien, répliqua-t-elle. Absolument rien.

L'insecte de Quake avait produit un effet tel que personne n'entendit la réponse.

— Pourquoi ne sent-elle rien ? demandai-je à voix basse à Iggy.

Il ignora la question.

— Toi regarder, frère Kim.

Sans crier gare, le scarabée s'anima. Il se redressa et, comme s'il obéissait à des ordres, se planta devant Quake, se dressa sur ses pattes arrière et fit gicler un liquide vers lui. Un jet beaucoup plus puissant le frappa au menton et forma une traînée gluante sur son gilet. Quake poussa un cri horrifié et s'épongea fébrilement le visage à l'aide d'une serviette. Les invités hurlaient de rire.

— Être scarabée rigolo, décréta Iggy, enchanté.

À la longue, le calme se rétablit. Simon Vetch captura l'insecte et le remit à sa place. Quake, qu'on avait dû convaincre que la créature n'était pas venimeuse, se rassit.

— Qu'y a-t-il dans la boîte d'Alba ? demandai-je. Comment peut-on mettre autant de parfums dans un seul flacon ?

— Piment de vie, répondit Iggy. Odeurs du monde.

— Pourquoi ne sent-elle rien ? répétai-je.

— Ça être question très intéressante, frère Kim, dit-il en esquissant un faible sourire.

C'était sa façon de me rappeler qu'il devait taire l'importance de ses révélations. Alba Hockmuth avait beau ne pas regarder vers nous, je savais qu'elle ne quittait pas Iggy des yeux.

Chapitre 10

Dans la nuit

Tous les invités mangèrent d'abondance et rirent comme jamais. Tout-Doux joua de beaux morceaux de violon, et Jebard, après force cajoleries et un ou deux verres de liqueur de prunelle, se laissa fléchir. Debout, il interpréta d'une voix étonnamment juste de vieux airs du pays, qui arrachèrent quelques larmes aux convives.

Peu après, Alba, à bout de patience, prétexta l'épuisement et sortit d'un air majestueux, la tête haute, Quake à sa traîne. Bientôt, la belle énergie du colonel s'estompa. Il se leva et remercia tout le monde. Il avait passé l'une des plus belles soirées de sa vie. Il serra des mains, reconduisit les invités, puis partit se coucher.

— Il y a du mauvais temps dans l'air, annonça Jebard lorsque nous fûmes de nouveau seuls. On attend du vent et de la neige. Il paraît que ça va durer.

Au lieu de rentrer directement chez lui, il nous raccompagna jusqu'à nos chambres, armé d'une lampe.

— Charmante soirée, hein ? lança-t-il en chemin. C'est bon pour la maison et ses occupants d'avoir un peu de plaisir. N'allez pas tout gâcher en faisant des sottises.

À destination, il me tendit la lanterne et une boîte d'allumettes.

— En cas de panne de courant, expliqua-t-il.

Il nous dévisagea, murmura quelques mots et se laissa choir sur un coffre à la porte de ma chambre.

— Vous ne bougez pas de là avant demain matin. Compris ?

Il scruta nos visages à la recherche de signes d'obéissance. Il avait le regard aimable, mais très grave. Iggy hocha la tête. Jebard semblait sceptique.

— Je suis sérieux. Il se prépare quelque chose. Autour de Noël, la situation se détériore toujours. Cette année… Eh bien, c'est pire. Vous risquez d'entendre des bruits. Ignorez-les. Ignorez-les et ils feront de même.

— Qui ça, « ils » ? demandai-je innocemment.

— Tu sais ce que je veux dire, Kim Greenwood, et ton ami aussi. Ne prétendez pas le contraire.

— C'est à propos de la maison ancienne et des Frontières de la Tarle ?

— Je ne sais pas de quoi tu parles. La demeure y est peut-être pour quelque chose, mais ça ne vous concerne pas. Vous êtes dans la partie moderne. Que l'ancienne se débrouille toute seule. Ne dérangez pas Billy le Puant, Vieux Raffut et les autres. Vous n'aurez pas le dessus. Je vous aurai prévenus.

150

— Qui sont ces gens ?

— Tu ferais damner un saint avec tes questions, Kim. Prends exemple sur M. Matou… là-bas. Il garde ses interrogations pour lui. Pour ton information, Billy le Puant et Vieux Raffut sont des revenants qui se manifestent à ce moment-ci de l'année.

— Le colonel est-il au courant ?

— Bien sûr que non. Il a d'autres soucis. C'est mon père qui m'a parlé d'eux, après avoir été mis au courant par son père à lui, et rien n'a changé depuis ce temps-là. Alors tu me donnes ta parole ?

— Nous n'irons pas dans la vieille partie de la maison ce soir, récitai-je.

Je songeai qu'il ne serait pas trop difficile de gagner la pièce où le tableau était accroché en évitant les portions de l'ancienne demeure que je connaissais.

— Hum, soupira Jebard. Je vous souhaite un joyeux Noël. Sur ce, messieurs, je vais me coucher.

Il partit dans le noir en traînant les pieds. Je criai :

— Connaissez-vous Poisson d'Argent ?

Il bredouilla quelques mots pour lui-même avant de poursuivre :

— Jamais entendu ce nom-là, répondit-il. Bonne nuit, maintenant. Et n'oubliez pas ce que je vous ai dit.

Nous entrâmes dans nos chambres respectives. Dès que les pas de Jebard s'effacèrent dans le couloir, Iggy entra chez moi. Il portait son chapeau, ses bottes et un de ses innombrables pardessus. À la main, il avait un

151

long bâton, trouvé plus tôt. J'enfilai mes vêtements les plus chauds, car je savais qu'on gèlerait dans la maison, et je pris mon sac en bandoulière.

— Pourquoi as-tu besoin de ça ? demandai-je en désignant le bâton d'Iggy.

— Tu verras. Toi venir, nous avoir peu de temps.

— J'aimerais voir ta carte. Peux-tu me la montrer ?

Il avait le regard fuyant.

— Laquelle ?

— Je n'irai nulle part avant de l'avoir vue. Je l'ai bien mérité.

Il sourit alors.

— Il y en avoir deux.

— Ah bon ?

— Je te les faire voir maintenant.

Il tira sa Bible de ses vêtements et déplia deux bouts de papier sur ma table.

— Sur première, il y avoir Frontières de la Tarle et intérieur maison, Vieil Homme et petite colline, Butte de Sennak. Et ça, ajouta-t-il en désignant un croquis approximatif dans le coin supérieur gauche, être Puits aux Vœux.

J'acquiesçai.

— Clive l'a probablement copiée dans le livre que je voulais te montrer. Seulement, il a disparu. Il y avait aussi des grilles de lettres intéressantes. Des codes, peut-être.

Il hocha la tête.

— Sais-tu ce que signifient ces symboles ?

Il haussa les épaules et fronça les sourcils d'un air perplexe. Je commençai à étudier la seconde carte, aussi grossièrement dessinée que la première, mais contenant un plan détaillé de la maison. Je n'avais rien vu de tel dans le livre. Clive l'avait peut-être tracée de mémoire.

— Regarde ! m'exclamai-je. Elle indique l'emplacement de l'ancienne demeure et celui du tableau du Maître des chaises renversées.

— Et autre peinture. Nous aller voir.

Il vérifia que je portais bien le petit instrument de musique autour de mon cou.

— Si danger, jouer musique.

— Il est magique, comme le flacon d'Alba ?

— Seulement magie douce, m'assura-t-il.

— Et la magie du Vieil Homme de la Tarle que tu pensais utiliser ? Pourquoi ne lui avoir rien demandé ?

— Lui donner renseignements. Pour enquêteur comme Iggy, être comme grands pouvoirs magiques.

— Ah bon ? Moi qui croyais que tu allais réclamer des pouvoirs plus importants…

— Assez, frère Kim. Toi me suivre.

Je pensais que nous nous dirigerions vers le tableau aux chaises renversées, mais Iggy m'entraîna plutôt vers le centre de la maison. Nous aboutîmes dans l'un des couloirs du premier étage, remplis de peintures et de tapisseries poussiéreuses. Il n'y avait pas grand-chose de plus. Nous nous heurtâmes à une impasse en forme de L. Des deux côtés, trois marches de pierre descendaient jusqu'à une sorte d'alcôve de grandes dimensions aux murs également recouverts de toiles. Je n'y étais encore jamais venu. L'air humide et froid sentait le renfermé. Iggy consulta la carte et opta pour le petit escalier à gauche. Puis il me reprit la lampe et l'accrocha à la fente creusée au bout de son bâton. Il leva les yeux sur le mur. Ayant trouvé ce qu'il cherchait, il brandit la lampe bien haut.

— Autre tableau être là, dit-il.

Au-dessus de nous était suspendu un splendide cadre en bois sculpté, moucheté d'or, au centre duquel posait une femme en robe élisabéthaine, dont la haute collerette cachait le cou en entier. Entre le pouce et l'index de sa main gauche, elle tenait une clé et, dans la droite, un éventail blanc, appuyé contre son corsage orné de pierreries. Iggy approcha la source lumineuse et nous constatâmes la finesse et la somptuosité des vêtements. Des perles et des pierres précieuses étaient cousues aux manches de la robe. Sous la collerette pendait un collier en or auquel trois bagues étaient accrochées. La femme était jeune — je lui donnais au plus dix-huit ans —, mais nous la reconnûmes aussitôt. L'incroyable blancheur de sa peau, les narines dilatées, la bouche et les sourcils proéminents étaient indubitablement ceux d'Alba Hockmuth. Le regard calme que nous avions observé quelques heures plus tôt nous contemplait, même si, dans le tableau, il semblait moins hautain et menaçant.

Elle avait la tête légèrement tournée et on voyait seulement l'une de ses oreilles parfaites. La silhouette dorée d'un homme minuscule y était accrochée. Elle était beaucoup plus petite que dans mon rêve. Pourtant, je voyais ses bras agités, figés pour l'éternité.

— Cette peinture date de quelques siècles. Comment cette femme peut-elle être encore en vie ?

Au moment où je posais la question, je me rendis compte que la réponse serait complexe. Pendant qu'Alba criait après moi dans le salon bleu, j'avais moi-même senti son souffle chaud. Elle était aussi vivante qu'Iggy et moi.

Iggy baissa la lampe jusqu'à un panneau en bois fixé au bas de la toile et je me hissai sur la pointe des pieds pour lire : « Comtesse Ahrinnia Hecht, maîtresse de Skirl, épouse de sir Henry Drago, née en Hongrie, croit-on, de l'union du margrave de Hartzberg et de la princesse Erzesebet de Bohême en l'an de grâce 1544. » Je regardai de nouveau la peinture.

— Je ne comprends pas. Alba Hockmuth et la comtesse Ahrinnia Hecht sont-elles la même personne ?

Iggy acquiesça.

— Comment est-ce possible ?

— Je penser que femme… elle venir ici de temps anciens et après elle retourner là-bas.

— C'est ce que font les fantômes ? Ils voyagent dans le temps ?

— Non, répondit Iggy en secouant lentement la tête. Elle ne pas être fantôme. Elle arriver d'autre temps. Elle vivante.

— Mais elle n'a rien senti dans le flacon que tu lui as offert.

— Parce que cœur de belle femme être rempli de vers.

— De vers !

— Oui, dit-il d'un air laissant clairement entendre que je me montrais stupide.

— A-t-elle traversé les Marches de la Tarle ?

— Moi pas savoir, frère Kim, répliqua-t-il en soulignant ses paroles d'un geste.

Il rapprocha encore un peu la lampe et se mit à son tour sur la pointe des pieds.

— Ah, ah ! Ici, écriture secrète. Toi aller chercher chaise.

J'apportai une chaise en chêne et Iggy grimpa dessus.

— Toi tenir lumière, frère Kim.

Il entreprit de reproduire l'inscription à peine visible au bas du tableau, dissimulée par le tissage complexe des fils dorés de la robe. Puisqu'il avait de la difficulté à déchiffrer le texte ancien, je montai à côté de lui et nous nous y attaquâmes ensemble.

— C'est un poème, constatai-je avant de commencer à lire :

Libérez sa beauté du cachot de la mort
Que sa peau blanche vive à jamais comme l'or
Arrachez son éclat à la terre traîtresse
Faites de cette femme du temps la maîtresse
À ce tableau secret je confie en vainqueur
Rien de moins, ma mie, que mon cœur de voyageur.

Les vers étaient datés de 1562. Je me tournai vers Iggy.

— Te rends-tu compte ? Alba a plus de quatre cents ans !

Iggy était moins intéressé par cette idée que par le fait qu'on avait aimé cette femme au point de lui confier certains secrets capables de préserver son charme. Il répéta les mots « Que sa peau blanche vive à jamais comme l'or », pour graver la structure inhabituelle dans son esprit.

— Je connais quelqu'un qui pourra peut-être nous aider, dis-je. Le grand pingouin de la Longue Galerie.

— Pingouin ?

— Un oiseau, un drôle de volatile du genre bavard. J'ai oublié de te parler de lui… enfin… d'elle.

Je baissai la voix, exactement comme Bella avec moi.

— Suis-moi.

Nous traversâmes la demeure en trombe, les ombres de la lampe-tempête nous pourchassant le long des murs. Dans l'escalier de la galerie, je m'arrêtai pour jeter un coup d'œil par la fenêtre. Quatre ou cinq centimètres de neige recouvraient les ouvrages en pierre. Malgré les flocons qui tombaient dru, je distinguais vaguement la lueur grisâtre d'un paysage de tempête.

Nous entrâmes en trombe dans la salle et fonçâmes vers le coffre où se tenait le vieil oiseau.

— Nous avons besoin de tes conseils, déclarai-je en déposant la lanterne. Nous aideras-tu ?

Rien. La femelle grand pingouin ne broncha pas. Ses plumes pendouillaient, et ses yeux étaient éteints et vitreux, comme ceux d'une pièce de musée.

— S'il te plaît, la suppliai-je. Je sais que tu nous entends.

— Oiseau pas parler, constata Iggy.

— Si nous allons vers les armoires, elle nous adressera peut-être la parole. D'ailleurs, j'ai quelque chose à te montrer.

Je sortis les albums et fis voir à Iggy les photos de Clive Endymion Drago et de la femme qui lui avait donné deux enfants. Au moment où nous étions le plus absorbés, l'oiseau s'anima :

— Que viens-tu encore fricoter ici ?

La voix était rauque, dépourvue de son éclat d'avant.

— Pourquoi me déranges-tu de nouveau ?

Je courus vers le coffre en entraînant Iggy.

— Je voulais te parler d'Ahrinnia Hecht. Elle et Alba Hockmuth sont-elles une seule et même personne ?

— Et à qui ai-je l'honneur ? demanda l'oiseau en tournant ses yeux tristes vers Iggy.

Ce dernier lut la légende inscrite sur le socle où était cloué l'oiseau et s'inclina profondément.

— Être pour moi grand honneur, ô puissant oiseau. Igthy Ma-tuu Clava, seigneur de Ro-Torva, présenter hommages à oiseau magnifique des mers du nord.

Apparemment satisfaite, la femelle grand pingouin me dévisagea. Je compris qu'elle aurait souhaité que je prenne deux ou trois leçons de politesse auprès d'Iggy.

J'expliquai tout : Iggy, ses liens avec Clive et la branche familiale des mers du Sud, son arrivée à Skirl et l'enquête que nous menions ensemble sur le tableau. Mon récit parut ennuyer la femelle. En revanche, lorsque je précisai qu'Iggy était originaire d'un archipel du Pacifique où le poisson était abondant, je sentis que j'avais piqué sa curiosité.

— Alba est-elle Ahrinnia Hecht ?

— Chut, pas si fort, m'ordonna-t-elle. Bien sûr qu'elle n'est qu'une seule et même personne.

— Est-elle un fantôme ?

— Non. Entre la vie et la mort, il y a de nombreuses formes d'existence.

— Pourquoi elle être ici ? s'informa Iggy.

— Elle vient en hiver. À chaque génération, elle emprunte un nouveau déguisement et invente une histoire différente. Elle est ainsi libre de circuler parmi les occupants de la maison, au moment qu'elle juge opportun. Il m'a fallu des années d'observation et d'écoute pour réunir les morceaux du casse-tête. Les gens sont si convaincus que je n'entends rien lorsqu'ils s'expriment librement devant moi.

— Pourquoi ne pas m'en avoir parlé plus tôt ?

— Tu ne m'as rien demandé.

Elle leva le bec et détourna les yeux.

— Un oiseau dans ma situation a intérêt à se montrer discret et, notamment, à éviter de répondre à des questions qui ne lui sont pas posées. Telle est ma règle.

— Et le livre qui était dans le coffre, celui qui contient des diagrammes, qui l'a pris ?

— La jeune domestique, naturellement. Celle qui était douce et gentille. Un soir, elle est venue, elle m'a déplacée et s'est emparée du fameux objet. Elle savait ce qu'elle cherchait et je me suis dit que c'est toi qui lui en avais parlé.

— Oui, mais je ne savais pas qu'elle viendrait le chercher sans moi, expliquai-je.

Je regrettai de ne pas avoir eu la présence d'esprit de le glisser dans mon sac quand j'en avais eu l'occasion. Il contenait les renseignements dont nous avions besoin. C'est à partir de ses pages que les cartes d'Iggy avaient été tracées. Je demandai à celui-ci pourquoi Clive ne l'avait pas emporté dans les mers du Sud. Mon ami répondit qu'il l'avait sans doute laissé dans l'intention que quelqu'un le découvre un jour. J'interrogeai la femelle grand pingouin :

— Que se passe-t-il ici ? Pourquoi y a-t-il autant de fantômes ? Que manigancent-ils ?

— Comment veux-tu que je le sache ?

— Parce que tu es des leurs, répondis-je en me rendant compte aussitôt que la remarque la blesserait.

— Un spectre, moi ? Ha ! Je ne hante rien du tout, sinon les confins de mon corps. Si je suis un fantôme, tu en es un, toi aussi. Je témoigne du destin de la noble espèce du grand pingouin. Tel est mon but ! Telle est ma mission !

Elle s'interrompit.

— Je te communiquerai les indices que j'ai glanés au fil des ans à condition que tu t'engages sur l'honneur à raconter l'histoire du grand pingouin. Le promets-tu ?

Je hochai la tête.

— Ton ami doit, lui aussi, parler de moi.

— Je mettrai Iggy au courant et je suis sûr qu'il s'exécutera avec plaisir.

— Très bien… Il y a de cela quelques siècles, une jeune femme est arrivée à Skirl en qualité d'épouse.

— Ahrinnia Hecht, précisai-je.

— Ne m'interromps pas, dit l'oiseau. C'était effectivement Ahrinnia Hecht. Originaire d'un lieu lointain où il n'y a pas de mer, elle avait un titre et la magie. Comme elle n'était encore qu'une enfant, elle a eu au début la nostalgie de son pays, mais bientôt elle s'est plu dans la grande demeure, qui possédait elle-même des pouvoirs particuliers. Skirl n'est pas qu'une vieille maison, vous savez. C'est un lieu d'une importance capitale. La femme a donné à sir Henry Drago trois beaux garçons, qui ont grandi et se sont mariés à leur tour. La mort de sir Henry a donné lieu à une violente querelle entre ses héritiers, qui revendiquaient le domaine. Deux des frères se sont battus et l'un d'eux a été transpercé d'un coup d'épée dans la pièce où nous sommes. Je crois qu'il a rendu l'âme non loin de l'endroit où vous étiez, près des armoires, là où il y a une tache sur le sol. Les deux survivants se sont affrontés en duel. Blessés, ils sont morts quelques jours plus tard. Vous voyez ! Vous voyez ! Leur mère les avait montés l'un contre l'autre afin de rester seule maîtresse de Skirl. Tout ce qui l'intéressait, c'était cette maison, et il en est encore ainsi aujourd'hui. Par-delà les siècles, elle veille à ce que tout soit conforme à ses vœux. Telle est l'histoire d'Ahrinnia Hecht ou d'Alba Hockmuth…

La femelle marqua une pause et nous dévisagea.

— Et nous en sommes à présent à l'heure du *Renouveau*. Mais ça ne me concerne pas.

— Le Renouveau ? Qu'est-ce que c'est ?

— Je n'en suis pas certaine. J'ai été témoin d'un seul de ces épisodes. Quel charivari ! C'est le moment où… euh… l'agitation est à son comble. Le phénomène se produit tous les cent ans, alors que les pouvoirs du lieu sont à leur apogée.

Iggy toussa poliment.

— Toi me dire, honorable oiseau, qui est amant de belle dame ? Qui écrire poème sur vieux portrait ?

À mon grand étonnement, Iggy récita les vers sans commettre la moindre erreur :

Libérez sa beauté du cachot de la mort
Que sa peau blanche vive à jamais comme l'or
Arrachez son éclat à la terre traîtresse
Faites de cette femme du temps la maîtresse
À ce tableau secret je confie en vainqueur
Rien de moins, ma mie, que mon cœur de voyageur.

— Qui est voyageur ? demanda-t-il.

L'oiseau souleva ses ailes.

— C'était bien avant mon temps. Je ne saurais vous répondre.

Iggy changea de sujet.

— Fantômes être au service de elle ?

— Oui, il y a ici des esprits anciens que les pouvoirs de la maison ont réduits à leur plus simple expression et qui exécutent ses quatre volontés. Du moins, c'est ce qu'on affirme. Évidemment, je n'y suis pour rien.

— Elle n'est pas morte ? risquai-je.

— Non, elle vit quelques semaines chaque année, plus longtemps au moment du Renouveau. Après, elle réintègre le passé. Voilà pourquoi elle ne vieillit pas. Les autres sont bel et bien… défunts.

— Quant à toi… tu n'es ni morte ni vivante, déclarai-je.

— Tu veux que je te dise ce que je suis ? Eh bien voici : je suis clouée à cette vieille planche et je donnerais cher pour être déclouée. Après tout ce que j'ai fait pour vous, auriez-vous l'obligeance de me détacher ?

— Nous libérer honorable oiseau, trancha Iggy.

De ses mains gantées, il commença à tirer sur les clous. Il dut toutefois utiliser mon canif pour parvenir à ses fins.

La femelle grand pingouin souleva l'une après l'autre ses énormes pattes palmées.

— Évidemment, la circulation sanguine mettra un certain temps à se rétablir, déclara-t-elle en reniflant.

Pourtant, elle paraissait déjà plus heureuse. Nous la remerciâmes et lui promîmes de ne jamais rater une occasion de parler de l'extinction des grands pingouins. Ensuite, nous la laissâmes dans la Longue Galerie et nous engageâmes dans les ténèbres muettes de Skirl.

Chapitre 11

Vieux Raffut

À mesure que la nuit avançait, le blizzard sembla s'intensifier ; il envahissait la maison, s'infiltrait sous les portes et par les carreaux fissurés. Dans les couloirs, de la neige poudreuse tourbillonnait. Par endroits, de petites congères s'étaient formées sur les dalles.

En route vers le tableau aux chaises renversées, je demandai à Iggy pourquoi le colonel ne reconnaissait pas en Alba la femme du portrait.

— Mystère et gomme de poule, répondit-il.

Il ajouta que le tableau possédait peut-être la faculté de se métamorphoser ou encore que le colonel n'avait tout simplement pas le sens de l'observation. Sur la carte, le même symbole marquait l'emplacement des deux peintures, signe de la présence de grands pouvoirs magiques ou du moins de leur importance hors du commun.

— Que veux-tu dire par « grands pouvoirs magiques » ? Tu en as déjà été témoin ?

— Oui, je être détective. Pouvoirs être spécialité de moi.

— Je pensais que c'étaient les meurtres, « surtout les irrégularités » ?

— Ça être métier. Magie, être passe-temps.

Au bout de quelques pas, je l'interrogeai de nouveau :

— Ton père avant trois — Clive Endymion Drago — s'est-il enfui dans l'espoir d'échapper à la malédiction des chaises renversées ?

— Moi penser que oui, répondit-il. Lui savoir beaucoup choses et écrire indices dans Bible. Lui être venu dans île, mais, après, lui se faire manger par gros poisson. Très gros poisson.

— Un requin ?

— Oui.

Je m'arrêtai.

— La gargouille qu'on voit dans le tableau aux chaises renversées, l'affreuse sculpture du poisson sur le toit... La créature tient un objet dans sa gueule. Elle a la tête penchée vers l'arrière, comme pour avaler quelque chose.

— Moi savoir, frère Kim. Moi avoir vu image avant.

— Pourquoi n'avoir rien dit ?

— Moi être coupé par fantôme venu écrire dans poussière.

Il me conduisit jusqu'à un marchepied en chêne entreposé dans la bibliothèque où Quake me donnait mes leçons. Nous le transportâmes devant la peinture, à l'autre bout de la maison. En haut du marchepied, il y avait une

166

sorte de plate-forme conçue pour accueillir les livres, et je m'y assis, les pieds ballants. Iggy grimpa derrière moi et promena la lanterne autour de la pièce. Rien. Nulle trace des mots qui étaient apparus par magie.

Il éclaira l'image. Je remarquai d'abord qu'elle était peinte sur un épais panneau en bois et non sur une toile, ainsi que je l'avais d'abord cru. Vu du sol, le tableau semblait maladroit ; à quelques centimètres, je me rendis compte qu'il était plutôt grand et bien réalisé. Je me sentais attiré par son monde : plus je le contemplais, et plus il me paraissait réel. Les pierres de la bâtisse suintaient, le vent agitait les arbres et les eaux de la rivière étincelaient. J'observai des détails invisibles depuis le sol. Par exemple, des silhouettes semblaient se tapir dans l'ombre des portes ; aux fenêtres, on voyait les reflets de personnes qui assistaient aux désastres. Je levai les yeux sur le gros poisson sculpté juché sur le toit : une jambe nue sortait de sa gueule. Du coude, je poussai Iggy. Dans des bois, tout en haut, derrière la maison, un homme tombait dans un feu. Près de lui, un autre, à peine plus gros que mon doigt, dégringolait du haut d'un pommier. On aurait pu croire à de simples plaisanteries. De près, cependant, on voyait distinctement la mine effrayée des victimes.

Iggy chuchota quelques mots. Me tournant vers lui, je lui demandai ce qui n'allait pas. Son grand-père, m'apprit-il, était mort dans un mystérieux incendie, quelque part dans la jungle, tandis que son oncle, Man Li-Tuu Clava, avait perdu la vie lorsqu'une rafale l'avait fait chuter du haut d'un cocotier. À l'atterrissage, il s'était empalé sur un harpon de pêche fiché dans la terre.

Ces décès s'ajoutaient à la noyade près du pont et à la défenestration que nous avions déjà remarquées. Cinq décès, dont trois dans la famille d'Iggy. D'autres nous attendaient : un homme écrasé par un mur de briques au fond du jardin clos et, du côté gauche, un autre qui, dans le petit bosquet, paraissait avalé par la terre. On assistait aussi à la noyade de Francis Drago, déjà évoquée par le grand pingouin. Des bottes d'équitation étaient coincées dans un fourré ; derrière, un cheval sans cavalier paissait dans le pré d'un air satisfait.

À la fin, nous dénombrâmes onze morts correspondant aux onze chaises renversées. Toutefois, rien n'indiquait comment le maître entendait nous faire périr, Iggy et moi. Selon mon ami, il n'y avait pas nécessairement d'indices. Peut-être le tableau ne prédisait-il pas les circonstances de la mort de chacun ; peut-être se transformait-il seulement après coup.

Je me hissai sur la plate-forme en m'appuyant sur l'épaule d'Iggy et découvris une pierre sertie dans la maçonnerie de la façade, au-dessus de la porte. Or, je n'avais rien vu de tel dans la réalité. En approchant la lanterne, je pus lire les mots suivants : « Mort aux hommes de la famille Drago. »

— Les hommes de la famille Drago ! m'écriai-je. Donc seuls les hommes meurent à cause de la peinture.

Iggy hocha la tête. Il avait compris que je songeais à ma mère.

— Le colonel sera-t-il assassiné ? demandai-je.

Il plissa le front pour mieux réfléchir.

— Pas besoin. Fils être morts. Lui être vieux et mourir bientôt. Inutile de tuer lui. Lui ne pas avoir chaise.

Sous la pierre sculptée, je découvris une date inscrite en chiffres romains : XXV.XII.MDCCCLXII. Le 25 décembre 1862. Le tableau avait été achevé un siècle plus tôt, jour pour jour, à Noël 1862. Puis je remarquai l'horloge du clocher qui dominait la remise de la cour. La vraie s'était arrêtée des années plus tôt, mais, dans le tableau, les deux aiguilles touchaient le chiffre douze. Douze heures, le jour de Noël. Était-ce l'échéance que nous devions devancer ? Mais à quoi le nombre correspondait-il ? À midi ou à minuit ? Iggy réfléchit un peu, puis montra la lune dans le ciel. Minuit, croyait-il, même s'il n'aurait pu jurer de rien. Nous disposions donc de douze ou de vingt-quatre heures pour empêcher les deux chaises de se renverser. Au même instant, nous entendîmes le carillon des horloges de la maison. La veille de Noël était terminée.

Je m'accroupis avant de me rasseoir sur la plate-forme.

— Joyeux Noël, frère Kim.

À cette distance, je distinguais les mouchetures des yeux d'Iggy et les minuscules taches de son qui parsemaient les arêtes de son nez. Son sourire ne parvenait pas à dissimuler son inquiétude.

— Et maintenant ?

— Le Vieil Homme de la Tarle. Je penser que Gardien voir nous maintenant comme autre jour.

Il s'interrompit.

— Pas seulement lui.

Il agita la main en direction du côté gauche de la demeure sur la toile, où on voyait une pièce aux larges fenêtres. Je mis un certain temps à comprendre qu'il désignait celle où nous nous trouvions en ce moment. Et derrière les carreaux peints avec soin, des objets semblaient s'agiter : de drôles de formes que nous n'aurions su nommer. Je frissonnai. Iggy posa la main sur mon épaule.

— Qu'est-ce qu'il y a ? demandai-je.

— Toi pas tourner tête, frère Kim. Non !

Il serra les doigts. Cependant, une force me contraignait à désobéir. En voyant la silhouette, je faillis tomber de l'escabeau.

Du côté opposé de la pièce, dans un halo de lumière, se tenait un garçon silencieux. Il avait les genoux écorchés, les bras égratignés, les joues sales et striées par les larmes. C'était moi, assurément, sauf que, au lieu d'un manteau, d'une écharpe et d'un pull, le garçon portait une chemise et un short.

— Lui pas toi, frère Kim ! Lui être Vieux Raffut. Lui faire semblant être toi. Toi pas regarder !

— Pourquoi ? Comment ? bredouillai-je, incapable de détacher les yeux de cette misérable copie de moi-même.

La tristesse de mon existence, que je m'étais employé si fort à oublier, m'engloutit, me frappa comme un coup à l'estomac.

— Être grands pouvoirs magiques, frère Kim. Vieux Raffut jouer tours. Lui vouloir effrayer nous.

Quelques secondes s'écoulèrent. Puis l'image de moi s'agenouilla, accablée de désespoir, et parut pousser un long cri muet avant de disparaître. Ne restaient plus dans la pièce qu'une subtile perturbation, une sorte de crépitement ainsi que des voix fluettes et déformées, celles qui interrompaient parfois les émissions de radio que Jebard écoutait dans la cuisine.

— Vieux Raffut ne pas vouloir nous regarder tableau.

— Comment… comment… comment sais-tu qu'il s'agit de lui ?

— Père avant trois, dit simplement Iggy. Toi observer image.

— À quoi bon ? Il n'y a plus rien à voir. Et nous n'avons plus que quelques heures. Nous n'y arriverons pas.

— Nous empêcher chaises tomber, frère Kim, affirma Iggy en me flattant le dos et les épaules.

Je me déplaçai un peu et rapprochai la lanterne.

— Là, là ! m'écriai-je au bout d'un moment. Le Vieil Homme de la Tarle s'est éloigné du feu. Il était juste à côté et, maintenant, il est en bas, au bord du cadre.

Ce n'était d'ailleurs pas le seul changement. Les corbeaux s'étaient perchés non loin de l'homme. Le lièvre blanc, qui avait distancé les chiens de chasse, semblait avoir l'intention de traverser les collines en direction du trou dans lequel l'une des victimes s'était enfoncée. Il était beaucoup plus vaste, à présent, et je remarquai qu'il était rempli d'eau — une eau bouillonnante, noire et profonde. Je songeai aussitôt au Puits aux Vœux où Bella Brown avait été trouvée.

— Qu'est-ce que ça signifie? demandai-je.

Iggy me fixa, l'air confus. Il se tourna ensuite vers le Vieil Homme et les corbeaux. Il leva l'index.

— Nous aller voir Vieil Homme.

— Il neige. Ce sera difficile.

Il se caressa le menton.

— Vieil Homme avoir questions à répondre. Qui peindre tableau et qui aimer méchante femme, par exemple.

Il montra l'inscription.

— *QUI MAGISTRUM SELLARUM DELAPSARUM MAGISTRA-VERIT SUPERERIT UT REM REFERAT.* Même que dans poème.

Évidemment.

— Peintre avoir aussi fait portrait Alba.

— À des centaines d'années de distance?

Il hocha rapidement la tête.

— Frère Kim vraiment très intelligent. Nous partir vers pont maintenant.

Il avait raison. C'était la seule avenue possible. Au pied de l'escabeau, nous eûmes conscience d'une autre présence. J'agrippai le bras d'Iggy.

Une fillette d'à peu près mon âge, vêtue d'une robe

grise et blanche, se tenait au centre de la pièce. Elle nous sourit humblement. Elle me paraissait familière, même si je n'aurais pas su expliquer pourquoi. Elle souleva le bras et indiqua la porte par où nous étions entrés. Elle hocha la tête, comme pour nous encourager, et de son autre main, nous indiqua de sortir.

— On obéit? demandai-je.

— Nous attendre, répondit Iggy.

Devant notre hésitation, le fantôme s'impatienta. La fillette regarda par-dessus son épaule et repoussa ses cheveux d'un air inquiet. Nous comprîmes alors qu'elle n'était pas seule. Des spectres l'accompagnaient. Moins visibles qu'elle, ils étaient couverts de haillons et affreusement maigres. La plupart étaient des femmes, mais il y avait aussi un ou deux enfants et quelques hommes particulièrement hagards, en apparence plus faibles que leurs congénères. Ils ressemblaient à de simples contours vacillants, esquissés dans la nuit par quelque craie aérienne. Se montrer semblait leur coûter un effort colossal. À l'évidence, ils sentaient notre présence. Toutefois, ils donnaient l'impression d'être incapables de nous fixer ou plutôt de nous regarder dans les yeux, sinon au prix d'une grande douleur. Les grimaces des enfants me donnaient froid dans le dos. Peut-être nous enviaient-ils le luxe inconcevable d'être de chair et de sang.

— Que voulez-vous? sifflai-je.

Puis je criai:

— Dites ce que vous voulez!

La fillette se contentait de montrer la porte, et les autres l'imitèrent. S'avançant vers nous, ils désignaient frénétiquement la sortie.

Iggy me prit la main.

— Eux peut-être vouloir aider nous, frère Kim. Eux être bons fantômes.

Sûr qu'ils cherchaient à nous prévenir d'un danger imminent, j'acquiesçai.

Nous étions sur le point de quitter la pièce lorsque, au fond, la porte à double battant s'ouvrit avec fracas et laissa entrer une lumière crue. À mon grand étonnement, Schnaps et Trompette, les deux terriers qui s'aventuraient rarement en dehors de la cuisine, foncèrent vers la rangée de fantômes sans manifester la moindre crainte. Puis ils se mirent à les harceler et à essayer de les mordre. Pris de panique, les êtres vaporeux se dispersèrent au milieu d'étincelles phosphorescentes.

Jebard entra à son tour avec, à la main, une lanterne qui projeta dans la pièce une lumière beaucoup plus vive que la nôtre. Je fus soulagé de le voir, même si je savais qu'il en aurait long à dire sur notre désobéissance. Et il exigerait sûrement de savoir ce que nous trafiquions dans la salle avec un escabeau. Imperturbable, il garda le silence et, avec insistance, nous invita à le suivre.

Sans réfléchir, je courus vers lui. Après un moment d'hésitation, Iggy m'emboîta le pas.

Erreur monumentale.

Chapitre 12

Glisse-la-Chandelle

Aussitôt que nous l'eûmes franchie, la porte se referma avec fracas. Jebard avait disparu ; Schnaps et Trompette s'étaient volatilisés de la même façon que les esprits qu'ils avaient pourchassés. J'appelai en me demandant pourquoi les chiens n'entraient pas dans la lumière pour nous accueillir. Rien ne bougeait. Je me tournai vers Iggy. À son expression, je compris que ce n'était pas Tom Jebard qui nous avait fait signe de le suivre.

Nous étions seuls dans une autre pièce. Curieux puisque, pour avoir beaucoup déambulé dans la maison, je savais que la salle du tableau débouchait plutôt sur un long et sombre couloir. Iggy effectua quelques pas en regardant autour de lui. Je l'imitai en ayant soin de ne pas m'écarter du halo de lumière. J'avais l'impression de me trouver au plus profond de la nuit, au centre d'une forêt qui s'étendait sur des kilomètres et renfermait des horreurs inimaginables.

— Ce n'était pas Jebard, n'est-ce pas ?

— Vieux Raffut, répliqua Iggy. Lui copier toi. Lui copier M. Jebard et chiens. Lui être fantôme puissant. Nombreux tours dans sac. Cela être grande magie.

Je frissonnai.

— Où sommes-nous ?

— Dans maison fantôme.

J'avalai la nouvelle.

— Tu veux parler de la vieille maison, de celle qui s'élevait ici autrefois ?

Iggy hocha lentement la tête.

— Nous être dans lieu qui exister à côté de nous.

— Ce qu'on appelle l'au-delà, précisai-je. Il faut absolument retourner d'où nous venons.

— Impossible, frère Kim.

Je balayai les environs des yeux. Même si nous nous étions éloignés de quelques pas seulement, il n'y avait plus la moindre issue. Ne restait qu'un long mur de pierre.

Une drôle d'idée me vint soudain.

— Sommes-nous morts ?

Dans ma voix, je sentais monter la panique. Iggy secoua la tête et me toucha la joue. J'éprouvai la chaleur de sa peau.

— Toi pas être mort, frère Kim. Et Igthy Ma-tuu Clava être plein de train.

— D'entrain, le corrigeai-je.

Il haussa les épaules et se mit à fredonner en tapant du pied. Une ou deux minutes plus tard, nous aperçûmes une très faible lueur. Pendant qu'elle s'approchait, je sentis une étrange odeur. Soudain, nous eûmes de la difficulté à respirer. Je n'avais encore rien senti de pareil. La puanteur nous entourait, enveloppait notre corps, envahissait nos cheveux, frôlait notre visage, nous enduisait du relent de la mort. J'utilisai mon écharpe pour me couvrir le visage, mais rien n'y fit. Au bout de quelques secondes, nous étions l'un et l'autre à genoux, les yeux larmoyants et les poumons en feu.

— Toi jouer musique, croassa Iggy. Toi jouer musique avec harpe.

Je la récupérai à tâtons et pinçai fébrilement les cordes.

— Mettre devant bouche, cria Iggy avant d'enfouir son visage dans ses mains.

J'obéis et grattai de nouveau l'instrument, qui produisit une sorte de trille métallique. J'eus toutes les peines du monde à réprimer une envie de vomir. Pourtant, je continuai ; nos vies en dépendaient. Malgré ma panique, je me rendis compte que les notes, jouées au hasard, se transformaient d'elles-mêmes en musique. Au lieu de s'estomper, elles résonnaient de plus en plus fort. La boule de lumière s'arrêta et commença à trembler. De la vapeur s'en échappait et glissait sur le sol, semblable à un gaz épais. La mauvaise odeur s'était atténuée. Nous réussîmes à nous remettre sur pied et à reprendre haleine.

La créature parut réfléchir à son prochain coup. Pendant ce temps, la lueur clignota et un grognement de frustration émana de son centre. Puis, soudain, elle s'éteignit pour de bon. Nous avions devant nous un homme vêtu d'un veston et de hauts-de-chausse en velours couleur mousse. Penché, il tendait son postérieur vers nous.

— C'est sûrement Billy le Puant, hurlai-je.

— Fantôme parler avec derrière, constata Iggy.

Un visage se tourna vers nous dans l'intention de nous examiner. À l'évidence, l'homme se croyait invisible. Il avait la peau d'un blanc crayeux et semblait porter du fard à joues et du rouge à lèvres. D'une main, il retenait une perruque grise ; de l'autre, il retroussait les pans de son veston au-dessus de son arrière-train rebondi.

— Billy le Puant être fantôme péteur, déclara Iggy en s'approchant du nauséabond personnage. Cela être très petite magie.

Sur ces mots, Iggy s'élança en brandissant les mains, les rapprocha de son visage et écarta ses lèvres à l'aide de ses doigts. Il écarquilla les yeux et, des tréfonds de son être, monta une plainte aiguë. En même temps, il s'approcha de Billy le Puant en posant lourdement un pied devant l'autre. Puis il baissa les bras et grimaça. Soudain, le fantôme se rendit compte qu'il était visible et tenta de se voiler le visage. Spontanément, je fonçai sur lui en poussant un cri strident et visai son postérieur. Au lieu de passer dans le vide, ma botte heurta une masse spongieuse, dont la texture rappelait celle d'une touffe de sphaigne. À en juger par son expression, Billy le Puant avait senti le coup, lui aussi. Il laissa échapper un cri de douleur, puis s'enfuit en nous gratifiant d'une ultime bouffée de puanteur maléfique. Mes yeux piquaient. Pourtant, la déconfiture de Billy sautait aux yeux : en effet, il commençait à disparaître. Bientôt, il ne resta de lui qu'une tache de lumière.

— Seigneur Puanteur avoir seulement un tour dans sac, trancha Iggy en me souriant d'un air triomphant. Tu vois ! Nous être encore « pleins d'entrain ».

Je parvins à esquisser un sourire, puis j'épongeai mes larmes et m'éclaircis la gorge.

— Cherchons une issue. Il ne reste plus beaucoup d'huile dans la lampe.

Nous repartîmes du côté d'où nous étions venus. Nous mîmes peu de temps à comprendre que nous étions égarés. C'était comme si la maison que je connaissais n'existait plus. Aucun bruit familier — ni le souffle du vent ni la sonnerie des horloges — ne parvenait jusqu'à nous. Seuls résonnaient nos pas. Nous nous traînâmes dans d'étroits couloirs sombres pendant ce qui nous sembla des heures. En chemin, s'il nous arrivait de traverser des pièces, elles étaient désertes et, pour l'essentiel, vides. Dans quelques salles lambrissées, dont certaines n'étaient guère plus grandes que des garde-robes, nous vîmes toutefois deux ou trois meubles. Je songeai à des cellules de moine : dans chacune, en effet, il y avait un petit pupitre. Dans l'une d'elles, nous trouvâmes même une plume plongée dans un pot où l'encre avait séché.

J'étais au bord du désespoir, et Iggy paraissait abattu. Nous tombâmes alors sur une arche que je reconnus aux niches vides qui la bordaient. Dans la maison moderne, elles étaient recouvertes de briques et de plâtre, mais le relief des pierres transparaissait et on devinait la présence de la voûte. J'expliquai à Iggy que nous étions dans l'aile est de Skirl, non loin de la cour et de l'écurie. Peut-être y verrions-nous une sortie. Nulle trace du nouveau bâtiment, évidemment. L'arche s'ouvrait seulement sur un autre couloir, depuis longtemps effacé par la nouvelle maison.

— Inutile, soupirai-je après avoir palpé les pierres dans l'espoir de m'introduire dans le monde parallèle des vivants. Nous resterons coincés ici à jamais.

— Nous avoir encore temps, frère Kim. Voilà raison eux avoir attiré nous ici. Eux penser que nous connaître secret tableau.

— C'est pourtant faux, murmurai-je.

Iggy baissa les yeux sur moi. Sans bruit, il articula quelques mots. Eux n'en savaient rien, me rappela-t-il. Puis il tendit la tête dans le vide.

— Quelqu'un être là, chuchota-t-il. Observer nous.

— Qui ?

— Peut-être Mlle Alba. Je sentir quelque chose important. Grands pouvoirs magiques.

Il y eut de la bousculade et des lumières passèrent devant nous. Puis, l'huile épuisée, la flamme vacilla et la lampe s'éteignit. J'agrippai le bras d'Iggy. Au même moment, je sentis qu'on l'éloignait de moi. Puis, pendant une fraction de seconde, je vis celle qui l'avait accroché, car elle s'était illuminée d'une lueur furieuse : une créature maigrichonne, aux jambes et aux bras sinueux, aux muscles saillants. Puis un visage espiègle embrasa l'obscurité, une tête hideuse et jubilante dont la peau rougeâtre cloquait et pelait. Elle avait attrapé Iggy par l'autre bras et envoyait à chaque secousse un choc électrique qui, par l'entremise d'Iggy, se répercutait jusqu'à moi. J'avais donc de la difficulté à ne pas le lâcher. Le claquement d'un fouet retentit et des étincelles se mirent à danser. Je portai la harpe à ma bouche, mais la créature nous secouait si violemment que je ne parvins pas à l'y garder assez longtemps pour en tirer un son. Je la laissai tomber et me cramponnai de toutes mes forces au manteau d'Iggy. Les forces me manquaient. Après quelques coups brusques de plus, Iggy se détacha de moi et disparut.

Le terrible bruit s'interrompit et je restai là, dans le silence et l'immobilité. Je parcourus les ténèbres et appelai en vain mon ami. J'ignore combien de temps je demeurai là à regretter que nous ayons quitté nos chambres. Si seulement nous avions attendu le matin pour aller voir le tableau… Je n'arrivais pas à chasser de mon esprit la créature qui s'était emparée d'Iggy, son affreuse figure et la force terrifiante de ses bras. Je revoyais le visage impuissant de mon ami, et je savais que ses grimaces et ses pouvoirs magiques limités ne pourraient rien contre un démon pareil. Il restait à peine une lueur d'espoir dans mon esprit terrifié. Si, par la ruse, on nous avait attirés dans l'au-delà et que les fantômes avaient quitté leur domaine pour le nôtre, Iggy et moi devions pouvoir effectuer le même trajet en sens inverse. Je me mis en route.

Bientôt, je pris conscience d'un trottinement à côté de moi. Puis une petite voix soyeuse s'éleva dans l'ombre.

— Sois mon ami, murmura-t-elle. Je t'en supplie, sois mon ami.

Je secouai d'abord la tête, puis je m'efforçai de répondre du ton le plus naturel possible :

— Va-t'en, qui que tu sois. Je retourne d'où je viens, et rien ne pourra m'en empêcher.

— Et d'où viens-tu, au juste ? demanda la voix, où perçait une pointe d'amusement.

— De chez les vivants, répondis-je sèchement. Maintenant, laisse-moi tranquille.

— Tu devrais être mon ami, tu sais. Je pourrais t'en montrer, des choses…

Je me souvins alors des mots qui étaient apparus dans mon cahier d'exercices pendant que je regardais ailleurs : « Sois mon ami — Poisson d'Argent. »

— Est-ce toi qui m'as envoyé des messages ? voulus-je savoir. Est-ce toi qui as écrit dans la poussière à propos de Bella Brown ? Te nommes-tu Poisson d'Argent ? Où es-tu ?

— Sois mon ami et je t'apparaîtrai.

Je ne distinguais toujours rien. Cependant, la créature qui m'avait rejoint se trouvait juste à côté de moi.

— J'ai déjà un ami, mais un des tiens l'a emporté.

— C'est Lépisme qui a fait le coup — un esprit ancien et maléfique. Je ne suis pas de son espèce.

— On aurait plutôt dit un démon sorti tout droit de l'enfer.

— Mais je ne suis pas comme lui. Je me nomme Poisson d'Argent, pour te servir. Sois mon ami, coco.

— Moi, c'est Kim. Et ne m'appelle pas « coco ».

— Sois mon ami, coco, lança l'être invisible sur un ton espiègle avant de voleter autour de moi en chantant.

— Fiche-moi le camp ! hurlai-je.

— Pas la peine de crier si fort. C'est vilain. Poisson d'Argent est tendre et adorable. Viens, prends ma petite patte et soyons amis. Je ne te veux pas de mal.

— Je ne vois pas ta main et je n'ai aucune envie d'être ton ami. Où la créature que tu nommes Lépisme a-t-elle conduit Iggy ?

— Ça, c'est un secret. Les secrets, je les confie seulement à mes amis.

— Comme si ça valait quelque chose, lançai-je, dépité. Vous êtes tous les mêmes : vous mentez et vous trompez parce que vous êtes prisonniers de ce lieu maudit et que vous enviez les vivants.

Le silence régna pendant au moins cinq minutes. J'étais certain d'avoir offensé la créature. Mais alors je l'entendis chanter un peu plus loin. L'instant d'après, elle était de retour près de moi.

— Si je te rends service, coco, accepteras-tu d'être mon ami ?

— Bon, d'accord, répondis-je en adoucissant le ton. Je veux bien être ton ami.

Peut-être cette créature ne me voulait-elle pas de mal, au fond.

Puis, en un tournemain, elle sortit de l'ombre et se transforma en fille d'à peu près mon âge, celle que nous avions vue devant le tableau aux chaises renversées. Elle était plutôt jolie, du moins pour ce que je pouvais en voir. Pendant les premières secondes, en effet, elle eut de la difficulté à conserver sa forme. Ayant fini par se stabiliser, elle me jeta un regard timide. De la même taille que moi, elle portait une robe longue au col et aux poignets blancs. Ses cheveux foncés lui arrivaient aux épaules. Le plus frappant, toutefois, c'était l'éclat de sa peau et ses yeux, où brûlait une flamme intense.

Je la reconnaissais enfin : la fille de douze ans dont j'avais vu le portrait, le jour où j'avais utilisé une bobine de fil pour retrouver mon chemin.

— Tu as pris ma ficelle et…

— C'était juste une blague, coco.

Elle croisa les mains devant elle et commença à osciller.

— As-tu l'intention de me duper encore une fois ? demandai-je, un peu moins mal à l'aise déjà à l'idée de lui parler. Vas-tu te transformer comme Billy le Puant et me tourmenter ?

— Ne t'inquiète pas pour ce vieux péteur.

Elle se tourna alors vers moi, l'air étonné, et secoua tristement la tête.

— Je n'ai pas eu d'ami depuis des siècles, coco. Parfois,

je me sens si seule, ici, que j'en perds la raison. Heureusement que tu es là, coco.

Elle rit et se couvrit la bouche, puis elle avança la main pour me toucher la joue. Un sourire ravi illumina son visage. À ma grande stupéfaction, j'éprouvai une légère sensation.

— Depuis combien de temps es-tu morte ?

— Franchement, je n'en sais trop rien. Ici, les détails s'estompent. En réalité, je ne me rappelle quasiment rien. On nous dit : « Oublie qui tu es et ce que tu as fait. » Parfois, je m'efforce de faire remonter des souvenirs à la surface, mais ça me donne mal à la tête.

— On croirait une prison, constatai-je.

— Bien vu, coco. Nous sommes tous là, sans savoir pourquoi ni comment.

Elle s'interrompit et m'enveloppa d'un autre regard timide.

— Je t'ai épié. Je t'ai suivi.

— Je suis au courant. Sais-tu qui a tué Bella Brown ?

Elle hocha gravement la tête.

— Dis-le-moi.

— Tu l'apprendras bien assez tôt.

— Te rends-tu compte qu'on essaie de nous tuer, mon ami Iggy et moi ? Sais-tu comment on regagne l'autre monde ?

— Je te vois jouer tout fin seul et je songe : ce garçon sera mon ami. Ce garçon a besoin d'une amie.

— Et maintenant, nous sommes amis, toi et moi,

rappelai-je en souriant faiblement. Poisson d'Argent, c'est un joli nom. Qui te l'a donné ?

Elle haussa les épaules et, gauchement, se tordit les mains.

— J'ignore d'où il vient.

— Tu veux bien m'aider à rejoindre Iggy ? Tu veux bien nous indiquer la sortie ?

— Dans ce cas, je perdrai mon ami.

— Mais je ne veux pas mourir, Poisson d'Argent. Tu souhaites vraiment que je meure jeune comme toi et que je reste emprisonné ici, loin de ceux que j'aime ?

Elle posa l'index sur ses lèvres.

— Chut… Tais-toi. Perce-Oreille arrive.

— Qui est-ce ?

— Un espion. Il rampe, surprend des conversations et lui répète tout à elle.

— Elle ? Tu veux parler de la femme du portrait ? Alba Hockmuth, alias Ahrinnia Hecht…

Elle hocha la tête et m'intima une nouvelle fois le silence.

— Lépisme est son esclave ?

— Et Billy le Puant aussi, siffla-t-elle. Sans oublier Perce-Oreille, les Corbeaux, le Lyncheur et quantité d'autres.

— Le Lyncheur ? répétai-je.

— Tu comprendras pourquoi plus tard.

— Mais tu n'es pas à son service, toi ? Comment est-ce possible ?

— Je n'ai rien à voir avec cette bonne femme et elle n'a rien à voir avec moi parce que j'ai toujours mené une existence honorable. Je suis allée à l'église, j'ai récité mes prières et j'ai été gentille avec tout le monde. Et j'aimais la vie, coco. Je l'aimais tellement. Je n'étais pas une mauvaise personne comme ceux dont je t'ai parlé.

Je commençais à saisir. Alba Hockmuth ne s'intéressait qu'aux esprits maléfiques qu'elle pouvait utiliser à ses propres fins. Les autres, tels que Poisson d'Argent, ne lui étaient d'aucun secours.

— Allons là où Perce-Oreille ne pourra pas nous entendre.

Elle me tendit les mains et entonna une chanson dans laquelle il était question d'une jeune femme qui tombait amoureuse au temps des foins. La rengaine s'éternisa. Je ne saisissais pas tous les mots à cause de Perce-Oreille qui, aux passages les plus grivois, éclatait de rire. En chantant, elle me dévisageait avec un plaisir si évident que je ne pus m'empêcher de l'aimer et de m'imaginer en train d'explorer la vallée en compagnie d'une fille aussi pleine d'entrain.

— Je donnerais cher pour que nous nous soyons rencontrés au temps des foins, coco. Voilà la réflexion que je me suis faite en posant les yeux sur toi, il y a cent ans.

— Il y a erreur sur la personne, répondis-je. Je n'ai que treize ans. Je n'étais pas né il y a cent ans.

— Bien sûr que si. Je t'ai vu aussi clairement que maintenant. À ce moment, j'aurais voulu courir avec toi à travers champs. Ah ! Je me souviens des prés en été et de nos jeux sous le soleil. Ah oui ! C'était le bon temps…

« Elle est sûrement un peu fêlée », pensai-je. Je décidai de changer de sujet.

— Pourrons-nous bientôt parler sans que Perce-Oreille nous entende ?

— Ça y est, coco ! Nous y sommes.

— Mais je n'ai pas bougé ! protestai-je. Je n'ai pas avancé d'un centimètre !

— Je t'ai pris par le bras pendant que je chantais. Tu n'avais pas remarqué ?

Elle me décocha un clin d'œil. C'était peut-être le moment de fuir la maison et de passer de l'autre côté. Si Poisson d'Argent était capable de laisser des messages dans le monde réel, elle était sûrement en mesure de m'indiquer le chemin du retour. Mais alors, je songeai à Iggy. Je ne pouvais pas partir sans lui. Il ne me restait plus qu'à espérer que Poisson d'Argent souhaite sincèrement être mon amie et ne mijote pas quelque mauvais tour.

— Il faut que je parte à la recherche de mon ami Iggy, dis-je. Sais-tu où Lépisme l'a emmené ?

— Il a cheminé avec lui dans la nuit, l'a caché dans un lieu où rien n'entre, d'où rien ne sort et où il fait toujours noir.

— Il y a sûrement un moyen de le tirer de là.

Un doigt sur les lèvres, elle réfléchit un instant.

— Peut-être bien, coco. Mais avant, il faut les regarder s'affronter. Ce soir, on joue à Glisse-la-Chandelle.

— À quoi ?

Elle montra le bout du couloir. Je vis plusieurs silhouettes sortir de l'ombre et se saluer sans bruit. Elles étaient vêtues selon des modes d'époques différentes. L'une portait des collants, une autre des hauts-de-chausse et un large chapeau, une troisième une grande chemise blanche bouffante, serrée à la taille par une ceinture rouge. D'autres fantômes arboraient encore une cravate blanche, comme s'ils sortaient d'une élégante réception. Certains, remarquai-je, étaient en uniforme militaire.

— Peuvent-ils nous voir ?

Elle hocha la tête. Apparemment, elle était trop absorbée par ce qui se préparait pour pouvoir me répondre.

Chaque homme tenait une assiette en fer-blanc sur laquelle reposait une chandelle allumée, qu'il abritait d'une main. Le type à l'ample couvre-chef se décoiffa et posa l'assiette par terre. Il examina le couloir d'un œil attentif, puis poussa très doucement l'objet dans le noir. Il glissa aisément sur le parquet poli et s'arrêta quelque quatre mètres plus loin, la flamme toujours vacillante.

— Joli coup, s'enthousiasma Poisson d'Argent en battant silencieusement des mains.

— Qu'est-ce qu'ils fabriquent ?

— Ils font une course jusqu'au bout du couloir. Les joueurs tirent à tour de rôle et continuent tant et aussi longtemps que leur chandelle reste allumée. Mais garder la flamme en vie, c'est du grand art. Si elle s'éteint, son propriétaire est éliminé.

Bientôt, une douzaine de chandelles se consumaient à des endroits différents. Si je n'avais pas été aussi nerveux et effrayé, je me serais émerveillé de l'étrange beauté du jeu. Les fantômes, l'air bien réel, parcouraient le corridor en glissant, se penchaient pour estimer l'intensité des courants d'air, deviner les bosses et les sections mieux polies du parquet. Lorsque l'un s'exécutait, les autres prenaient un peu de recul pour ne pas être accusés d'avoir causé un mouvement susceptible de souffler la flamme. Si l'assiette était poussée trop fort ou qu'elle heurtait un petit cahot, c'était la fin. Le joueur récupérait son bien, se redressait, s'inclinait devant ses adversaires, s'enfonçait dans les ténèbres et disparaissait.

À la fin, il n'y eut plus que deux jeunes en uniforme militaire. Tandis que je les observais, Poisson d'Argent à mes côtés, je me rendis compte que leurs visages m'étaient familiers. Ils nous jetaient de fréquents coups d'œil, mais je n'aurais su dire s'ils m'épiaient ou se contentaient de saluer ma compagne.

— Qui sont-ils ? demandai-je.

— Tu ne reconnais donc pas ceux de ton sang ? répondit-elle en esquissant un petit sourire malicieux.

La lumière se fit enfin dans mon esprit. Andrew et Charles, les fils du colonel. La maison était remplie de photos d'eux. Ils y apparaissaient exactement comme aujourd'hui, joyeux, beaux et enjoués.

— Et les autres ?

Elle sourit.

— Ils sont aussi des tiens.

Je compris alors pourquoi elle avait tenu à ce que j'assiste à ce curieux match. Les joueurs étaient les victimes du tableau aux chaises renversées. L'homme à l'ample chemise et à la ceinture était l'esprit de l'arrière-grand-père d'Iggy, Clive Endymion, revenu à la maison qu'il avait quittée dans l'espoir d'échapper à la malédiction. Peut-être le jeu n'exigeait-il ni chance ni adresse. Les dés étaient pipés : l'ordre d'extinction des chandelles était celui de l'extinction des joueurs, exactement comme le renversement d'une chaise symbolisait une disparition. Glisse-la-Chandelle n'était en somme qu'une mise en scène de la malédiction.

Puis une idée me vint.

— Ils sont tous morts le jour de Noël, n'est-ce pas ? Voilà l'un des secrets de la peinture. Quant à l'autre…

Je réfléchis de toutes mes forces. Je sentais confusément un détail se dérober à ma conscience. Il avait trait à l'arrière-grand-père d'Iggy. Il est certain que son spectre n'aurait pas choisi de revenir dans la maison qu'il avait fuie. On l'avait plutôt contraint à rentrer. Mais comment ? La malédiction n'opérait-elle que si toutes les victimes étaient prisonnières des enfers de Skirl ? Je tenais sûrement là l'explication, car une seule personne était susceptible de tirer des avantages de la détention des héritiers légitimes, vivants ou fantômes : Alba Hockmuth. Étourdiment, je lâchai l'histoire aux oreilles de Poisson d'Argent.

— Et c'est pour cette raison qu'elle nous a enlevés, n'est-ce pas ? Elle doit veiller à ce que nous mourions d'ici la fin de la journée. La magie de la toile ne se libère que si nous perdons tous la vie et qu'elle nous retient ici contre notre gré.

— Quel petit futé ! s'exclama Poisson d'Argent.

— Pourquoi ne pas m'avoir tout raconté ? plaidai-je. Si tu es mon amie, pourquoi avoir attendu que j'élucide les énigmes tout seul ? Serais-tu complice de la machination, par hasard ? Vas-tu te métamorphoser à ton tour, devenir un démon comme Lépisme ?

La peine inonda son visage.

— Il y a des choses que je ne peux pas révéler. Je n'en ai pas la permission et...

— Que fabriques-tu ici, dans ce cas ?

— Je t'aime bien, coco. Tu es aimable et bon, et je te souhaite longue vie.

— Aide-moi, alors. S'il te plaît. Le temps nous manque.

Préoccupé, je n'avais pas remarqué que la partie était terminée. Les deux dernières silhouettes, Andrew et Charles, s'approchaient en protégeant d'une main la flamme de leur chandelle. L'un d'eux m'offrit la sienne.

— Ils veulent que tu joues, dit Poisson d'Argent.

— Non, je ne peux pas !

Puis, beaucoup plus fort, j'ajoutai :

— Je refuse, je refuse !

Ils hochèrent la tête. Un regard entendu s'échangea entre les morts et le vivant, entre une génération d'hommes de la famille Drago et une autre. L'avertissement tacite échappa même à Poisson d'Argent.

Les frères reprirent leur place dans le couloir, posèrent leur chandelle et terminèrent la partie. Le jeu, cependant, avait changé. Au lieu de pousser les assiettes pour voir jusqu'où elles iraient, ils les faisaient avancer d'à peine deux ou trois centimètres à la fois. Je me demandai s'ils tentaient de retarder le dénouement dans l'intention de rester ensemble le plus longtemps possible. En fin de compte, un coup de vent éteignit les deux flammes, et le couloir sombra de nouveau dans les ténèbres.

Je ne voyais plus que Poisson d'Argent.

Chapitre 13

Une conversation avec Perce-Oreille

Le temps était désormais l'unique priorité. Peut-être, en ce lieu, ne se comportait-il pas de la façon usuelle. Défilait-il en accéléré ? Au ralenti ? Impossible à dire.

— Qu'est-ce qui te tracasse autant ? demanda Poisson d'Argent en scrutant mon visage perplexe.

— Je songeais au temps qui file, répondis-je.

Comme je me méfiais encore un peu d'elle, je ne fournis aucune autre explication. Vieux Raffut, qui nous avait dupés en se faisant passer pour Jebard et les chiens, était capable d'utiliser Poisson d'Argent pour me retarder, nous empêcher de réintégrer notre époque et de rester en vie, Iggy et moi. Au fil des mois, les occupants de Skirl avaient observé mon existence solitaire, et il était vraisemblable de penser que Vieux Raffut m'avait fabriqué une compagne en qui j'aurais confiance, dans la mesure où elle aussi se plaindrait de la solitude. Il était même concevable que Poisson d'Argent soit Vieux Raffut sous une autre forme. Je devais la mettre à l'épreuve.

— Où est Iggy ? Conduis-moi à lui. Alors seulement je saurai si tu mérites d'être mon amie.

— Poisson d'Argent est ton amie ! Je t'aime beaucoup.

— Prouve-le.

Elle me tendit de nouveau la main.

— Ce sera difficile. Aucun des représentants de ton monde n'a encore vu pareilles choses.

Peu après, nous étions dans une sorte d'enfer où avaient été érigés les anciens et les nouveaux bâtiments de Skirl. J'avais l'impression de m'enfoncer dans l'océan. Dans les ténèbres, des objets vacillaient, tels des poissons exploitant leur propre luminescence pour attraper leurs proies. Certaines de ces créatures palpitaient, gonflées d'énergie, et je distinguais leurs silhouettes humaines au passage ; d'autres miroitaient faiblement. En chemin, Poisson d'Argent m'expliqua la différence entre les esprits vigoureux, comme elle, appelés « vifs », et les spectres anciens et décatis, nommés « pétards ». Il fallait éviter de heurter ces derniers ou de leur marcher dessus : malgré leur faiblesse, ils étaient en mesure de vous faire subir un choc violent. Nous croisâmes de nombreux vifs. Le premier, un gros type qui avait une peau de mouton nouée autour des épaules, nous bloqua le passage.

— Z'auriez pas vu mon chien, par hasard ? beugla-t-il. Hein ? Où c'est que vous l'avez mis ?

— T'as pas de chien, répliqua une voix dans le noir. C'est fini, il est parti. Ton chien est mort.

Semblant n'avoir rien entendu, l'autre s'éloigna en posant la même question à gorge déployée :

— Z'auriez pas vu mon chien ? Hein ?

Une lavandière portant un panier nous gratifia d'un rictus édenté et jura comme un charretier. Poisson d'Argent la traita de « peau de vache » et lui ordonna de déguerpir. Nous vîmes des hommes vaquer à des tâches imaginaires, des enfants réclamer en pleurant leur mère morte des siècles plus tôt, de vieilles femmes regarder dans le vide, des nobles vêtus de leurs plus beaux atours déambuler sans but, des marchands proposer leurs articles à la criée, des forgerons, des valets d'écurie, des bergers et un pasteur flanqué de deux enfants de chœur.

— Pourquoi sont-ils si nombreux ? voulus-je savoir.

— Parce qu'ils sont retenus prisonniers, comme moi.

— Par les Frontières de la Tarle, donc ?

— C'est ce qu'on raconte à propos de tous ceux qui meurent à proximité de Skirl.

Bientôt, un être se porta à notre hauteur. Sans se matérialiser, il nous accompagna d'une démarche ondulante. Lorsqu'il commença à glapir, Poisson d'Argent le prit à partie :

— Va-t'en, Perce-Oreille. Nous n'avons rien à te dire.

Sur ces mots, une créature replète et gambadante apparut. Le personnage avait un tronc court, de longs bras et des jambes grêles. À peu près dépourvu de cou, il était affublé d'une grosse tête enfoncée dans ses épaules.

— Que la vie est belle ! s'écria-t-il en guise d'introduction. Maintenant, gamine, raconte-moi ce que tu manigances et, surtout, présente-moi le gentleman qui t'accompagne. Allez, crache le morceau. Les commérages, les cancans, les potins, tout. Tu peux avoir confiance en moi.

Il avait débité son boniment à une vitesse ahurissante. Pendant qu'il parlait, ses petits yeux brillaient de plaisir, mais aussi de malice.

— Fiche le camp, lança Poisson d'Argent.

Elle pressa le pas et m'entraîna à sa suite. Perce-Oreille, cependant, n'entendait pas se laisser semer si facilement.

— A-t-on autorisé une telle transgression ? Car ton ami est vivant, si je ne m'abuse. Il y a quelques jours, j'ai moi-même aperçu ce nigaud de l'autre côté. Est-ce que tu t'installes pour de bon, gamin, ou tu es juste de passage ?

— Je ne fais que passer, dis-je.

— Ne lui adresse pas la parole, m'ordonna Poisson d'Argent. Il ne faut rien attendre de bon de ce voyou.

— Si seulement j'en étais un ! Ah ! Il s'agit donc d'une simple visite, hein, gamin ? Toute une nouvelle ! Et moi, je raffole des nouvelles et j'adore les diffuser ! C'est le piment de la vie, le sel de l'existence, la pièce d'argent qui luit dans le sable, l'œuf niché dans la paille, le champignon éclos dans le pré couvert de rosée. Ah ! Il n'y a rien de plus beau !

Avec précipitation, il se plaça dans la trajectoire de Poisson d'Argent.

— Pas si vite, gamine. J'ai une question à te poser. As-tu

la permission de le conduire jusqu'ici ? Les autorités compétentes sont-elles au courant de la présence de ce vil individu parmi nous ?

Il eut un rire gargouillant et me décocha un clin d'œil. Je m'arrêtai pour mieux m'en prendre à lui.

— Vous auriez intérêt à vous regarder dans le miroir avant de traiter les autres de « vil individu ». Laissez-nous tranquilles. J'ai une affaire importante à régler. Je vous préviens que je porte autour du cou un objet capable de vous réduire en poussière.

— Je considérerai ta réponse comme un « non ».

Il eut le geste de mouiller la mine d'un crayon du bout de la langue et d'écrire dans un calepin imaginaire.

— Je suis sûr que les autorités seront heureuses d'être informées de tes agissements, Poisson d'Argent, et de ceux de ton joli copain de l'autre côté, en particulier du traitement honteux qu'il a réservé au sieur Billy, duc de la Puanteur.

Il se retourna.

— Il paraît qu'on l'a roué de coups. Des commentaires ? Va, gamin, réponds ! Je dois entendre ta version des événements.

— Je n'ai rien à déclarer.

— Dans ce cas, tu avoues. De A à Z.

— Je n'avoue rien du tout.

— Pourquoi ne pas le crier haut et fort, gamin ?

— Je viens de vous le dire ! Je n'avoue rien du tout. Il n'y a rien à avouer.

Perce-Oreille poussa un profond soupir.

— Des années d'expérience m'ont appris qu'un démenti équivaut à des aveux. « Non » signifie « oui ». Les faits parlent d'eux-mêmes. Voilà ce que je répète toujours.

— File, Perce-Oreille, ordonna Poisson d'Argent. Sinon, il te trucidera.

— Un si vil individu ? Jamais de la vie ! Il n'aura pas le dessus sur Perce-Oreille le Magnifique.

— Vous êtes bien informé, hein ? risquai-je en posant sur lui un regard dur.

— En effet, répondit-il, occupé à polir ses ongles crottés avec le bout de sa cravate élimée.

— Dans ce cas, vous savez sûrement que, dans les parages, la seule nouvelle digne de ce nom, c'est que mon ami le grand sorcier Iggy Ma-tuu Clava et moi avons élucidé le mystère du tableau. Un type dans le coup comme vous mesure évidemment l'importance d'un tel événement.

— J'ai ma petite idée sur la chose, confirma-t-il.

La ruse envahit son regard. Je voyais bien qu'il redoublait d'effort pour consigner mes mots dans sa mémoire sans se départir de son sourire, mine de rien.

— Il est de notoriété publique que je sais garder un secret. Je suis muet comme une tombe, vous me suivez ? Ma discrétion est légendaire, autant chez les gens de bien que chez ceux de rien. Je t'écoute.

Il se rapprocha un peu en se frottant les mains.

— Il n'y a rien à ajouter, sinon que vous avez intérêt à rester dans mes bonnes grâces parce que je sais une ou deux choses dont vous n'avez absolument aucune idée. J'ai des renseignements vous concernant, Perce-Oreille, qui revêtent une importance capitale pour l'avenir d'un vif comme vous. Vous comprenez?

Les ragots des enfers avaient quelque chose de si méprisable que le courage me revint. Je sentais sur moi le regard sceptique de Poisson d'Argent, mais je décidai que je n'avais rien à perdre en scrutant l'âme de poltron de Perce-Oreille. Plus je le sondais en profondeur, plus je voyais les signes du doute transparaître derrière son expression narquoise.

— Voyez-vous, je note le nom de ceux qui m'aident et de ceux qui ne le font pas. Alors, quelle liste choisissez-vous? La bonne ou la mauvaise?

— La bonne, évidemment, répondit sans hésiter Perce-Oreille. Je suis d'un naturel secourable. C'est même ma marque de commerce, n'est-ce pas? ajouta-t-il en se tournant vers Poisson d'Argent.

— Euh… commença-t-elle.

— Là, tu vois! Inscris mon nom, gamin. Considère-moi comme tien et raconte-moi tout.

— Rien de plus simple, dis-je en baissant les yeux. Je sais comment anéantir la comtesse Ahrinnia Hecht et mettre un terme à son règne. Elle n'est pas des vôtres, vous voyez. Elle est de mon espèce, et je sais où réside la source de son pouvoir.

Cette phrase, bien qu'insensée, sembla impressionner Perce-Oreille. Il se pencha.

— Comment ?

— Top secret. Je me borne à vous dire que nous nous sommes laissé attirer par Vieux Raffut uniquement pour pouvoir introduire nos pouvoirs magiques en ce lieu. Tel est pris qui croyait prendre. Maintenant que nous sommes là, nous comptons bien en profiter.

— Ah bon ? souffla Perce-Oreille, à peine capable de se contenir. Pour une nouvelle, c'en est tout une, gamin ! Je répète depuis des années que Vieux Raffut est fini. Mais personne ne m'écoute.

— Eh bien, on aurait dû se fier à votre intuition sans pareille, Perce-Oreille. Vous êtes au courant de ce qui est arrivé à Billy le Puant. Simple avant-goût de nos pouvoirs. Nous restons discrets, remarquez. Mieux vaut que les autorités ne se doutent de rien. Évitez de finir comme lui : à peine une tache de lumière, rien de plus que l'esprit d'un... pétard.

— Quelle horreur ! s'exclama Perce-Oreille. En quoi puis-je t'être utile ?

— Un vif tel que vous, débordant d'énergie et d'ingéniosité, exerce sûrement une grande influence ici-bas. Au signal, vous, les vifs, vous vous soulèverez.

— De l'influence... Je n'ai que ça, gamin, répondit l'autre avec empressement.

— Dans ce cas, vous devrez chasser cette femme. Nous l'achèverons dans le monde extérieur.

Poisson d'Argent, qui donnait des signes d'inquiétude depuis quelques minutes, explosa.

— Tiens ta langue, coco. Tu ne sais même pas ce que tu racontes.

— Au contraire, Poisson d'Argent. Allons de ce pas trouver Lépisme et soumettons-le aux coups de fouet de l'éternité.

— C'est-à-dire ? demanda Perce-Oreille.

— La douleur à jamais, répliquai-je avec assurance. Les créatures, mortes ou vivantes, y laissent la raison.

— Lépisme est déjà fou, déclara Perce-Oreille. Fou à lier. Impossible d'en rajouter. Tu l'as vu, pas vrai ?

— Même Lépisme succombera, avançai-je.

Pour donner plus de poids à mes affirmations, je posai la harpe devant ma bouche et pinçai les cordes le plus fort possible. Le son s'éleva de la même façon que la première fois, et Perce-Oreille et Poisson d'Argent frissonnèrent avant de s'éloigner de moi. Poisson d'Argent était si affaiblie que je crus qu'elle allait se dissoudre dans la nuit. Puis, après une ou deux minutes, la vibration s'interrompit et elle revint auprès de moi.

— Qu'est-ce que c'est ? demanda-t-elle en criant.

— Les dents de l'enfer, s'écria Perce-Oreille, secoué de part en part. Pourquoi avoir fait ça, gamin ?

— Simple démonstration de mes pouvoirs. Conduis-moi à Lépisme, Poisson d'Argent. Est-ce que vous nous accompagnez, Perce-Oreille ?

— Euh… non, gamin. J'ai du travail. Au signal, je mobiliserai les esprits les plus forts et les plus vaillants, et nous lutterons à tes côtés. En passant, quand faut-il l'attendre, ce fameux signal ?

— D'ici la fin de la journée ! Avant que Noël s'achève.

— D'ici la fin de la journée ! répéta Perce-Oreille en s'éloignant pesamment. Tu parles d'une nouvelle ! Une révolte, un soulèvement ! Je suis impatient de… euh… t'apporter mon concours. Y a-t-il un nom de code ? Il en faut un, le plus secret sera le mieux. Dis-moi.

— Il ne faut surtout pas l'ébruiter, murmurai-je. C'est Kilimandjaro.

— Kilimandjaro ! Eh bien ! Que la vie est belle ! déclara-t-il en disparaissant.

Chapitre 14

Le repaire de Lépisme

— Pourquoi avoir raconté tout ça à Perce-Oreille ? demanda Poisson d'Argent. Il va répéter tes propos au premier venu.

— Justement, répondis-je.

N'ayant nullement l'intention de lui avouer que j'étais sûr de ne pouvoir me fier à rien ni à personne, je préférai changer de sujet.

— Mène-moi auprès d'Iggy. Je n'ai plus beaucoup de temps, Poisson d'Argent.

— Ce n'est pas jojo, là-bas, me prévint-elle d'un air inquiet.

— Où ça ?

— Dans les donjons de Skirl.

— Des donjons ? Il n'y en a pas chez nous.

— Oh que si. On les appelle les « geôles », et c'est là, dans ces profondeurs, qu'habite Lépisme.

— Parle-moi de lui. D'où vient-il ?

— Des temps anciens. Certains prétendent qu'il vit

ici depuis des millénaires et qu'il est l'esclave de la maîtresse des lieux.

— Et toi ? Quel âge as-tu ?

— Je ne sais pas, répliqua-t-elle en plissant le front.

Elle me prit par la main et nous poursuivîmes notre
route. J'avais l'impression de ne pas avancer. Pourtant,
je remarquai que l'air était plus chaud. Je commençai
alors à distinguer les alentours. Je songeai aux jours où le
brouillard, en se dissipant au sommet d'une montagne,
révèle brusquement des arbres et des rochers présents
depuis toujours. Nous arrivâmes à une ouverture donnant accès à une fosse. Autour de nous, des murs de
pierre suintaient et, au-dessus de nos têtes, plusieurs
poutres noircies et poisseuses soutenaient un toit invisible. Je vis également des chaînes, des poulies et des
treuils fixés aux madriers, des crochets de boucherie
comme ceux qui pendaient au plafond de la cuisine
d'Alice, en beaucoup plus gros.

— Regarde, chuchota Poisson d'Argent. Lépisme est
là.

— Où ?

— Près de la roue.

Je baissai les yeux. La créature qui m'avait séparé
d'Iggy se reposait sur une pierre plate. Ses jambes et ses
bras tressautaient régulièrement, en proie à des convul-
sions, et la tête qui m'avait flanqué une peur bleue s'inclinait vers l'avant, au point où son menton touchait sa poitrine. Lépisme semblait beaucoup trop monstrueux pour

avoir un jour été humain, mais Poisson d'Argent confirma à voix basse qu'il l'avait été à une certaine époque, comme tout le monde. Au gré des siècles qu'il avait passés dans les limbes de Skirl, sa cruauté initiale s'était transformée, petit à petit, en l'essence même du mal.

— Il n'est pas aussi puissant que Vieux Raffut, ajouta-t-elle. Il n'a pas le pouvoir de se métamorphoser.

— Où est Iggy ? demandai-je en balayant les environs des yeux.

— Sans doute dans une des geôles.

— Montre-moi le chemin.

Elle secoua la tête.

— Non, coco. Je n'ai jamais mis les pieds en bas. Vas-y, toi. Je t'attends ici et je monte la garde.

Elle désigna un escalier de pierre que je n'avais pas encore remarqué. La lanterne sous le bras, je portai la harpe à ma bouche, prêt à gratter les cordes au cas où Lépisme se secouerait, et je m'engageai dans les marches. La tête du monstre se leva et pivota, mais ses paupières demeurèrent closes. Je me dis qu'il humait l'air dans son sommeil. Je m'immobilisai et, pendant un moment, j'eus à peine le courage de respirer. À sa hauteur, j'aperçus sur le sol des monticules de poussière à l'éclat luisant. J'y reconnus des « pétards », les esprits épuisés qui, selon Poisson d'Argent, étaient néanmoins capables d'infliger des chocs violents. S'agissait-il des restes de victimes de Lépisme ? Les avait-il délibérément plantés là, comme des explosifs, afin d'être prévenu en cas d'intrusion ?

Malgré la faible lumière, j'étais assez proche pour voir les cloques et les ampoules affreuses qui tapissaient son crâne. Ailleurs, sa peau pelait à la manière de l'écorce d'un arbre ; un peu partout, sa chair semblait roussir et palpiter sous l'effet d'une combustion interne. Il y avait beaucoup d'espace entre ses yeux, dont l'un était plus bas que l'autre. Ses larges narines s'évasaient à chacun des frissons et des soubresauts de son corps. Ce fut toutefois sa bouche qui retint mon attention : elle s'ouvrait sur une grimace de douleur. Lépisme avait beau être terrifiant, les tourments auxquels il était soumis ne pouvaient échapper à personne.

Je me tournai vers Poisson d'Argent, qui avait descendu quelques marches. Du doigt, elle montrait quelque chose, sans que je voie quoi. En y regardant de plus près, je découvris une porte en bois aux panneaux parcourus de bandes de métal retenus par des boulons. Elle était entrouverte, mais l'intérieur restait voilé.

J'entrepris de me faufiler au milieu des « pétards » qui, sentant ma présence, se dirigeaient vers moi, à la manière de poissons plats glissant sur les fonds marins. Chaque fois que l'un d'eux s'approchait un peu trop, je brandissais la harpe et il détalait. Je jetai un œil vers la porte, toujours en vain. Où était Iggy ? Je brûlais d'envie de l'appeler ou d'interpeller Poisson d'Argent. En me retournant, je constatai cependant qu'elle s'était volatilisée. À ce moment précis, je pris conscience d'un picotement désagréable dans mon pied droit : l'un des pétards m'avait rejoint par-derrière et s'était collé à ma botte. Au bout d'une ou deux secondes, la douleur irradia dans ma jambe. Je poussai un cri et, d'un coup de talon, propulsai l'assaillant au loin. L'instant d'après, Lépisme était devant moi, remuant l'air de ses bras nerveux. Des étincelles électriques s'élevaient dans les ténèbres au-dessus de lui.

— Tu n'as pas le droit de me toucher, Lépisme.

Il secoua la tête et posa sur moi un regard mauvais. Je remarquai la présence de salive séchée aux coins de sa bouche.

— Pourquoi donc?

— Tu ne peux pas toucher les êtres venus du monde réel. C'est contraire aux lois du lieu.

— Les lois? Il n'y a pas de lois qui comptent ICI, sauf celles que Lépisme ÉTABLIT. D'ailleurs, Lépisme s'est déjà occupé de ton ami. Et RIEN n'est arrivé à Lépisme.

Il laissa échapper un rire aigu et repoussa du bout du pied les pétards qui s'étaient assemblés autour de nous. Puis il fondit sur moi et me fixa d'un de ses yeux terrifiants et injectés de sang. Il n'était pas beaucoup plus grand que moi. Plus tard, je me souviendrais de la haine profonde que trahissait son expression. Sur mon épaule, il posa une main qui, malgré mes trois couches de vêtements, me brûla la peau. Je grimaçai.

— Viens, mon garçon. Lépisme… veut jouer à des JEUX. Oui, des JEUX!

De son autre main, il désignait les chaînes et les poulies accrochées au plafond. J'entrevis un arsenal de tortionnaire : des objets pointus, des scies noircies, des lames de formes et de tailles variées, des accessoires permettant de fouetter et de trouer.

— Des jeux pour faire SOUFFRIR. Des jeux inventés par Lépisme pour le plaisir. Des jeux que Lépisme met à l'essai sur de la CHAIR FRAÎCHE ! La tienne, par exemple. LÉPISME veut de la VRAIE CHAIR FRAÎCHE pour tenter une expérience. Il y a longtemps qu'il attend l'occasion !

Il m'agrippa par le collet et, avec une force incroyable, me hissa vers les poutres. Je criai le nom d'Iggy. En vain. En deux temps, trois mouvements, il ligota mes bras et me tira si haut que mes pieds ballaient à quelques mètres du sol.

Il se hâta vers un coffre. Au milieu d'un grand vacarme métallique, il fouilla à l'intérieur en semant des objets à gauche et à droite. Puis il réapparut devant moi en brandissant une boule en fer hérissée de pointes fixée à un bâton par une courte chaîne et des couteaux qui, dans la lueur diffusée par son corps, semblaient rouges.

— À quoi veux-tu JOUER EN PREMIER, mon garçon ? Je t'ÉCORCHE avec ça ?

Il montra un couteau, instrument diabolique aussi fin qu'une broche.

— Que penses-tu de ce jouet-ci ? Ou de celui-ci ? Lépisme le garde pour une OCCASION spéciale.

S'avançant d'un pas, il frappa une planche à l'aide de la boule hérissée de pointes. La cible se fracassa et des éclats de bois volèrent dans tous les sens.

— Fractures et bleus garantis. Tu préfères le tisonnier chauffé à blanc ou l'eau bouillante ? Lépisme a tout pour son plaisir.

Il éclata d'un grand rire caquetant et me dévisagea d'un air impatient.

— Et nous avons du temps, mon GARÇON. Nous avons des siècles d'amusement devant nous. Et je vais te faire TRÈS MAL.

— Si tu me touches, tu risques de compromettre la malédiction du tableau, plaidai-je. Le Maître des chaises renversées n'a pas prédit que je mourrais aux mains d'un singe infernal comme toi.

Il renifla en regardant autour de lui.

— QU'EST-CE QUE TU RACONTES ?

Puis il s'approcha un peu plus, si près que je sentis son haleine sulfureuse.

— Lépisme a la bénédiction de la grande dame, chuchota-t-il. Lépisme fait ce qu'il veut ici avec sa permission. Lépisme aime la grande dame et la grande dame aime Lépisme. Elle AIME Lépisme plus que tout autre esprit, sauf le LYNCHEUR.

— Mes vœux de bonheur vous accompagnent, déclarai-je. En passant, tu pues de la gueule.

— LÉPISME ne pue pas ! Lépisme est MAGNIFIQUE et la grande dame l'ADORE.

— Iggy ! criai-je. Où es-tu ? Au secours !

— Inutile crier pour GROS ami. Lui dormir pendant encore des SIÈCLES.

211

Il agita les chaînes. Dans les ténèbres, je vis des horreurs indicibles, des formes qui avaient peut-être été humaines, celles d'hommes hissés jusqu'aux madriers par les poulies de Lépisme, où ils s'étaient décomposés. De toutes mes forces, je tirai sur mes liens et réussis à attraper la harpe accrochée autour de mon cou et à la porter à ma bouche. À l'aide de ma langue, je la positionnai, puis parvins à approcher mon index pour pincer une corde. Me jetant un regard intrigué, Lépisme donna un coup brusque, et ma main retomba.

— ARRÊTE, mon garçon. ARRÊTE TOUT DE SUITE !

Une note unique s'était échappée de ma bouche et résonnait dans le cabinet des horreurs. Comme la fois précédente, elle n'eut aucun effet sur lui. Je ne me laissai pas décourager pour autant. Je me mis à osciller en balançant mes jambes d'avant en arrière pour avoir plus d'élan. Pendant un moment, Lépisme ne sut comment réagir. Puis, profitant d'un mouvement vers l'avant, je serrai mes bottes l'une contre l'autre et le frappai à la tête. Il s'affala. Se redressant aussitôt, toutefois, il m'attaqua avec la boule hérissée de piques. Il me rata de peu. Tandis que j'appelais Iggy et Poisson d'Argent, je compris qu'il ne répéterait pas la même erreur. Je me recroquevillai et me tortillai pour lui compliquer la tâche.

C'est alors que je remarquai Iggy. Il était à la porte de la cellule, les yeux troubles.

— À l'aide, Iggy ! criai-je.

Il secoua la tête et tenta de franchir le seuil, mais une

force l'en empêcha. Un obstacle invisible lui barrait le chemin. Il recula de quelques pas, puis s'élança, projetant d'abord ses bras, puis une de ses jambes. Il y eut un bruit de succion suivi d'une sorte de glissement. Libre enfin, Iggy fonça vers Lépisme.

Armé de la boule, Lépisme se porta à sa rencontre, un horrible rictus de plaisir sur le visage. Iggy s'arrêta, leva le bras, sourit et sortit un objet d'une de ses poches. Il agita les mains, de la même manière qu'un magicien, puis brandit quelque chose devant le visage de Lépisme. De là où j'étais, j'eus l'impression que c'était un disque, mais je ne voyais pas bien. Lépisme laissa tomber son arme et palpa sa tête, sonda les pustules de son crâne dégarni, toucha sa peau squameuse, tira sur son nez et ses oreilles comme pour les remettre en place. Il se rua sur Iggy, lui enleva l'objet et le contempla pendant quelques secondes, totalement absorbé, puis, projetant la tête en arrière, poussa un cri d'agonie.

Iggy accourut. À l'aide des chaînes, il actionna les hautes poulies pour me faire descendre. Il me libéra et je fus enfin capable de baisser les bras et de frotter mes mains pour y activer la circulation. Il m'entraîna vers l'escalier. Le corps de Lépisme irradiait la chaleur, ses membres produisaient des décharges électriques, sa bouche lançait des jurons. Après avoir poussé des hurlements à vous retourner les sangs, il s'écroula par terre en gémissant.

— Que suis-je devenu ? Où suis-je ? Qu'est cette chose ? QU'EST DEVENU LÉPISME ?

Sous le poids du désespoir, sa main s'ouvrit et le disque tomba, roula vers nous et vacilla avant de s'arrêter avec un bruit sourd aux pieds d'Iggy. Celui-ci le ramassa et le remit dans son manteau. Il s'agissait d'un simple miroir.

Iggy avait compris que Lépisme ignorait tout de son apparence, des changements qu'il avait subis au fil des siècles, au fur et à mesure que le mal s'emparait de son âme et faisait de lui un monstre. Au tréfonds de Lépisme, il restait un homme que la transformation avait révulsé.

Nous grimpâmes les marches au pas de course, les hurlements du monstre résonnant dans nos oreilles. Poisson d'Argent avait disparu. Je l'appelai.

— Elle est partie, expliquai-je. Poisson d'Argent m'a aidé, mais elle a filé. Sans elle, nous ne réussirons jamais à sortir d'ici.

Iggy regarda autour de lui. Il semblait totalement indifférent aux événements récents.

— Comment as-tu deviné qu'il n'avait jamais vu son reflet ?

— Vieux truc, répondit Iggy. Esprit mauvais pas aimer propre visage.

Je n'osai pas songer à ce qui serait arrivé si le miroir n'avait pas eu l'effet magique escompté.

— Où allons-nous ? demandai-je.

Au lieu de répondre, il me sourit.

— Frère Kim avoir réussi à sortir Iggy Ma-Tuu Clava de ici. Bravo.

— Tu étais dans l'antre de Lépisme, précisai-je.

J'étais impatient de lui parler des révélations de Poisson d'Argent et de la partie de Glisse-la-Chandelle.

— Lépisme ? réfléchit-il. Drôle de nom pour esprit.

Puis il m'expliqua que les fantômes, les revenants et les esprits ont tous leur talon d'Achille. Il s'agit d'exploiter les infimes restes d'humanité présents chez eux : dans la mort, ils conservent le même point faible que de leur vivant.

Chapitre 15

La séance
de fin d'année

Nous étions de retour dans l'un des couloirs caverneux de l'ancienne maison. Désorientés, à la recherche de la sortie, nous parcourûmes sans fin des passages déserts. J'étais fatigué et affamé. Iggy, qui n'avait rien à me donner, déclara que la meilleure façon de lutter contre la faim consistait à penser à autre chose. Cette perle de sagesse ne me fut d'aucun secours. Je savais qu'il n'y avait qu'une issue : poursuivre, ne pas abandonner. Au cours de ces longues heures, nous ne croisâmes aucun esprit. Nous remarquâmes toutefois qu'il faisait plus clair et que de plus en plus de perturbations nous accompagnaient. Il était évident qu'on nous suivait.

À plusieurs reprises, j'appelai Poisson d'Argent, toujours en vain.

— C'est peut-être Perce-Oreille qui nous garde à l'œil, murmurai-je. C'est un vil individu, obsédé par les nouvelles et les ragots. Je lui ai raconté que nous avions le projet de renverser Alba et que l'opération portait un nom de code… Kilimandjaro.

Iggy écarquilla les yeux.

— Pourquoi ? Pourquoi avoir dit ça à lui ?

— Parce que je voulais…

Avant que j'aie eu le temps de finir ma phrase, une voix grave, à la diction pâteuse, résonna dans notre dos :

— On vous convoque. On vous réclame. Là, maintenant ! Dépêchez-vous !

Sur un banc en pierre que nous n'avions pas remarqué était assis un gros homme au double menton.

— Où ça ? Par qui ? demandai-je.

— Ça ne vous concerne pas, répondit-il en consultant une planche à pince. Allez, au trot ! À la queue leu leu, je vous prie. Suivez-moi.

— Comment ? Vous êtes assis.

L'énorme bonhomme se mit debout. Il arborait une mine renfrognée, et des verrues lui mangeaient le visage. Vêtu d'un manteau brun rouge, et d'une cape d'équitation qui enveloppait sa panse jusqu'au milieu de sa poitrine, il tenait un gros bâton, au pommeau en argent. Il était tout en graisse : quand il parlait, son double menton tremblotait, et il avait d'énormes doigts boudinés, des oreilles enflées et un gros nez rougeaud. De loin en loin, il portait la main à son visage, comme s'il fourrait de la nourriture dans sa bouche ouverte.

Je me tournai vers Iggy, qui contemplait avec stupeur notre nouveau compagnon.

— À qui nous avoir honneur ? demanda-t-il sur un ton plutôt cérémonieux.

— Semaj Trow, répondit l'homme en bombant le torse et en jetant un coup d'œil à la montre qui pendait au bout d'une chaîne en or. Greffier des séances et secrétaire du Comité du Renouveau.

— De quelles séances s'agit-il ? voulus-je savoir.

— Les séances de fin d'année, espèce de cornichon.

— Jamais entendu parler.

Il m'étudia d'un air méprisant et passa la main sur son visage.

— Ça ne m'étonne pas.

— Nous ne voulons pas vous accompagner. Nous n'avons rien à faire ici.

— Possible, déclara Semaj Trow.

Il tira de sa poche un mouchoir à pois, s'épongea le front et le promena vaguement autour de son nez.

— On m'a chargé de vous conduire à la séance, coûte que coûte. En route. Vous n'avez pas le choix.

Avant même de nous en rendre compte, nous nous retrouvâmes dans une vaste salle de réception que de longues tables parcouraient d'un bout à l'autre. À une extrémité se trouvait un large fauteuil, qu'on aurait dit taillé dans le roc.

— Ne bougez pas, nous ordonna Semaj Trow avant de se diriger de l'autre côté.

— Et maintenant ? demandai-je à Iggy.

Il haussa les épaules.

— Mme Alba arriver.

Je remarquai l'imposant plafond et constatai que chacune des poutres se terminait par un personnage en bois, taillé de manière à donner l'impression qu'il portait le poids du monde sur ses épaules. Mon regard dériva ensuite vers les chandeliers, où brillaient des centaines de bougies. Du coin de l'œil, je vis les sculptures remuer et ployer sous leur charge. Le toit n'était d'ailleurs pas le seul élément soutenu par des esclaves en bois. Les tables reposaient elles aussi sur des créatures qui se mouvaient dans l'ombre. Rien ne mourait donc jamais dans le monde parallèle de Skirl ? Même pas le bois ?

Je me tournai vers Iggy.

— Comment allons-nous sortir d'ici ?

— Moi avoir idée, frère Kim. Quand moi jouer tour, toi trouver Vieil Homme de la Tarle. Lui ramener toi dans temps de maintenant.

— Et toi ? Je ne peux pas y aller tout seul.

— Si, déclara Iggy sur un ton sans appel.

Il avait l'art d'éluder les questions tout en ayant l'air d'y répondre. Cette fois, je ne tomberais pas dans le piège.

— Il faut rester ensemble. Je ne peux pas réintégrer le temps sans toi. Tu mourras.

Je parlais en pure perte. Déjà, Iggy s'intéressait à autre chose : dans la grande salle, il y avait du mouvement. Des mains invisibles allumaient un feu dans l'immense cheminée, et les tables se couvraient de verres et d'assiettes, qui apparaissaient comme par magie.

Semaj Trow embrassa la pièce du regard et, à l'aide du pommeau de son bâton, cogna contre une porte. Elle s'ouvrit et des centaines d'esprits entrèrent en procession. Certains étaient à peine des ombres, des miroitements pareils à ceux qu'on voit au-dessus de la flamme des chandelles, sans enveloppe corporelle distincte. D'autres semblaient aussi solides et humains que Semaj Trow ou Poisson d'Argent. Il y avait aussi des pétards, restes rampants qui soulevaient des tourbillons de poussière étincelante.

Du côté droit, j'aperçus les fantômes que j'avais croisés pendant la nuit : la lavandière, l'homme à la recherche de son chien, les enfants perdus, les revenants qui, au cours du bref instant que j'avais passé avec Poisson d'Argent, s'étaient massés devant nous. On aurait cru voir une rue du vieux Londres. Les suivirent d'hideuses créatures difformes dont le mal avait fait des êtres dépourvus de la moindre trace d'humanité. Au milieu de la foule, elles clopinèrent, rampèrent, se traînèrent les pieds jusqu'à leur place au bout de la table, d'où elles donnèrent l'impression de surveiller les participants. En s'aidant d'infimes moignons, l'une avançait très lentement, à plat ventre, et grognait comme un cochon.

Deux silhouettes à la tête recouverte d'une cagoule noire se matérialisèrent à leur tour. Elles allèrent se poster de part et d'autre d'une table plus petite, posée en travers de la salle, au pied des quelques marches qui conduisaient au trône de pierre. Les moines avaient soin de dissimuler leurs traits dans les plis de leur capuchon.

En raison des terrifiantes expériences de la nuit, j'eus de nouveau peur à l'idée de côtoyer ces esprits pour l'éternité, de pénétrer à contrecœur dans la salle avec Iggy pour participer à la fameuse séance, quelle qu'elle soit. Je frissonnai à la vue de tant d'âmes sinistres, mauvaises et damnées ; je me demandai aussi pourquoi elles ne ressemblaient pas à Poisson d'Argent. Au fait, où était-elle, celle-là ? Je parcourus des yeux la multitude assemblée autour de nous en ayant soin d'éviter le regard de ces âmes, sûr qu'elle n'était pas du nombre. Peut-être avais-je vu juste : la douce jeune fille n'était qu'une illusion qui, depuis, avait retrouvé son apparence abominable. Après tout, elle m'avait conduit au donjon de Lépisme malgré les dangers qui m'y attendaient.

Nous vîmes Semaj Trow patrouiller le fond de la salle. De temps à autre, il utilisait son bâton pour repousser un esprit. Puis il tapa sur le sol et réclama le silence. Curieuse précaution dans la mesure où on n'entendait que les décharges électriques produites par les pétards. Une porte s'ouvrit alors derrière nous. Perce-Oreille, qui arborait un large sourire, fut le premier à s'engager dans l'allée au milieu des tables. Au passage, il chuchota :

— Je constate que tu as retrouvé ton ami, gamin. Il a une drôle de tête, non ? Ah ! Que la vie est belle !

Le temps se suspendit. Dans la salle, on sentait monter l'impatience. Nous attendîmes, Iggy et moi, conscients d'être scrutés par des centaines de paires d'yeux inanimés.

— C'est insupportable, murmurai-je. Fais quelque chose, Iggy, je t'en supplie.

— Toi patienter, frère Kim, répondit-il du coin de la bouche.

Après ce qui nous parut une éternité, les fantômes que j'avais vus jouer à Glisse-la-Chandelle empruntèrent à leur tour la porte par laquelle Perce-Oreille était entré. Le cortège était dirigé par les deux fils du colonel, Andrew et Charles. Lorsque Clive Drago apparut, avec son abondante moustache et son ample chemise, je poussai Iggy du coude. Perplexe durant une seconde, il sourit à l'intention de son père avant trois. Ce dernier s'avança sans manifester le moindre intérêt pour Iggy, et les membres de la procession sans vie s'installèrent à la table des deux moines. Au lieu de onze, je comptai vingt-deux hommes.

Je me souvins de ce que le grand pingouin nous avait appris au sujet des premières victimes d'Alba. Résolue à garder sa mainmise sur la maison, elle s'était arrangée pour éliminer ses propres fils. Était-ce pour cette raison que certains fantômes étaient vêtus de pourpoints et de collants ? Ces hommes s'étaient-ils entretués dans l'espoir de s'assurer la succession de Skirl ? Les autres avaient-ils aussi été victimes d'une longue tradition de machinations et de sortilèges ? Je me rendis compte que la malédiction du Maître des chaises renversées n'était sans doute qu'un des moyens qu'Alba avait pris pour préserver son emprise pendant des siècles.

Tout était clair à présent. Le colonel, Iggy et moi étions les derniers représentants de la lignée des hommes de Skirl. L'identité du Maître des chaises renversées n'avait aucune importance. Il ne restait plus que deux chaises debout. Lorsqu'elles céderaient à leur tour, tout reviendrait à Alba. Le colonel ne représentait pas une menace : il était si âgé et si frêle qu'elle pouvait se permettre d'attendre qu'il meure de cause naturelle.

Je revins en pensée au portrait d'Alba. Il avait été peint quatre cents ans plus tôt, jour pour jour, et l'artiste le lui avait dédié au moyen de cette inscription bizarre, à une époque où les pouvoirs des Frontières de la Tarle étaient à leur apogée, comme aujourd'hui, en 1962. En ce jour de Noël, elle avait tout orchestré pour obtenir un dénouement favorable. D'ici quelques heures, elle exercerait un pouvoir absolu sur les vivants et les morts de la maison. Mais pourquoi ? Qu'avait-elle donc de si important, cette vieille demeure, surtout pour une femme qui jouissait déjà de la vie éternelle ? N'importe qui s'en contenterait. Qu'espérait-elle de la multitude des esprits prisonniers des Frontières de la Tarle ? Une seule personne connaissait la réponse, et c'était le Vieil Homme. Il en savait beaucoup plus qu'il ne l'avait laissé paraître. J'en étais convaincu.

Je me tournai vers Iggy, qui se livrait sûrement aux mêmes calculs. Il y eut une commotion à l'autre bout de la salle. Soudain, Alba Hockmuth, ou la comtesse Ahrinnia Hecht de Bohême, apparut, vêtue, à peu de chose près, comme dans son portrait. Les bijoux qu'on avait cousus à sa robe et ceux qui ornaient ses cheveux ressemblaient à des cristaux de glace étincelants, et l'éclat de sa peau était incomparable. On aurait dit de la lumière filtrée par du papier. Elle promena sur la foule un regard empreint d'un mépris hautain. Aucun détail ne lui échappait. Devant une telle manifestation de sa puissance, elle sourit légèrement pour elle-même.

Semaj Trow s'inclina avec raideur et tapa du bâton.

— La séance est ouverte, madame. L'heure du Renouveau a sonné.

Elle hocha la tête et contempla l'océan de visages.

— Une année s'est écoulée, déclara Alba très lentement. Une fois de plus, les ténèbres enveloppent la terre et les créatures vivantes sont prisonnières de la glace et de la neige, réduites au silence par le sortilège des ombres, épiées par la lune seule. Le monde des vivants et celui des morts ne font qu'un. C'est notre heure, et je viens vers vous dans le noir sacré de l'hiver pour rendre hommage à votre univers, recevoir vos faveurs et votre soumission.

Elle les gratifia d'un geste à peine perceptible de la tête et s'assit.

— Nous allons maintenant entendre les rapports.

Sur ces mots, Perce-Oreille grimpa sur l'estrade et s'inclina jusqu'à terre.

— J'ai de nombreuses nouvelles pour vous, milady. De grands sujets d'intérêt, dont un vil et diabolique complot contre vous.

Il nous décocha un regard empreint d'une jubilation haineuse.

— Ces deux-là fomentent une rébellion. Une révolution ! Ils affirment avoir l'intention de vous renverser.

Il désigna Iggy.

— Celui-là est un grand sorcier originaire de l'Orient, qui a pour but de vous assassiner. Les conspirateurs disent avoir laissé Raffut les duper à seule fin de s'approcher de vous.

Il se tourna nerveusement vers Alba pour mesurer sa réaction.

— Je vous concède qu'ils ont l'air d'une paire de nigauds, mais, croyez-moi, ils sont plus malins et plus habiles qu'ils n'en ont l'air, en particulier le drôle de bonhomme venu de loin.

Des murmures parcoururent la salle. Pourtant, les fantômes installés au bout de la table se contentaient de regarder droit devant eux… sauf Clive, dont les yeux avaient dérivé vers nous. Il fixait Iggy d'un air vaguement intéressé, celui que les deux jeunes hommes en uniforme avaient eu pour moi. Cette âme morte reconnaissait quelque chose en Iggy… Ses manières, peut-être, ou son apparence.

— Et ils ont un nom de code secret, poursuivit Perce-Oreille, excité comme une puce. Kilimandjaro. La machination, la voici. J'implore Votre Grâce de se souvenir de moi dans sa magnanimité. Car c'est moi, Perce-Oreille, superbe collecteur d'information, ami de la royauté et des grands de ce monde, qui, en cette fin d'année, dépose ces renseignements à vos pieds au moment où tous les hommes de la famille Drago seront enfin à votre merci et où vous exercerez un pouvoir absolu sur votre domaine.

Malgré les courbettes et les manières doucereuses de Perce-Oreille, Alba semblait peu impressionnée. Il s'approcha et fit une nouvelle tentative sur un ton plus confidentiel :

— Ils caressent le projet de vous éliminer, milady ! Et ils ont des alliés. Celle qu'on nomme Poisson d'Argent compte au nombre des insurgés. C'est elle qui a conduit le garçon au repaire de Lépisme, au mépris des règles. Elle a également enfreint la loi du silence en révélant l'ensemble de nos secrets à ce vil petit morveux. Tous, sans exception. Je le tiens de… euh… de source sûre.

Après une pause, Alba s'adressa à Semaj Trow.

— Que les prisonniers s'approchent, ordonna-t-elle.

Sur ces mots, un homme mince comme un fouet et au visage recouvert d'un masque de cuir sortit de l'ombre, deux cordes à la main. Un murmure s'éleva parmi la foule, qui se mit à scander :

— Le Lyncheur ! Il y a de la pendaison dans l'air !

Deux créatures informes surgirent de sous les tables, si brusquement que nous n'eûmes pas le temps de les voir, et nous entraînèrent jusqu'à un endroit d'où nous surplombions les moines. Le Lyncheur, armé de ses accessoires, suivait. Parfaitement conscient de ce qu'ils planifiaient, je me demandai fiévreusement si le tableau contenait des indices d'une telle fin. C'est alors que je remarquai trois splendides tapis déployés sur les marches. Les couleurs étaient si saisissantes et les motifs si complexes que je n'arrivais pas à en détacher mon regard.

Très lentement, Alba pivota vers nous. Ses yeux, animés d'une cruauté triomphante, étaient plus noirs que jamais. Que son implacable beauté m'inspirait de mépris ! Soudainement, cette haine m'affranchit de la peur du sort que le Lyncheur nous réservait avec ses cordes, que terminait un gros nœud coulant.

— Ici, vous ne pouvez rien contre nous, criai-je. Alors laissez-nous partir.

Elle réfléchit un moment. Puis ses lèvres esquissèrent un sourire froid et ironique.

— Quel ridicule petit bonhomme ! s'exclama-t-elle en se tournant vers la foule. En ce lieu, je fais précisément ce qui me plaît, comme toujours.

— Absolument pas, répliquai-je. Impossible de tuer des vivants au pays des morts.

Cette hypothèse m'avait soutenu pendant toute la soirée. J'avais beau être en terrain glissant, la théorie semblait se tenir. Je regardai nerveusement autour de moi, et mes yeux se posèrent sur Bella Brown, dont l'image était parfaitement conforme à mes souvenirs. Comme avant sa disparition, elle fixait doucement le sol, les doigts croisés dans les plis de sa jupe.

— Nous savons que vous devez nous tuer à l'extérieur,

de la même manière que vous avez éliminé Bella Brown, vos fils et tous les héritiers légitimes de cette maison.

Je désignai les hommes assis à la table.

— Vous n'y pouvez rien. Notre sort est déjà inscrit dans le tableau aux chaises renversées.

— Vous croyez ? demanda Alba, le regard perdu dans le lointain.

— Nous savoir, déclara Iggy.

Fidèle à son habitude, il intervenait sur le tard.

— Vous ne savez rien, lança-t-elle.

— Nous savons, dis-je. Nous avons été envoyés.

Alba laissa échapper un rire sarcastique.

— Qui t'envoie, Kim Greenwood ? Ta mère ? Ton ivrogne de père ? Qui ?

J'allais répondre, mais je ne réussis qu'à bredouiller. Iggy prit ma défense.

— Destin envoyer nous.

Il se tourna vers la salle.

— Frère Kim et Igthy Ma-tuu Clava être envoyés par destin pour lutter contre femme. Elle être comme nous : un humain qui, pendant peu de temps, respire sur terre.

Il se pencha tristement sur le fantôme inexpressif et immobile de Clive Drago, puis sortit sa Bible.

— Voici père de moi avant trois et voici livre de lui. Je venir affronter femme.

À l'évidence, il gagnait des adeptes parmi les participants. Et certains esprits aux traits humains, lesquels nous avaient échappé jusque-là, nous observaient avec intérêt. Il régnait dans la pièce une effervescence palpable. Semaj Trow frappa le sol de son bâton et beugla :

— Silence ! Silence !

Les moines encapuchonnés pivotèrent sur eux-mêmes d'un air menaçant, et Perce-Oreille s'éloigna un peu d'Alba.

— Frère Kim avoir raison, reprit calmement Iggy. Elle ne pas pouvoir tuer nous ici. Mauvais coups de elle être réservés au monde vivant. Être raison elle tuer pauvre fille au courant secret, au moins en partie. Ici, impossible. Et elle savoir.

Alba se leva du trône de pierre.

— Votre temps s'achève ! cria-t-elle en crachant les mots. Le temps est essentiel, et vous avez épuisé le vôtre, ainsi que vous vous en apercevrez bientôt.

Elle fit signe à Semaj Trow, qui sembla tirer un rideau juste devant nous. Nous comprîmes sur-le-champ qu'il nous laissait voir notre monde, car nous reconnûmes la cuisine. Sur une plaque, une casserole fumait. Alice était assise à la table, une main sur la tête. Tom Jebard venait d'entrer. Ses bottes étaient couvertes de neige, et les chiens laissaient des traces mouillées sur le sol. Près de la cuisinière, Amos Sprigg et Simon Vetch se réchauffaient les mains. Tout-Doux était là, lui aussi, les épaules parsemées de flocons. Chacun, sauf Alice, portait un lourd manteau et un bâton. Elle leva le regard sur Jebard, qui parlait. Tout-Doux opina du bonnet. Elle secoua la tête et baissa les yeux sur la table. Nos amis avaient l'air soucieux.

— Ils vous ont cherchés, expliqua Alba. Du matin de Noël jusqu'au soir.

Elle rit.

— J'ai même proposé mon aide. À la tombée du jour, j'ai toutefois dû me consacrer à d'autres activités, vous comprenez ?

Du matin jusqu'au soir ? Qu'est-ce que cela signifiait ? Par la fenêtre de la cuisine, je constatai que c'était la nuit. Alba insinuait-elle que Noël tirait à sa fin ? Je dardai mon regard sur l'horloge de la pièce. Il était plus de dix-neuf heures. Nous étions retenus prisonniers depuis bientôt seize heures ! Dans moins de cinq heures, il serait minuit, et les horloges carillonneraient dans toute la demeure. Il nous restait donc cinq heures pour nous rendre au pont. Cinq heures pour sauver notre vie.

Alba lut dans mes pensées.

— Le temps passe vite quand on s'amuse, dit-elle. Les heures s'envolent… comme ça !

Elle rit de nouveau en claquant des doigts.

Semaj Trow referma le rideau et les images de la cuisine s'effacèrent.

— Vous devez nous laisser partir ! hurlai-je.

— Oh ! J'en ai la ferme intention, mais pas tout de suite. Lorsque je m'y résignerai, le renversement des chaises sera imminent. Peu après, vous serez de retour ici, là où je monte la garde sur les fils de Skirl. Tous, sans exception, même le sauvage, car votre vie m'appartient. Vous êtes mon sang. Vous êtes ma famille. Je vous réserve de telles joies ! Quant au sauvage, il aura droit à un traitement de faveur… aux mains de Lépisme.

Un gargouillis de plaisir monta dans l'air, suivi de la voix grinçante :

— Vous voyez ! Vous voyez ! La DAME AIME Lépisme. Elle l'ADORE !

Iggy sourit et croisa les bras pour bien montrer qu'il ne se sentait aucunement intimidé.

— Vous entendre ? demanda-t-il. Elle avouer pas pouvoir tuer nous ici. Elle devoir libérer Iggy et frère Kim pour être sûre nous mourir.

Il s'interrompit et regarda autour de lui pour s'assurer que chacun mesurait la portée de ses paroles.

— Pourquoi elle vouloir autres mourir ? Elle vivre depuis nombreux siècles ! Iggy dire pourquoi à vous. Elle vouloir dominer morts et vivants !

— Arrêtez-le ! cria Alba. Ligotez-le ! Fouettez-le !

Le Lyncheur s'avança d'un pas, prêt à nous passer le nœud coulant autour du cou.

— Où est Vieux Raffut ? hurla Alba. Je le somme de se montrer.

Semaj Trow regarda autour de lui et haussa les épaules d'un air impuissant.

— Je suis sûr qu'il ne tardera pas, madame.

Lépisme, sentant que la situation se corsait, s'avança en compagnie de deux personnages peu ragoûtants : une créature en forme de chien et un être émacié aux membres bruns et graisseux, aussi noueux que les racines d'un arbre

232

séculaire. Alors d'autres esprits se dressèrent et lui barrèrent la route. Je détectai de fortes turbulences devant Lépisme qui, soudain, fut contraint de se rasseoir et de rester au bas des marches, fulminant.

— Où es-tu, Vieux Raffut ? cria-t-elle de nouveau.

Rien, Iggy haussa les épaules et poursuivit sa harangue.

— Gente dame aller et venir entre morts et vivants et, en plus, entre présent et passé. Cela être secret de elle. Cela être raison elle ne pas changer.

Au bout de la salle, des lueurs agitées retinrent mon attention. Je crus que c'était un pétard, mais la chose en question se déplaçait avec beaucoup trop de détermination. Les lumières formèrent un monticule au coin de l'un des tapis et, peu à peu, se métamorphosèrent en homme : un bras sembla flotter dans l'air avant l'apparition des jambes. Au bout de quelques secondes, la tête apparut, suivie d'un visage familier.

Nous avions Quake sous les yeux !

Il se tenait debout, comme à l'accoutumée, l'air suffisant, une main derrière le dos, l'autre sur son mouchoir.

— Où sont tes devoirs, mon garçon ? demanda-t-il. Je t'avais donné jusqu'à ce matin pour les terminer.

Mû par une sorte de terreur instinctive, mon estomac se noua, même si je savais qu'il ne pouvait s'agir du véritable Quake. J'avais trop souvent respiré son haleine empestant le tabac et le sherry, éprouvé le contact brutal de sa main sur ma tête ou une oreille. Quake n'était pas un fantôme. C'était un tyran ordinaire, en chair et en os. Devant moi se trouvait plutôt une copie conforme de l'instituteur, une autre fine plaisanterie de Vieux Raffut.

Sans trop savoir pourquoi, je suivis le regard d'Iggy, qui s'était arrêté sur la silhouette de Bella Brown. Très agitée, elle montrait l'image de Quake d'une main tremblante. Elle articulait le mot « assassin ». Iggy et moi comprîmes parfaitement, les autres fantômes aussi. Quake l'avait tuée. Poisson d'Argent avait tenté de nous alerter en traçant un message dans la poussière et puis, juste avant de perdre connaissance, j'avais posé la question : « Qui a mis Bella Brown dans le Puits aux Vœux ? » Ils étaient au courant. C'était Quake, obéissant aux ordres d'Alba Hockmuth.

Je me tournai vers Alba en criant :

— Assassins !

Puis, sans réfléchir, je lui lançai ma lanterne. Elle leva le bras et l'objet s'immobilisa dans les airs. Elle claqua des doigts en direction de l'image de Quake, qui se transforma de nouveau. Au début, j'eus de la difficulté à comprendre. À moins que mon cerveau n'ait refusé de prêter foi au témoignage de mes yeux. Je reconnus en premier la robe aux marguerites blanches, celle que ma mère réservait pour les grandes occasions. Elle était tournée vers moi et me souriait, les bras ouverts. Iggy me toucha l'épaule.

— Elle ne pas être mère de toi, frère Kim. Être photo de chambre frère Kim. Toi te rappeler ? Il reproduire ta mère en noir et blanc, comme sur photo. Pas couleurs. Fantôme avoir pudding dans tête.

Je fixai l'apparition pendant un moment, puis posai sur Alba un regard chargé de haine.

— Je suis heureux que vous ayez vu ma mère, criai-je. Vous auriez beau vivre cent fois cent ans, vous ne serez jamais aussi belle qu'elle. Vous n'êtes qu'une vieille sorcière et vous auriez dû crever il y a des siècles.

— Quel courage de la part d'un garçon qui, ce soir même, sera pendu haut et court ! lança-t-elle.

Je me tournai vers la représentation de ma mère. Faute de matière, l'hologramme de Vieux Raffut se désintégrait. Il n'avait eu aucune difficulté à nous personnifier, Jebard et moi, vu qu'il avait amplement eu le temps de nous observer. Même chose pour les chiens. Cependant, le précieux petit instantané en noir et blanc de ma mère ne contenait pas assez de détails, et il n'avait pas réussi à la représenter de façon convaincante. Alba claqua des doigts d'un air impatient et l'image disparut.

— Ce soir, je ne me sens pas d'humeur à supporter tes farces, Vieux Raffut, déclara-t-elle brusquement.

Après avoir vu ma mère, je me sentais totalement vide. Franchement, le sort que nous réservait le Lyncheur m'importait peu. Iggy, voyant mon expression, me décocha un clin d'œil. Il s'avança d'un pas décidé jusqu'à l'endroit où s'était tenu Vieux Raffut, se retourna, sortit un sac de sa poche et laissa tomber par terre une sorte de poudre. Croisant les bras, il recula d'un pas. Une lumière bleue apparut, s'éleva et plana dans l'air, tel un magnifique saphir de couleur pâle qui, à la façon de cristaux dans un verre, prit la forme d'un arbre de Noël. Iggy battit des mains et cria:

— Michioua! Michioua! Michioua!

Les yeux exorbités, il accompagna chacune de ses exclamations d'amples gestes de ses bras écartés. Soudain, le sapin s'anima, frissonna sous une multitude de minuscules papillons qui, à son commandement, ouvraient leurs ailes.

Au début, les habitants des enfers de Skirl contemplèrent la scène, ébahis, puis, peu à peu, une étrange chaleur traversa leurs visages fatigués. À ma grande stupéfaction, quelques défunts esquissèrent un mince sourire. Même Lépisme et Perce-Oreille semblaient sous l'emprise de l'arbre d'Iggy. Ils s'avancèrent, émerveillés. Iggy salua son auditoire d'une rapide révérence et revint à côté de moi.

— Prêt, frère Kim? demanda-t-il en me saisissant la main.

À cause de l'agitation, un détail m'avait échappé. Le fantôme de Bella Brown avait profité de la situation pour s'approcher de nous. En faisant mine de regarder ailleurs, elle murmura à mon oreille, sur un ton insistant:

— Tu trouveras ce qu'il te faut dans ma chambre: un petit cahier rouge et une lettre. Ces documents prouvent que c'est lui qui m'a mise dans le puits.

Elle se tut et regarda autour d'elle avec appréhension.

— Dans ma chambre, sous le premier tiroir de ma commode.

— Et le livre ? Où as-tu caché le livre renfermant tous les secrets de Skirl ?

— C'est Quake qui l'a. Mais il refuse de le donner à cette femme parce qu'il convoite ses pouvoirs.

Logique, au fond. Quake, mortel ordinaire et rusé, lorgnait la place d'Alba et dissimulait son ambition sous une onctueuse dévotion.

Bella me gratifia d'un dernier regard empreint de nostalgie et dit :

— Je veux être secourue. Dis-le-lui. Il sait comment.

— Qui ? Qui peut te sauver ? sifflai-je.

Déjà, elle s'était fondue au bouillonnement éthéré des esprits.

Soudain, un éclair zébra l'atmosphère. Debout, Alba montrait l'arbre d'Iggy du doigt. Il était couvert non plus de papillons ouvrant et fermant doucement leurs ailes, mais plutôt d'une couche de limon.

— Comment oses-tu défier la comtesse Ahrinnia Hecht de Bohême, maîtresse éternelle de Skirl, avec tes pauvres tours de magicien du dimanche ? demanda-t-elle en se dressant de toute sa hauteur.

Elle se rassit.

— Je t'en ferai voir, moi, des tours de magie, ronchonna-t-elle.

Du coin de l'œil, je vis Perce-Oreille se frotter les mains. En revanche, les autres fantômes ne semblaient guère enchantés par la disparition de l'arbre aux papillons, duquel dégoulinaient à présent des traînées de vase.

— À toi de jouer, frère Kim, chuchota alors Iggy en regardant autour de lui.

Chapitre 16

Kilimandjaro

Iggy fouilla dans sa poche, puis, une main refermée sur l'autre, informa la maîtresse éternelle de Skirl qu'il avait un vrai cadeau de Noël pour elle.

— Mais présent avoir besoin nom. Alors lui s'appeler Kilimandjaro, déclara-t-il en me gratifiant d'un nouveau clin d'œil exagéré.

— Le nom de code ! s'écria Perce-Oreille en s'agitant autour du trône d'Alba. Le signal des rebelles ! Et qui vous l'avait dit ? Moi, que moi. Je vous ai répété qu'ils fomentaient une révolution et personne n'a voulu m'écouter.

Puis il hésita, conscient du changement d'humeur autour de lui.

— Peut-être l'idée n'est-elle pas si mauvaise, ajouta-t-il. Au fond, une révolution est sans doute exactement ce qu'il nous faut.

Il balaya les environs des yeux pour mesurer l'effet de ses paroles. En réalité, personne ne lui prêtait la moindre attention.

Avec son agilité habituelle, Iggy s'avança vers Alba et lança un objet sur ses genoux. Elle se figea, poussa un hurlement et se dressa brusquement. Une souris tomba par terre et s'éloigna en trottinant. La commotion, cependant, ne paraissait pas déranger la petite bête outre mesure. À environ trois mètres d'Alba, elle s'arrêta et s'assit pour réfléchir.

— Attrapez-la ! cria Alba. Tuez-la ! Détruisez-la ! Écrasez-la !

Kilimandjaro ne voyait pas la situation du même œil. Après avoir humé l'air, le rongeur se remit en marche, indifférent à la multitude d'esprits grouillant près de lui. Il s'approcha à une longueur de moustaches de Lépisme, sans se préoccuper le moins du monde des traits féroces de la créature, qui s'était pourtant baissée à sa hauteur. Apparemment, aucun des revenants ne savait comment attraper une souris ; la plupart restaient paralysés, observant la scène avec un intérêt mitigé. Seuls Semaj Trow et Perce-Oreille, qui venait de se déclarer expert de la chasse aux rongeurs, poursuivaient Kilimandjaro avec un semblant de détermination. Ni l'un ni l'autre n'était assez rapide pour la souris qui, à la recherche d'un endroit familier, bifurquait à gauche et à droite.

Iggy avait mis au point un plan brillant. Je ne sus jamais quand ni comment il avait trouvé le temps de capturer la petite bête. Il avait sûrement compris que nous aurions besoin d'un guide pour nous conduire jusqu'au monde des vivants et que le plus sûr moyen d'y arriver consisterait à s'en remettre à l'instinct primitif d'une souris.

Soudain, Kilimandjaro revint sur ses pas et fonça vers la maîtresse éternelle de Skirl, qui bondit sur son trône en poussant des cris stridents. Un tel comportement ébranla le prestige dont elle bénéficiait encore auprès des légions infernales. Devant nous, un ou deux représentants de la lignée des Drago esquissèrent un sourire, tandis que les moines encapuchonnés regardaient nerveusement autour d'eux, comme si l'autorité séculaire exercée par Skirl sur le peuple des ténèbres commençait à s'effriter.

Iggy observait avec intensité les virages et les changements de direction de la souris.

— Frère Kim suivre M. Kilimandjaro. Maintenant !

Je ne me le fis pas dire deux fois. Kilimandjaro était sur le point de disparaître dans les ombres derrière le trône d'Alba. À quatre pattes, je m'élançai à sa suite, pendant que les hurlements de la maîtresse des lieux résonnaient dans mes oreilles. Sans doute le Lyncheur n'était-il pas loin derrière. Je ne me retournai toutefois pas pour vérifier.

Je continuai d'avancer en crabe, espérant qu'Iggy me suivait. Une ou deux fois, je perdis mon guide de vue. Dans le noir, j'apercevais alors une silhouette filante. D'un cri, je prévenais Iggy : j'étais sur la bonne voie.

Lorsque l'air glacé me cingla le visage, je compris que j'étais parvenu de l'autre côté. À travers les carreaux givrés, un croissant de lune scintillait, et je vis

Kilimandjaro s'arrêter et se frotter les moustaches. Dressée sur ses pattes arrière, la souris étudia les deux côtés du couloir. Son museau frissonnait, et je crus qu'elle reniflait les odeurs familières de la maison pour s'orienter. Puis elle s'éloigna du halo de lumière.

Où était donc Iggy? Avait-il été arrêté de nouveau? Avait-il choisi de rester là-bas? Pourquoi aurait-il pris pareille décision? Il savait que nous n'avions pas beaucoup de temps pour regagner le pont de la Tarle.

Me relevant, je me dirigeai vers la chambre de Bella. Déjà, mon esprit doutait de la réalité des choses extraordinaires que j'avais vues. Si je mettais la main sur le cahier de Bella, je saurais de façon certaine que je n'avais pas rêvé. Il me fallait une preuve. Je courus à toutes jambes, d'une tache de lune à la suivante. À chaque instant, je craignais de voir le Lyncheur ou Vieux Raffut surgir du néant et s'emparer de moi. Dans la chambre de Bella, j'évitai d'allumer. À tâtons, je repérai la commode. Selon les indications de mon amie, j'ouvris les tiroirs et trouvai aussitôt le cahier sous un revêtement en papier, au fond du meuble.

Sans un regard, je sortis de la pièce et courus à la cuisine, où les lumières étaient allumées. Des cantiques de Noël jouaient à la radio. Alice dormait devant la cuisinière. J'hésitai devant la porte et consultai l'horloge. Vingt et une heures avaient sonné. Où était passé le temps? Où étaient les autres?

Je vis la poitrine d'Alice se soulever et s'affaisser. Elle avait la réputation de dormir comme une souche, et je me dis que je réussirais peut-être à me glisser jusqu'au buffet pour y prendre un peu de pain et de fromage avant de me mettre en route vers le pont.

Au moment où je touchais au but, je me rendis compte que le poste diffusait un drôle de bruit. Au début, je crus à de la friture, puis je me rappelai les chuchotements et les grincements assourdis du haut-parleur. J'entendis alors une voix familière. Je ne doutai pas un seul instant que, dans le cocon tiède de la cuisine, elle s'adressait à moi, aussi cristalline que le tintement d'un verre.

— Tu m'entends, coco ? C'est moi. Poisson d'Argent. Réponds !

Ma main se figea au-dessus du cheddar.

— File au pont ! continua-t-elle. Je te retrouverai au bord de l'eau, près de ton petit radeau.

Le radeau, évidemment ! Avec toute cette neige, lui seul me permettrait de parvenir au but. Ne risquais-je pas alors de tomber dans un autre piège ? Je mis le pain et le fromage dans mon sac. En tirant un morceau de jambon des restes du repas de Noël, je demandai :

— Qu'est-ce qui me prouve que c'est bien toi ?

— Rien. Tu dois te fier à moi. C'est tout.

Elle avait raison. Je n'avais pas le choix.

— Où est Iggy ? sifflai-je.

— Il te rejoindra. Allez, vas-y. Plus vite que ça !

Je me retournai, pris le cahier sur la table et fonçai vers la porte. Dans ma hâte, je heurtai une chaise et Alice se réveilla. Une fraction de seconde plus tard, elle me serrait dans ses bras en poussant des cris de joie.

— Qu'as-tu fait pendant tout ce temps ? Nous nous sommes rongé les sangs, tu n'as pas idée. Où étais-tu passé ?

Me tenant à bout de bras, elle scrutait mes yeux. Je ne pouvais quand même pas lui expliquer : un siècle n'aurait pas suffi.

— Et M. Iggy ? Où est-il encore allé se fourrer, celui-là ? Qu'avez-vous manigancé, tous les deux, durant des heures ?

— Il est… euh… dans la maison, bredouillai-je, mais…

Au même moment, la porte de derrière s'ouvrit et une voix d'homme retentit dans le couloir. Les chiens entrèrent et, près de la cuisinière, se secouèrent vigoureusement. Noiraud mordilla les glaçons qui s'accrochaient aux poils de ses pattes. Puis Tom Jebard, Amos Sprigg et Simon Vetch apparurent, emmitouflés dans de multiples couches de vêtements. Ils portaient un bâton et étaient couverts de neige. Ils me tapotèrent le dos sans ménagement, me secouèrent et se déclarèrent ravis de ne pas m'avoir retrouvé mort, recroquevillé sous la neige.

Évidemment, j'étais heureux de les revoir, moi aussi. En même temps, je me demandais comment j'allais pouvoir m'évader et me rendre au pont. Puis un autre bruit résonna dans le couloir et, cette fois, ce fut Quake qui apparut à la porte, vêtu d'une sorte de cape et d'une casquette à la Sherlock Holmes. J'eus un mouvement de recul instinctif, mais, dans le froid, le souffle de l'homme se transformait en vapeur, et il avait le nez rouge et morveux. La seule image que j'eus alors en tête était celle de Bella Brown qui soulevait le bras en articulant le mot : « assassin ».

« File, m'ordonnai-je, sinon tu en as pour la nuit à tout raconter. »

Quake essuya son nez et me dévisagea d'un air furibond.

— Quel petit égoïste ! s'écria-t-il. Pense au branle-bas de combat que tu as déclenché. Tu n'as donc aucun égard pour autrui ? Tu iras dans ta chambre sans manger.

Sans crier gare, une autre voix tonna dans le couloir.

— Personne ne sera puni sous mon toit sans que j'y consente, compris ?

Le colonel entra dans la pièce et posa sur Quake un regard dégoûté.

— Quelle sale bête vous êtes, Quake !

— Pire que ça, lançai-je. Quake est aussi un meurtrier. Il a tué Bella Brown. Il l'a poussée dans le puits pour qu'on ne la retrouve pas. Et il lui a pris son livre, celui qui contient les secrets de la maison.

— Que nous chantes-tu là, Kim ? demanda le colonel.

— Bella était sur le point d'éventer leur secret. Elle savait ce que mijotait Alba, et Alba a dû l'arrêter. Elle a obligé Quake à éliminer Bella.

— Qu'est ce que c'est que cette histoire à propos d'Alba ? voulut savoir le colonel. Que mijotait-elle, au juste ? Que veux-tu dire ?

— Qu'Alba est… euh… je ne peux pas vous expliquer. Mais dans la chambre de Bella, j'ai trouvé un cahier et une lettre.

— Montre-les, ordonna le colonel.

Je regardai autour de moi, en proie au désespoir. Comment me sortir de cette impasse ?

— Que contiennent ces documents, Kim ? insista le colonel. Raconte.

Il n'y avait pas d'issue. À haute voix, je lus le billet dans lequel Quake implorait Bella de venir le rejoindre à sept heures du matin. Dans son propre intérêt, précisait-il. Il avait des révélations à lui faire au sujet de Mme Hockmuth, et il était de la plus haute importance qu'elle ne parle à personne du rendez-vous, surtout pas à cette dernière.

— Vous vous êtes débarrassé d'elle ! s'exclama soudain Simon. C'était donc vous !

Alice enfouit son visage dans ses mains.

— Ça suffit, déclara le colonel. Nous remettrons la lettre aux autorités compétentes et nous leur laisserons le soin de tirer des conclusions. Donne-la-moi, Kim. Autre chose ?

— Elle avait découvert l'existence d'un secret unissant Quake et Alba, répondis-je en m'efforçant de rester dans le vague. Bella les avait à l'œil et ses observations leur ont déplu. Tout est là, monsieur.

Subitement, la consternation se lut sur le visage du colonel. Quake avait sorti un revolver de sa poche. Il s'élança vers moi, m'agrippa et plaqua le canon de l'arme contre ma tête.

— Pas un geste, sinon le garçon se prend du plomb dans le crâne, cria-t-il.

Le bras autour de ma poitrine, il m'attira vers la porte. Derrière mon oreille, je sentais la froideur métallique du revolver.

— Lâchez votre arme, lança calmement le colonel. Vous êtes déjà dans de sales draps. Vous tenez vraiment avoir la mort d'un jeune homme sur la conscience ?

Quake ne sembla rien entendre. Il me hissa au sommet des deux marches de pierre qui donnaient accès au couloir.

— Si vous vous approchez de moi, je l'abats, hurla-t-il avant de m'entraîner dans la maison remplie d'ombres.

Quake, cependant, avait oublié les chiens. Ces derniers nous avaient suivis. Schnaps porta le premier coup en attrapant la cheville de l'homme, qu'il traita comme un rat plus gros que nature. Puis Noiraud profita de la pénombre pour bondir sur son bras. Quake déchargea son arme à deux reprises. Les projectiles n'atteignirent pas les bêtes ; ils ne les impressionnèrent même pas. Noiraud mordit le bras de Quake et, ayant contourné l'assaillant, récidiva sur son postérieur. L'homme cria. Il relâcha son emprise et j'en profitai pour passer la tête sous son bras. Ayant réussi à me défaire de lui, je courus vers la porte sans demander mon reste. Deux autres coups de feu retentirent derrière moi. Priant pour que les chiens n'aient pas été touchés, je tirai fébrilement sur les verrous, tournai la clé et dévalai les marches pour m'enfoncer dans la nuit.

Je n'avais jamais ressenti de froid aussi intense et pénétrant. Heureusement, je portais encore mon manteau et mon écharpe. J'ajustai le sac sur mes épaules et détalai. La neige était recouverte d'une croûte de glace qui craquait sous mes pas. Elle se mit à scintiller lorsque la lune, émergeant des nuages, inonda le paysage. Une fine brise arrachait des particules de givre et les soulevait en tourbillons. Dans l'air, la glace brillait comme par magie. Pour un peu, je me serais cru dans une pièce où des colonnes de lumière traversent des brins de poussière.

Je mis le cap sur le rivage dans l'intention de le suivre jusqu'à l'anse peu profonde où le radeau était amarré entre deux aulnes. À cause des leçons et des devoirs de Quake, je n'y étais pas allé depuis des semaines, et je craignais que les fortes pluies que nous avions connues quinze jours plus tôt aient emporté la petite embarcation.

Par endroits, plus d'un mètre de neige recouvrait le sol, mais elle était si dure que je réussissais à glisser dessus sans m'enliser. Bientôt, j'arrivai au bord des eaux noires, où s'étiraient des lames de glace, et je remontai vers l'amont. Premier signe encourageant, il y avait largement assez d'eau pour permettre le passage du radeau, seul moyen sensé de gagner le pont. Il était plus court de passer à travers champs, comme Iggy et moi l'avions fait auparavant. Par ce temps, toutefois, les bois et les collines seraient impraticables, surtout si la lune disparaissait derrière l'énorme massif de nuages qui menaçait du côté nord.

Le radeau flottait fièrement sur les eaux de l'anse en tirant doucement sur ses amarres. La perche que j'utilisais pour le diriger était encore fichée à la verticale dans la branche d'un arbre voisin. Malgré mes doigts engourdis, je réussis à détacher les nœuds raidis par la glace. Je tirai l'embarcation sur la rive couverte de galets afin de vérifier l'état des six bidons d'essence qu'Amos m'avait aidé à fixer à une plate-forme constituée de deux portes. Le radeau était bel et bien en état de flotter. Quant aux amarres bien huilées, elles étaient aussi serrées que lors du voyage inaugural du navire de Sa Majesté, que nous avions baptisé *Araignée*.

Persuadé qu'il était en mesure de me soutenir, je me retournai vers la maison dans l'espoir d'apercevoir la silhouette familière d'Iggy. Rien, toutefois, ne troubla le morne paysage, aussi spectral que la plus désolée des pièces de la grande demeure. L'élan d'optimisme que j'avais éprouvé s'envola aussitôt. Même s'il parvenait à s'évader, comment Iggy saurait-il où me trouver ? Étais-je sincèrement convaincu de pouvoir piloter le radeau vers l'aval, affronter le courant bouillonnant au confluent de la Tarle et de la Skirl et, par la suite, franchir les rapides qui conduisaient au pont ? Avant minuit, par-dessus le marché ! Je m'assis au bord du radeau, où je sentis une vague de désespoir déferler sur moi. J'eus en même temps une pensée nostalgique pour la soupe d'Alice.

— Qu'est-ce que tu attends, coco ?

C'était Poisson d'Argent. Elle était tout près, même si je ne la voyais pas.

— Où es-tu ? demandai-je.

— Sur l'*Araignée*, gros bêta !

— Et Iggy ?

— Ton ami nous attendra au pont.

— Je préférerais que tu te montres, avouai-je en enroulant l'amarre de l'arrière.

— Pas encore ! Je dois ménager mes forces. Il m'en coûte beaucoup de me matérialiser chez les vivants. Soit dit en passant, nous avons de la compagnie. Et elle, tu pourras la voir.

— Qui donc ?

— La femelle grand pingouin.

Elle venait à peine de prononcer les mots que, surgie de l'ombre d'un buisson d'épines noires, une silhouette sombre s'avança vers nous en se dandinant.

— Elle nous accompagne.

— Quoi ? Pourquoi ? bredouillai-je, étonné de la voir apparaître dans le clair de lune.

— Elle traversera le pont avec toi, car elle souhaite renouer avec les siens et…

— … batifoler au milieu des bancs de harengs et de maquereaux, roucoula gaiement la femelle. Retrouver sur mon bec le goût de l'eau salée, sentir le vent caresser mes plumes, l'écume éclabousser mes yeux…

— Oui, oui, fis-je.

Je connaissais la rengaine.

— Qui te dit que le Vieil Homme te laissera passer ?

— Nul ne peut rester insensible à mon histoire. C'est une simple question d'humanité. Il répondra favorablement, j'en suis persuadée, répondit-elle en sautant un peu maladroitement dans l'embarcation.

— Il applique des règles très strictes, tu sais, à propos des êtres autorisés à traverser et des époques accessibles.

— Je n'ai rien à perdre. Dans l'expédition que tu entreprends, tu auras d'ailleurs besoin de mes talents. Rares sont les créatures capables de nager par un froid pareil.

J'étais trop fatigué pour discuter. Trop fatigué aussi pour me demander si la femelle grand pingouin était un fantôme ou si elle était revenue à la vie grâce aux conditions particulières régnant à l'intérieur des Frontières de la Tarle.

La voix de Poisson d'Argent résonna à côté de moi.

— Assez perdu de temps, coco. Il faut se dépêcher. Minuit approche à grands pas.

Je grimpai à bord du radeau, appuyai la perche en métal contre les racines d'un arbre et poussai de toutes mes forces pour mettre la proue dans le courant. L'embarcation tourna une fois sur elle-même avant d'être entraînée sous la voûte des arbres aux branches nues qui surplombait la rivière. En été, on avait ainsi l'impression de voguer au centre d'un tunnel vert foncé. Des rayons de lune perçaient les frondaisons, illuminant par moments les taches blanches du grand pingouin et la berge recouverte d'une couche de glace qui formait une sorte d'ourlet recourbé. À l'avant, l'oiseau agitait ses petites ailes et, d'une voix excitée, criait ses directives :

— Bâbord, toutes… tribord, doucement… récifs à bâbord avant… laisse porter…

Mais je connaissais cette portion de la rivière comme le fond de ma poche : les souches immergées, les tourbillons, les bassins d'eaux sombres où le courant faiblissait et où je devais pousser très fort avec la perche contre le rivage… Nous parvînmes au pont en arc où avait péri une des victimes du Maître des chaises renversées. Nous glissâmes dessous sans incident, si on excepte la grosse frayeur que l'oiseau eut en entendant l'écho de sa voix nous répéter de nous pencher… Nous arrivâmes ensuite au pont plat sur lequel passait l'allée conduisant à la maison. Les rares lumières de Skirl avaient disparu derrière la végétation dense qui persistait jusqu'au pont de la Tarle.

Seules nous accompagnaient l'eau bruissante, la lune et l'immense forêt silencieuse.

— Il n'y a encore jamais eu une nuit pareille, coco, chuchota Poisson d'Argent, émerveillée. Elle est si belle, si paisible. De quoi se réjouir d'être en vie, non ?

Il me sembla impoli de lui rappeler qu'elle était morte des siècles auparavant. Depuis vingt-quatre heures, cependant, je doutais de la distinction entre morts et vivants. En un sens, Poisson d'Argent vivait bel et bien. Dans le noir, son invisibilité ne me gênait pas. Elle était là, avec moi. Par la force de sa volonté, elle guidait le radeau vers la Tarle et l'ancien pont de pierre. Qu'elle soit ou non un fantôme, j'étais heureux de l'avoir à mes côtés.

Une centaine de mètres plus loin, nous nous butâmes à un premier obstacle. Sous le poids de la neige et de la glace, un arbre s'était affaissé et nous bloquait le passage. Le courant poussa l'embarcation sur ses branches, qui me griffèrent le visage. J'eus beau manier la perche, rien à faire : nous étions coincés.

Sans un mot, l'oiseau saisit l'amarre de l'avant dans son bec, plongea et disparut. Très lentement, le radeau se dégagea de l'enchevêtrement, et je réussis à contourner l'arbre et à reprendre de la vitesse. La femelle grand pingouin émergea de l'eau et, d'un bond, se hissa à bord.

— Ah ! Tremblez devant la puissance du grand pingouin ! déclara-t-elle en lâchant la corde et en se secouant. Quelle force, quelle élégance, quelle noooblesse !

— Et quelle modestie, ajoutai-je depuis la poupe. Merci quand même, ma chère.

— Trêve de modestie ! Quand on est le dernier représentant de son espèce, un peu de vantardise ne peut pas faire de tort. Sinon, on vous oublie. Le nom même du grand pingouin se perdra dans la nuit des temps. J'assume une lourde responsabilité vis-à-vis de mes prédécesseurs. Je suis la dernière et la plus splendide ambassadrice de…

— Sacré spécimen, hein ? murmura Poisson d'Argent.

À cet instant, une silhouette noire passa au-dessus de nous.

— Qu'est-ce que c'est ? sifflai-je.

— Chut. C'est un corbeau. Elle l'envoie te chercher.

Je me rappelai le tableau et les deux grands oiseaux qui avaient abandonné leur perchoir pour descendre sur le rivage. Ceux-ci étaient différents.

— Je ne sais pas à quel genre de créature nous avons affaire. À ma connaissance, il n'y a pas d'oiseaux aussi rapides et aussi gros.

— Ces volatiles ne sont pas comme les autres. On les appelle les « corbeaux », mais il s'agit d'esprits impitoyables, très anciens. Les plus vieux, selon certains. Ils cueillent des gens et les amènent à cette femme.

— Comment nous ont-ils trouvés ?

— J'avais compris ce que tu avais en tête. Elle aussi, sans doute. Les corbeaux ont pour tâche de t'empêcher d'arriver au pont.

— Crotte, lança le grand pingouin.

Je parcourus le ciel des yeux.

— Ils sont peut-être partis, murmurai-je.

Pas de réponse.

— Poisson d'Argent ? Où es-tu ? Dis quelque chose !

Seule la rivière qui léchait les bords des bidons d'essence tenant le radeau à flot troublait la nuit. J'eus le sentiment que Poisson d'Argent m'avait abandonné. Quelques secondes plus tard, la femelle grand pingouin l'imita. Après avoir examiné les environs d'un air nerveux, clignant rapidement des yeux dans le clair de lune, elle baissa la tête et se laissa glisser dans l'eau.

Comme plusieurs affluents s'étaient déversés dans ses eaux, la rivière s'évasa et s'approfondit. Le radeau accéléra. La perche pointée vers le ciel, je m'accroupis au milieu. Désormais, l'*Araignée* se dirigeait seule. Inutile de gouverner, de pousser.

Soudain retentit une clameur, un fracas dans les branches. De la neige tomba en cascade dans l'eau. Je me penchai. À ce moment précis, la créature fondit sur moi, puis se volatilisa dans le noir. J'avais eu le temps de l'atteindre du bout de la perche. Le silence revint et je commençai à avoir une idée claire de la chose que j'avais aperçue, le temps d'un éclair : une ample cape noire fondait sur moi à une vitesse inconcevable, ses plis battant, et menaçait d'avaler l'embarcation au complet. Je vis des membres projetés en ombres chinoises sur les nuages éclairés par la lune. En raison de la vitesse à laquelle ils bougeaient, je n'aurais su dire combien il y en avait. Je vis aussi une tête effilée et pointue comme celle d'un oiseau, mais pourvue d'yeux et d'un rictus mauvais typiquement humains. Je frissonnai. Cependant, mes expériences récentes m'avaient en quelque sorte prémuni contre la terreur. Je n'allais pas me laisser entraîner dans l'autre monde sans opposer de résistance.

J'agrippai la perche et me préparai à repousser une nouvelle attaque. Pendant quelques minutes, rien ne bougea. Puis un cri terrible, un son primitif qui me glaça les sangs et me fit dresser les cheveux sur la tête, déchira l'air. Je posai la perche afin de libérer mes mains. Je saisis la harpe et pinçai une corde devant ma bouche pour voir si elle fonctionnerait malgré le froid. Au début, seul un son mat retentit. Avant que j'aie eu le temps d'essayer de nouveau, la note sembla s'amplifier et se propager toute seule. À une certaine distance, je vis de la neige tomber des branches. De sinistres gémissements s'élevèrent des bois, suivis d'un autre cri étouffé, semblable à celui de la corneille qui, perchée à la cime d'un arbre, harangue le monde d'une voix mi-humaine, mi-animale.

— Allez-vous-en ! criai-je dans le noir. Je ne capitulerai pas. Allez-vous-en !

Quelques secondes plus tard, les corbeaux attaquèrent de nouveau, par l'avant et par l'arrière. Deux énormes silhouettes surgirent de l'eau et le radeau se mit à osciller violemment. Cramponné d'une main, j'utilisai l'autre pour brandir la perche devant les créatures. En pure perte, hélas. À cause du tangage, je ne pouvais plus recourir à la harpe. Leur haleine fétide satura l'atmosphère et leurs ailes, qui frappaient l'eau avec une force inouïe, soulevaient d'énormes éclaboussures.

Au moment où j'allais perdre tout espoir, la perche me fut arrachée. Elle s'éleva dans l'air, se plaça à l'horizontale et exécuta quelques pas de gigue avant de s'en prendre aux corbeaux avec une vitesse telle que j'avais peine à suivre ses mouvements.

Je crus que Poisson d'Argent avait volé à ma rescousse. Je l'interpellai au moment où la perche passait devant mon visage pour la troisième ou la quatrième fois et frappait de plein fouet la créature qui s'accrochait à la poupe. Puis, pour ne pas être en reste, la femelle grand pingouin jaillit de l'eau et, dans la lueur de la lune, fit quelques bonds. Elle prit l'un des corbeaux dans son bec et l'entraîna au loin. La perche poursuivait sa mission sans relâche, dardait, cognait et éperonnait. Peu à peu, le radeau se stabilisa. Les ailes et les membres agités s'apaisèrent et les silhouettes noires s'effacèrent. Un ou deux gloussements rageurs fendirent l'air avant que les bois retombent dans le silence.

— Où es-tu ? demandai-je à Poisson d'Argent.

La perche était de retour entre mes mains.

— Ici, répondit-elle.

Elle apparut en filigrane, tel un trait de peinture.

— Je suis si fatiguée que je n'arrive plus à réfléchir.

— Tu m'as sauvé la vie, dis-je. Ils m'auraient forcé à basculer dans l'eau et je me serais noyé. Merci.

Poisson d'Argent hocha la tête, trop épuisée pour parler. Puis la femelle grand pingouin remonta sur le pont et se secoua.

— Merci, ma chère, lançai-je. Tu as été magnifique.

— Pour un grand pingouin, c'est naturel. Simple illustration de nos capacités exceptionnelles.

— Vous avez toutes les deux été très courageuses, ajoutai-je.

À la poupe, je trouvai un appui, ce qui me permit d'utiliser la perche pour gouverner dans le courant plus rapide.

Un peu plus loin, j'aperçus le contour de deux ormes immenses, lesquels trônaient à une quinzaine de mètres du confluent. Pour ralentir, j'orientai l'embarcation vers les eaux étales du côté gauche. Au point de rencontre des deux rivières, les flots rugissaient. Le débit de la Tarle était beaucoup plus imposant que celui de la Skirl. Même si je n'étais jamais allé aussi loin à bord de l'*Araignée*, je savais que le courant qui nous y accueillerait était nettement plus fort que celui qui nous avait conduits jusque-là. Sans compter les rochers qui affleuraient au confluent des deux cours d'eau. Sur eux, n'importe quel radeau, aussi robuste soit-il, se briserait. Je périrais à coup sûr dans le torrent aux eaux glacées. Je guidai l'embarcation jusqu'à l'embouchure de la Skirl et contemplai le bouillonnement des eaux. Dans la lueur de la lune, je distinguais les ondulations de plusieurs affluents.

— Cher oiseau, lançai-je au-dessus du tumulte, pourrais-tu nous remorquer jusqu'aux eaux calmes qu'on voit là-bas ?

Je montrai l'endroit.

— Il y a un petit coin tranquille, juste sous la souche, de l'autre côté du courant qui file devant nous. Là, nous serons tirés d'affaire.

— Absolument, répondit la femelle après avoir étudié la situation d'un œil aguerri.

Elle saisit la corde et plongea.

C'était le point de non-retour. Le radeau tourna sur lui-même et sembla hésiter, incertain du courant qu'il devait suivre, puis, subitement, il s'orienta vers le milieu et fut secoué par les eaux plus rapides qui s'abattirent sur le pont et résonnèrent contre les bidons. Le pont était détrempé. Deux fois, je faillis glisser en essayant de barrer.

— Attention, coco, souffla Poisson d'Argent. Ne va pas nous fausser compagnie si près du but.

Peu à peu, le radeau traversa le courant rapide. L'amarre se tendait et se distendait tour à tour, tandis que, par à-coups, la femelle grand pingouin nous emportait. À un moment critique, j'eus l'impression qu'elle avait perdu la bataille et tentai de retenir l'embarcation en appuyant la perche sur des rochers à ma gauche. C'est alors que l'oiseau brisa la surface miroitante et nous fit franchir les quelques mètres qui nous séparaient des eaux paisibles.

— Hourra ! criai-je. Bravo !

Poisson d'Argent s'approcha du bord pour mieux voir notre compagne à l'œuvre.

— Sacré oiseau, lança-t-elle, sincèrement impressionnée.

— L'eau glacée est tonique, même si celle-ci manque de sel, répondit la femelle grand pingouin avec enthousiasme, et je suis heureuse de me remettre dans le bain, si j'ose dire.

Au lieu de remonter, elle nagea le long du radeau qui glissait sur l'onde paisible en gazouillant ce qui aurait pu passer pour une chanson.

— Mais comme chanteuse, elle repassera ! ajouta Poisson d'Argent à voix basse.

À peine dix minutes plus tard, nous atteignîmes l'endroit où la rivière, en s'évasant, formait un vaste bassin. Le pont n'était plus qu'à une centaine de mètres. Craignant d'échouer le radeau dans l'eau peu profonde, je mis le cap sur le rivage et, une fois sur la plage, descendis. Je grimpai sur la berge, et la glace qui la couvrait se brisa sous mes pieds.

En me retournant, je vis Poisson d'Argent suspendue au-dessus du givre.

— Qu'est-ce que tu fabriques ? Nous n'avons plus beaucoup de temps.

— C'est si beau… Vois-tu les fougères qui sortent de la neige et scintillent sous la lune ?

— Oui, oui, répondis-je impatiemment. Mais qui répétait qu'il n'y a pas une minute à perdre ? Il vaut mieux y aller.

— Est-ce qu'il fait froid ? demanda-t-elle avec insistance.

— Oui, admis-je à la vue des colonnes de vapeur produites par mon haleine. On gèle, j'ai les joues qui brûlent et je ne sens plus mes doigts. J'ai même des glaçons dans les cheveux !

Je les secouai et ils tintèrent.

Elle sourit.

— Ce sont des sensations que j'ai oubliées, déclara-t-elle sur un ton nostalgique.

Faute de savoir quoi répondre, je détournai les yeux et cherchai les allumettes dont je m'étais servi pour allumer la lanterne. Elles étaient toujours dans ma poche. Plus important encore, elles étaient sèches.

— Suis-moi, lançai-je.

À découvert, nous nous dirigeâmes vers les vieilles pierres. L'oiseau se dandinait derrière nous en se remémorant à mi-voix les exploits des représentants de son espèce. Poisson d'Argent glissait à côté de moi. Il n'y avait pas âme qui vive. Les arbres étaient immobiles. Pas un renard, pas un hibou ne troublait la sérénité de la nuit. On n'entendait que le craquement de mes pas sur la glace.

Nous arrivâmes au milieu d'un pré où elle était aussi dure, blanche et plate qu'une assiette en porcelaine. Là, Poisson d'Argent se mit à danser. Par jeu, elle agitait les bras en direction de la lune et des nuages qui filaient à vive allure. Je l'observai pendant un moment, mais, à la vue de mon expression, elle s'arrêta. Nous étions tous deux embarrassés. Pourtant, ce spectacle m'avait donné une idée.

Je n'avais d'ailleurs pas été le seul témoin de la scène. Une mince silhouette s'avançait lentement entre les arbres. Au début, je crus que les ombres me jouaient des tours, puis je vis un visage inexpressif, à moitié caché derrière un abri, en train de nous fixer. J'en informai Poisson d'Argent.

— Ils sont venus se rendre compte, expliqua-t-elle. Ils tiennent à savoir comment tu te tireras d'affaire.

— Me veulent-ils du mal ?

— Ils veulent que tu vives.

— Est-ce que ce sont les esprits de la maison ?

— Non. La plupart d'entre eux habitent ici, dans les bois.

Nous arrivâmes à l'emplacement de la pierre. Je dus toutefois utiliser mes mains pour dégager l'inscription, qui, une fois de plus, me parut bizarre : « Je suis le Gardien. Nuit et jour, j'accueille les voyageurs qui acceptent de payer la traversée en pièces d'argent. »

Poisson d'Argent baissa les yeux.

— Tu sais ce qu'on raconte à propos de cette pierre ? Un homme de la haute société l'a emportée. Il l'a déterrée et a chargé deux hommes forts de la hisser dans une carriole. Puis il l'a fait transporter jusque chez lui, où il entendait l'exposer comme objet de curiosité. Le lendemain matin, elle était de retour à sa place, et le gentleman gisait à côté, mort. Tué par le Gardien qui vit par ici et abandonné à la vue de tous, la gorge tranchée, les yeux arrachés. Le Gardien aurait ordonné à des oiseaux de les picorer. Quant aux hommes qui lui avaient prêté main-forte, ils sont morts dans l'année, mais de façon moins horrible.

Sous la neige, à l'endroit où nous avions allumé le

premier feu, se trouvait un cercle de bûches calcinées. Je les empilai et ordonnai à la femelle grand pingouin de ramasser du petit bois. Elle déclara ne pas savoir de quoi il s'agissait. D'ailleurs, ajouta-t-elle, elle n'était pas un chien rapporteur et n'appréciait guère de se voir donner des ordres.

— Si tu veux passer de l'autre côté, lui dis-je, va chercher des feuilles et des brindilles sèches.

— Pas la peine de me parler sur ce ton, se récria-t-elle en se retournant, le bec levé.

— Et que ça saute, lançai-je sèchement.

J'étais fatigué et inquiet pour Iggy. Malgré ce qu'elle avait fait pour moi, la femelle grand pingouin m'avait pris à rebrousse-poil.

Je repérai quelques grosses branches et les tirai jusqu'au foyer. Là, je les cassai en m'aidant de mon pied ou en les fracassant contre un tronc. Les craquements résonnaient comme des coups de feu.

Bientôt, j'eus devant moi un petit wigwam. Dans une ouverture à la base, je mis les feuilles et les brindilles recueillies par l'oiseau et une partie de la doublure de mon veston, qui s'était détachée.

— Je donnerais cher pour savoir l'heure qu'il est, dis-je. Je n'allumerai qu'à l'arrivée d'Iggy.

Cependant, ni Poisson d'Argent ni la femelle grand pingouin ne m'écoutaient. Tournées vers les bois, elles sondaient les profondeurs de la nuit, les sens en émoi.

— Que se passe-t-il ? demandai-je à voix basse.

L'oiseau secoua la tête. Quelque chose clochait. Je m'agenouillai et plaçai quelques allumettes entre les branches. Puis je consultai Poisson d'Argent du regard.

— Elle vient, dit-elle. Allume le feu et sauve ta vie. Allez ! Vite !

Je grattai une allumette, mais elle se brisa. Gauchement, j'en tirai une autre de la boîte. Même si je parvenais à faire du feu, compris-je soudain, je n'avais ni argent ni objet précieux à offrir au Vieil Homme de la Tarle. Je remarquai soudain la disparition de Poisson d'Argent.

— Où es-tu ? voulus-je savoir.

— Allume le feu. Je serai à tes côtés.

Abritant la flamme, je plaçai l'allumette entre les feuilles et le tissu. Elle vacilla, puis les fils de la doublure s'embrasèrent. Je fus alors distrait par un mouvement. Je respirais la nervosité par tous les pores de ma peau. Je me retournai lentement. Alba se tenait immobile au centre de la clairière, toujours parée de ses plus beaux atours. Derrière elle se trouvaient Semaj Trow, Perce-Oreille, Lépisme et le Lyncheur, mais ils se détachaient beaucoup moins nettement qu'à l'intérieur. D'autres étaient à peine visibles.

— Il faudra plus que quelques brindilles pour te sauver, déclara Alba d'une voix aussi limpide et cinglante que la nuit. Il est temps pour toi de rejoindre la lignée des hommes de la famille Drago, ainsi que le destin en a décidé.

— Le destin ne décide rien du tout, déclarai-je. Où est Iggy ? Qu'avez-vous fait de lui ?

— Il mourra à son tour, répondit-elle en s'avançant. Je lui réglerai son compte après m'être occupée de toi.

Il était donc encore en vie. Fiévreusement, je me demandai où il se trouvait.

— Nous vous avons échappé jusque-là et nous continuerons. Le Maître des chaises renversées confirme le passé. Il ne prédit pas l'avenir ! criai-je.

Je détectai un mouvement à côté de moi. N'ayant pas le pouvoir de se rendre invisible, la femelle grand pingouin, qui s'était approchée, se dissimulait derrière moi.

— Fais quelque chose, plaida-t-elle, sinon nous allons lui servir de petit déjeuner, toi et moi.

Tendant la main vers la perche, je hurlai :

— Vous êtes humaine. Je vous ai vue reculer devant une souris ! Approchez et vous allez le regretter.

J'espérais que Poisson d'Argent m'enlèverait la perche, encore une fois, et s'en servirait pour assommer Alba. L'instrument, cependant, resta sagement à sa place.

— Quelle effronterie de la part d'un condamné... Saisissez-le ! ordonna-t-elle. Saisissez-le, fracassez-lui la tête contre les rochers, submergez-le dans les eaux glacées de la rivière et noyez-le ! Qu'on en finisse !

Les moines encapuchonnés quittèrent le couvert des ombres et s'avancèrent dans la clairière, où leurs habits noirs, s'élevant dans l'air, se transformèrent en ailes de corbeaux. Leurs cagoules, en se retroussant, révélèrent de terribles visages, moitié hommes, moitié oiseaux. Ils sautillèrent de grotesque façon sur la neige avant de s'élancer. Bientôt, leurs ignobles silhouettes se hissaient en silence dans le ciel nocturne. Avec la perche, je visai le premier moine au moment où il descendait en piqué, puis je tentai de frapper le second, qui volait en rase-mottes à la manière d'un monstre préhistorique. Deux fois, je ratai la cible. Mes mains étaient engourdies par le froid et l'instrument était trop lourd : impossible de le manier comme une épée.

— À l'aide, Poisson d'Argent ! Au secours !

Silence. Les corbeaux montèrent, montèrent encore. D'une seconde à l'autre, ils allaient redescendre et fondre sur nous à la vitesse de l'éclair. Nous étions pour ainsi dire déjà morts. Puis, au moment où leurs ailes se repliaient en forme de flèches, un obstacle leur barra la route et ils dégringolèrent en poussant des cris stridents.

— Regarde ! s'exclama la femelle grand pingouin, tout excitée. Là-haut !

— Quoi ?

— Ouvre grand les yeux, nigaud, dit-elle en agitant follement les ailes.

— Je ne vois rien.

Je venais de prononcer ces mots lorsque j'aperçus une fine volute de fumée au-dessus des arbres.

— Qu'est-ce que c'est ?

— Les esprits de la forêt ont créé une barrière impénétrable. Ils défient l'autorité d'Alba.

Il n'y avait pas un instant à perdre. Sans me tourner vers Alba pour observer sa réaction, je m'agenouillai et soufflai. Les feuilles mortes s'enflammèrent. Lorsque je m'arrêtai pour reprendre haleine, elles s'éteignirent et le feu se remit à fumer.

— Agite tes ailes ! criai-je au grand pingouin. Moi, je continue.

Ses ailes avaient beau être petites, elles pouvaient battre comme celles d'un colibri. Bientôt, les flammes recevaient tout l'oxygène nécessaire.

Contre toute attente, le teuf-teuf du tracteur Massey-Ferguson de la ferme retentit alors. Je l'aurais reconnu n'importe où. Levant les yeux, je vis les phares de « Fergie », ainsi qu'on le surnommait, s'avancer au milieu des arbres en suivant le sentier par où nous étions passés à notre première visite.

— Crotte ! s'écria l'oiseau. Cette fois, mon compte est bon. On va me ramener à la maison et me fixer de nouveau au socle… Avec le double de clous.

— Bien sûr que non. Tu m'accompagnes. Nous allons franchir le pont ensemble, Poisson d'Argent, Iggy, toi et moi.

Aux premiers sons du tracteur, l'armée d'Alba se dispersa dans l'ombre, la laissant seule au milieu de la clairière. Elle souleva la main.

— Bientôt, tu seras à moi, lança-t-elle. Dans la vie après la mort, tu seras mon humble serviteur. Pour l'éternité. Ne crois pas pouvoir m'échapper. C'est impossible !

Elle garda la main ainsi tendue jusqu'à ce que les phares balaient les environs. Puis elle s'évanouit dans la nuit. Je voilai mes yeux et tentai d'apercevoir le conducteur. Lorsqu'il s'immobilisa après un virage, je reconnus Tout-Doux Perkins, le bûcheron. Assis sur le garde-boue de l'un des énormes pneus arrière, Iggy souriait de toutes ses dents en gesticulant sous la lune. Affublé de son chapeau et de multiples couches de vêtements dépareillés, il était plus extravagant que jamais.

Il sauta du tracteur et courut vers moi.

— Frère Kim. Toi regarder Fergie. Cela être plus belle machine jamais exister.

Il me saisit ensuite par les épaules.

— Et toi être plus brave de tous. Mais pourquoi emmener elle ?

La femelle grand pingouin avait repris sa pose d'oiseau naturalisé. Ses plumes étaient ternes et sans vie, ses ailes pendaient de façon pitoyable et ses yeux aveugles semblaient vernissés. Rien ne paraissait plus mort que ce palmipède feignant d'être une pièce de musée.

— Suis-nous, lui dis-je. Tu ne risques rien.

— J'ai peur de l'autre homme, marmonna-t-elle du coin du bec. Nous n'avons pas été présentés.

Tout-Doux, descendu du tracteur à son tour, s'approchait.

— Il a conduit Iggy jusqu'ici, insistai-je. Tu n'as rien à craindre. C'est un ami.

— Lui, très bon ami, confirma Iggy. Très, très bon ami, même. Lui trouver moi dans neige, ramasser moi et conduire moi à bord magnifique Fergie.

— Salut, dis-je à Tout-Doux.

— Bien le bonsoir, répliqua-t-il. Comme ça, vous allez traverser le pont ?

— Comment le savez-vous ?

— Ton ami m'a raconté. Remarque, on ne peut pas vivre dans les parages depuis toujours sans comprendre certaines choses. Quand j'étais un jeune blanc-bec, on m'a averti de me tenir loin du pont et de traiter les inconnus avec respect.

Il marqua une pause, sortit une pipe de sa poche et l'alluma.

— Vous allez traverser pour sauver vos vies, c'est ça ?

Je hochai la tête.

— Depuis que j'ai entendu votre histoire, ça ne me surprend pas beaucoup. Je n'ai jamais aimé cette bonne femme. Je ne lui ai jamais fait confiance non plus.

Sur ces mots, le grand pingouin, qui s'était avancé vers moi, leva les yeux sur Tout-Doux.

— Eh bien, ça parle au diable ! s'écria celui-ci. Qu'est-ce que c'est ? Une sorte de pingouin, non ?

Il se pencha pour mieux voir.

— Une représentante de l'espèce des *grands* pingouins, m'empressai-je de préciser. *Pinguinus impennis*. La dernière, en l'occurrence.

— Grande à plus d'un titre, d'ailleurs, ajouta-t-elle

inutilement. Soit dit en passant, jeune homme, ta prononciation latine est déplorable.

— Un oiseau qui parle, constata Tout-Doux. Eh bien, j'aurai tout vu.

Il ne semblait même pas étonné.

— Savez-vous dans quoi vous vous embarquez, les garçons ?

Iggy hocha la tête.

— Nous sauver nous et revenir pour plum-pudding.

— Vous avez raison. Celui de Mme Vetch n'est pas si mauvais.

Que le repas et le dessert de Noël me semblaient loin ! Je balayai les environs du regard, puis levai les yeux au ciel.

Tout-Doux m'observait.

— Qu'est-ce que tu cherches, mon garçon ?

— Une… une amie. Elle est plutôt du genre… difficile à décrire.

Il tira sur sa pipe, dont le fourneau s'embrasa, puis, du coin de la bouche, souffla une bouffée de fumée, qu'il suivit du regard.

— Elle ressemble un peu à ça, non ? demanda-t-il.

Je signifiai que oui.

— Une fille ? Qui aime danser ?

— Oui, mais elle ne fait pas partie de notre…

— … monde ? Pas la peine d'en dire plus, fiston. Je vois très bien. Plutôt jolie. Je l'aperçois souvent dans les bois, en train de danser. Un soir d'été, j'ai sorti mon violon et j'ai joué un petit air, juste pour elle. Ça lui a plu, je crois. Je me suis souvent posé des questions à son sujet. Une âme perdue, comme il y en a tellement par ici. Quand je serai parti, elle reviendra peut-être. D'ailleurs, il faut que j'y aille.

— Le feu s'éteint, constatai-je. C'est tellement humide dehors. Avez-vous une idée pour le ranimer ?

— Pas de problème. J'ai ce qu'il faut.

Vidant sa pipe en s'aidant du talon de sa botte, il alla prendre une boîte en métal sous le siège du conducteur. Quelques instants plus tard, il était de retour.

— Utilise ces chiffons. Je les ai imbibés d'essence. Ils prendront facilement.

Iggy les alluma. Bientôt, le feu ronflait et craquait, baignant les arbres d'une lueur orangée.

— Au moins, ça vous gardera au chaud un moment, lança Tout-Doux en retournant vers le tracteur.

Avant d'y grimper, il brandit sa pipe vers nous, le tuyau en avant.

— Je raconterai à Tom Jebard que je vous ai trouvés et que vous vous portez bien.

Je m'avançai de quelques pas pour mieux l'entendre, car, fidèle à son habitude, il parlait dans sa barbe.

— Je lui dirai que vous serez bientôt de retour, mais que, en cas de retard, il ne faut pas s'inquiéter. Je m'en tiendrai à ça, sinon les gens de par ici me croiront fêlé. Vaut mieux pas, hein ?

Il s'installa au volant et mit le contact. Le moteur démarra sans trop de bruit.

— Soyez prudents. Je surveillerai votre retour. Il y aura de la neige au sol pendant encore des semaines, et il faudra que je vienne vous chercher. Allumez un autre feu, je verrai la fumée.

Il embraya et décrivit un vaste arc de cercle avant de s'engager à l'envers dans le sentier, non sans nous avoir salués une dernière fois par-dessus son épaule.

Nous revînmes au feu.

— As-tu de l'argent ? demandai-je.

Iggy porta la main à sa bouche.

— Non, frère Kim. Moi avoir oublié pièces. Mais moi offrir objet de père avant trois.

Il sortit de sa poche une montre et une chaîne.

— Elles être aussi en or.

— Nous lui donnerons la montre, puis nous promettrons de venir le payer un autre jour. Il nous la rendra peut-être.

Soudain, une voix nous fit sursauter. En nous retournant, nous vîmes le Vieil Homme de la Tarle s'avancer, un bâton à la main et une énorme peau d'ours sur les épaules.

Il avait traversé le pont en silence.

Chapitre 17

Le chagrin de Poisson d'Argent

— Quoi ? Qu'est-ce que j'entends ? Vous voudriez que je fasse crédit à de mauvais sujets comme vous ? lança le Vieil Homme en fronçant les sourcils.

— Je vous donner montre, répliqua Iggy en se hâtant de déposer l'objet sur la pierre.

— Une montre. Ha ! ha !

Il baissa le regard sur nous.

— Vous rendez-vous compte que je suis probablement celui qui a le moins besoin d'un bidule pareil ? À quoi me servirait-il ? Je suis le maître du temps, et non son esclave ! Vous voudriez peut-être que je consulte ce petit cadran pour savoir l'heure qu'il est dans votre époque froide et humide et que je m'en déclare enchanté ?

Il ouvrit la main et, à la lueur du feu, l'or jeta des reflets mats. Il s'était déjà emparé de l'offrande.

— Ah ! Je comprends maintenant votre empressement. Plus que quinze minutes avant minuit. Plus que quinze minutes avant que cette femme précipite votre chute. C'est ce que, dans mon métier, on appelle un délai serré à mort. À mort ! Ha ! ha ! Vous saisissez ?

Pourtant, le Vieil Homme ne souriait pas.

— Mettre montre pour maître, risqua Iggy.

— Vous le trouvez malin, ce jeu de mots, vous ?

Iggy écarta gentiment les mains et désigna l'objet.

— Elle être en or et venir de père avant trois.

— Cette babiole a beau avoir une valeur sentimentale, tu ne t'attends quand même pas à ce que j'y attache la même importance que toi. Quant à l'or… Je pourrais le faire fondre, sans doute, et l'utiliser à mon avantage, mais c'est insuffisant pour vous autoriser à traverser tous les deux.

— Tous les quatre, le corrigeai-je. Nous sommes quatre.

— Tiens, c'est vrai. J'oubliais l'oiseau. Le grand pingouin ou *isarukitsoq*, ainsi que l'appelaient les autochtones du Groenland. Classification latine : *Penguinis impennis*. La femelle ici présente est la dernière représentante de son espèce. J'ai presque envie de la laisser passer gratuitement.

L'oiseau bomba fièrement la poitrine et s'avança vers le pont en pierre.

— Pas si vite ! gronda le Vieil Homme de la Tarle. Les négociations ne sont pas terminées. Il reste quelques formalités à remplir. D'abord, vous devez préciser l'heure, le jour et l'année où vous souhaitez vous rendre. Ensuite, vous devez prendre plusieurs engagements. Il ne vous est pas permis de remonter dans le temps et de tout chambarder à votre guise. Vous parvenez à destination, vous trouvez ce qu'il vous faut et vous revenez dare-dare. Vous agissez à titre de spectateurs, ou de témoins, et non d'acteurs. En cas d'ingérence, le châtiment serait terrible.

— «Ingérence»? répétai-je.

— Intervention, petit ignare! Vous seriez aussitôt transportés dans l'époque la plus sombre et condamnés à y moisir pour l'éternité.

— Comme les pique-niqueurs et les randonneurs que vous haïssez tant et qui sont venus rôder par ici?

— Exactement. Si tu entends sauver ta peau, je te conseille toutefois de ne plus m'interrompre.

Il s'essuya le nez du bout d'un long doigt noirci émergeant de sa mitaine.

— Et vous devez annoncer la date et l'heure de votre retour avant votre départ. Le calcul est plus compliqué que vous pourriez le penser.

— Non, dis-je en me tournant vers Iggy. Nous rentrons demain, le 26 décembre 1962.

— Tu me parais très sûr de toi. As-tu bien réfléchi?

J'hésitai. Y avait-il un piège? Je consultai de nouveau Iggy du regard. Il hocha la tête.

— Oui, répondis-je, car la malédiction du tableau ne s'appliquera plus. Pas vrai?

— Ah oui, le Maître des chaises renversées. Impossible de revenir sur des événements provoqués par la peinture, vous savez, aussi regrettables nous semblent-ils.

Les défunts, quelles que soient les causes de leur… disparition, restent morts.

Il regarda la montre.

— Personnellement, je vous conseillerais un retour plus hâtif. Mettons quelques minutes avant votre départ.

— Cela être possible ? voulut savoir Iggy.

— Il faudrait contourner les règles un tantinet, mais je pense que personne ne s'en apercevra. Vous risquez d'avoir encore quelques détails à régler le jour de Noël. Naturellement, la décision vous revient. À propos de votre destination, maintenant ? Où et à quel instant voulez-vous que je vous dépose ?

— Le 25 décembre 1862, répondis-je.

D'un air nerveux, j'observais, au-delà des flammes, les formes qui grouillaient au milieu des arbres et les silhouettes qui voltigeaient parmi les ombres.

— Êtes-vous sûrs ? Vous n'avez rien à ajouter ?

— Vingt-quatre décembre, corrigea Iggy avec empressement. Pas 25.

— Entendu. À quelle heure ?

— Midi, répliqua Iggy.

— Oui, confirmai-je. Nous devons être là avant Noël.

— Et le quatrième ?

— Euh… je ne vous suis pas.

— Tu m'as toi-même dit que vous étiez quatre. Où est le quatrième larron ? Je ne vois personne d'autre.

— Elle s'appelle Poisson d'Argent, expliquai-je.

— Poisson d'Argent ?

— Oui, euh… elle est morte… mais son esprit est…
Je crois qu'elle aimerait revenir à une époque où elle
était encore vivante.

Je sentis Poisson d'Argent se matérialiser à côté de
moi. Le Vieil Homme l'examina sans surprise.

— Ah bon ? Est-ce que c'est ta petite amoureuse ?

— Non. Elle a juste besoin de vivre.

— Le sentiment est assez répandu. De toute manière,
c'est absolument exclu.

— Je vous en prie, monsieur. Nous vous paierons.

— L'argent n'y changera rien. En ramenant ta petite
flamme évanescente à une époque où elle était encore
vivante, je contreviendrais à l'ordre naturel des choses.
Les morts ne peuvent pas revenir parmi les vivants.
Imagine qu'une jeune femme tombe par hasard sur son
propre fantôme. Inconcevable. Je ne peux pas aider
Poisson d'Argent à redevenir un être de chair et de sang,
car son esprit est déjà présent dans son corps. Demande-
lui si elle connaît l'heure et la date de son décès.

Elle secoua la tête.

— Tu vois ? D'après mes observations, rares sont les
spectres qui s'en souviennent. Pauvre chou… Et ces
allers-retours sont problématiques dans la mesure où, à
supposer que ton amie se trompe et revienne après sa
mort, nous serions confrontés à une situation aberrante,
par exemple deux revenants identiques hantant le même
lieu. Il est impératif de savoir à quel moment l'intéressé
a rendu son dernier souffle, à la seconde près.

Il marqua une pause.

— Tu me sembles un peu distrait, mon jeune ami. Ces questions métaphysiques te dépasseraient-elles, par hasard ? En clair, elle ne vous accompagne pas. Voilà tout.

Il sourit, dévoilant les ignobles chicots noirs qui lui tenaient lieu de dents.

— Vous avez affirmé qu'il était possible de contourner les règles sans se faire remarquer.

— Il y a une différence entre les règles et les lois. On ne déroge pas aux lois. Elles régissent l'Univers. Les règles, ce sont des limites définies par de quelconques imbéciles. J'en enfreins tous les jours. Je considère même que c'est un devoir sacré.

Je me tournai vers Poisson d'Argent, qui sourit faiblement.

— Tu m'as rendu de fiers services. J'aurais voulu t'aider.

— On ne peut rien pour les morts, coco, dit-elle calmement.

— Je ne renoncerai jamais, déclarai-je.

Songeant ensuite à un nouvel argument, je me tournai vers le Vieil Homme.

— Si notre amie la femelle grand pingouin est morte et qu'elle peut revenir en arrière, pourquoi pas Poisson d'Argent ?

— Je ne suis pas morte, s'insurgea l'oiseau.

— Pourquoi étais-tu clouée à un socle, dans ce cas ?

— J'étais simplement retenue, répondit-elle.

Le Vieil Homme leva la main.

— Des exceptions sont prévues pour les espèces disparues d'oiseaux aquatiques, etc., etc. D'ailleurs, elle risque peu de tomber sur elle-même dans l'immensité de l'histoire, sans parler de celle de l'océan. Et si, d'aventure, cela se produisait, elle n'en saurait rien, à cause de la très grande ressemblance de ces créatures entre elles.

Il chauffa ses mains au-dessus des flammes.

— Alors nous sommes d'accord ? Allez-vous demeurer ici et gaspiller les quelques minutes qui vous restent ?

— Nous aller, trancha Iggy.

— Dans ce cas, il faut passer à la caisse.

— Nous vous paierons à notre retour, promis-je en songeant qu'on pourrait de cette manière obliger le Vieil Homme à tenir parole.

— Ah ! mais cette petite excursion vaut beaucoup plus cher qu'une montre en or défraîchie. Et qu'est-ce qui me prouve que vous me dédommagerez plus tard ?

— Vous devoir faire confiance, plaida Iggy.

— Je ne fais confiance à personne. Question de principe. Pourchasser les malheureux qui me doivent de l'argent dans le temps *et l'espace* pose des problèmes logistiques insurmontables. En contrepartie, vous travaillerez donc pour moi.

— C'est-à-dire ? demandai-je nerveusement.

— Juste quelques commissions, répondit-il en appuyant son bâton sur la première pierre.

— Et Poisson d'Argent ? Je ne peux pas l'abandonner.

Je me dirigeai vers l'endroit où elle miroitait sous la lune.

— On va la jeter en pâture à Lépisme, qui lui infligera les pires supplices dans son antre maudit, lançai-je.

— Elle est parfaitement capable de se défendre, répliqua le Vieil Homme, et je ne doute pas une seconde que vous vous retrouverez un jour. Dans un autre temps et dans un autre lieu, comme disent les auteurs de romans à l'eau de rose.

Il se tut subitement et se départit de son ton méprisant et guilleret.

— Tiens, revoilà notre amie. Elle ne renonce jamais, celle-là, n'est-ce pas ?

En me retournant, j'aperçus Alba. Au milieu de ses légions infernales, elle s'avançait dans la clairière couverte de glace. L'obstacle érigé par les esprits des bois, celui auquel s'étaient heurtés les corbeaux, avait disparu.

Le Vieil Homme se redressa, dans l'intention, semblait-il, d'affronter Alba. Il marmonna quelques mots incompréhensibles. Calme, superbe et terrifiante, elle esquissa un sourire. Sur les traits du Vieil Homme, je notai un éclair de reconnaissance. Entre ces deux voyageurs, il y eut une sorte d'échange muet. Pendant un bref instant, je les vis comme des dieux, aussi puissants et impitoyables l'un que l'autre.

Le Vieil Homme hocha la tête et lança d'une voix rocailleuse :

— Ce n'est pas terminé. Bien au contraire.

L'instant était passé. Il grimpa sur la première pierre, d'où il nous domina.

— Grouillez-vous, sinon les carottes sont cuites pour vous deux.

— Quelles carottes ?

— L'anéantissement. Si vous traînez encore quelques minutes, il ne restera de vous que de la purée orangée.

Sans plus attendre, l'oiseau obéit. Iggy et moi lui emboîtâmes le pas. Et c'est ainsi que nous entreprîmes notre voyage dans le temps. Mais d'abord, je me tournai vers Poisson d'Argent. Avant de disparaître, elle essuya une larme sur sa joue.

Chapitre 18

La traversée
du temps

Toc-toc, toc-toc, toc-toc. Le bâton du Vieil Homme frappait sans merci les pierres glacées. Pour m'éviter de glisser et de culbuter dans la rivière, Iggy posa une main sur mon épaule. Devant nous, la femelle grand pingouin se dandinait de sa démarche chaloupée. Les yeux écarquillés, elle courait d'un côté et de l'autre d'un air impatient. Je m'en voulais d'avoir abandonné Poisson d'Argent et je me rendis compte que je regretterais aussi notre compagne ailée dès l'instant où elle s'engagerait sur le vaste océan du passé.

— Suivez-moi ! cria le Vieil Homme par-dessus son épaule. On ne lambine pas. Je n'ai pas que ça à faire, moi.

Il se retourna et me foudroya du regard.

— Ne me dites pas que j'ai un cafardeux larmoyant sur les bras !

— Cafardeux ?

— Un blanc-bec qui se morfond dès qu'il est séparé de sa petite amie.

— Je ne pensais même pas à elle.

— Ah bon? Hum... Comme l'a un jour affirmé un personnage doté d'une grande perspicacité : « Si la tombe est le symbole de l'agrément / Elle se prête mal aux rendez-vous galants. » Cette jeune femme est morte. Oublie-la et accélère. Du nerf !

Iggy, brusquement intéressé, sourit.

— Le pont est très long, constatai-je au bout de quelques minutes.

Le tumulte de la rivière semblait s'être considérablement amplifié.

— Plus que tu le croyais ? hurla le Vieil Homme. Il y a une explication. Tu traverses le pont, certes, mais aussi le temps.

Il s'arrêta soudain. Je heurtai la femelle grand pingouin et lui marchai sur la queue par inadvertance. Elle poussa un cri de douleur.

— Nous sommes entre deux temps, déclama le Vieil Homme, là où tombe la nuit absolue, là où la somme des connaissances humaines n'est plus rien, n'a jamais existé. Être ? Point d'existence, ici, point de sens. Que le pur temps qui passe. Où est la lune ? Où sont les étoiles ?

Nous levâmes les yeux. La lune avait disparu. Les nuages et les étoiles aussi. Je balayai l'antique pont du regard. Toujours pas de trace du rivage. L'oiseau angoissé gémit et souleva ses ailes.

— Je vous invite maintenant à contempler l'eau et à examiner le cours du temps. Il y a ici la totalité du passé, du présent et de l'avenir. Après-demain, c'est avant-hier… et aujourd'hui. Nous sommes entre deux temps, là où la passion, la terreur, l'amour et le bonheur ne signifient plus rien. La somme de ce que l'humanité a senti, vu ou entendu est perdue à jamais dans le désert du temps sans fin. Tel est le secret de l'Univers, la plus grande révélation d'entre toutes : il n'y a pas de sens. Seul le temps existe.

Il observa en silence, un bras levé pour nous ordonner d'arrêter, puis planta son bâton dans l'eau, qui se mit à tourbillonner. Il grimaça sous l'effort, puis ressortit l'objet et jeta sur nous un regard mauvais.

— En route et gare aux traîne-savates !

L'eau rugissait de plus en plus fort, et nous eûmes l'impression de marcher sur les dalles pendant une éternité. Mais alors nous arrivâmes à l'autre bout, et le Vieil Homme posa le pied sur une berge verdoyante, où il n'y avait ni neige ni glace. Subsistaient seulement les vestiges d'une inondation récente : des touffes d'herbe et des roseaux entremêlés. Il faisait jour, et une drôle de lumière matinale, filtrée par la brume, envahissait les champs et les bois environnants. Et des chants d'oiseaux retentissaient, plus variés et plus sonores qu'à Skirl, même au cœur de l'été.

Iggy regarda autour de lui, les yeux plissés. Depuis le début, il avait des doutes.

— Nous y voici, déclara le Vieil Homme. C'est aujourd'hui le 24 décembre 1862.

— Veille de Noël ? demanda Iggy.

— Euh… oui… en principe, répondit le Vieil Homme d'une voix sifflante trahissant l'amusement.

Iggy ôta son chapeau.

— En principe ?

Le Vieil Homme eut un sourire qui me déplut profondément.

— C'est la veille de Noël… en principe.

Il se tut et sonda nos yeux, à la recherche de signes de compréhension.

— Mais en pratique, non. Si nous étions à une époque où Noël existait, ce serait différent.

Il porta le poing à sa bouche pour réprimer un fou rire, et j'eus le frisson en me souvenant de ce qu'il avait affirmé à propos des touristes, des promeneurs et autres enquiquineurs : « Je les amène dans un autre temps. »

— Nous vous avons demandé de nous déposer cent ans plus tôt, la veille de Noël 1862, lui rappelai-je.

— Le 24 décembre, oui. En 1862, c'est vrai. Et vous avez même manifesté le désir d'arriver à midi, donc en plein jour. Et j'ai accédé à toutes vos demandes.

Il sourit de nouveau.

Iggy écarquilla les yeux et le grand pingouin se carra à côté de lui.

Le Vieil Homme, perdu dans la contemplation des arbres, se tourna vers nous.

— J'ai voulu savoir si vous aviez d'autres précisions à me fournir. Le 24 décembre 1862, avez-vous répété.

C'est tout. Vous devriez savoir que les voyages dans le temps exigent une grande exactitude. Il ne s'agit pas d'une balade dans la nature. Pas question de changer de direction au gré de ses caprices. J'ai exigé des directives. Hélas, il manquait un détail essentiel à celles que vous m'avez fournies : avant ou après Jésus-Christ ? Comment vouliez-vous que je devine ?

Iggy me regarda.

— Vieux filou ramener nous quatre mille ans en arrière !

— Attention à ce que tu dis, sinon je vous laisse ici jusqu'à la fin des temps. Bon, revenons-en à nos moutons. J'ai choisi cette époque-ci, qui m'a semblé plus intéressante pour toutes les parties concernées, c'est-à-dire l'an 1862 avant Jésus-Christ, donc trois mille huit cent vingt-quatre années avant celle d'où vous venez. Et nous y voilà. Force est d'admettre qu'il s'agit d'une matinée radieuse, non ? Sentez-moi cette brise quasi printanière qui soulève les eaux de la rivière. Le temps est beaucoup plus doux qu'à votre départ, ainsi que vous l'aurez remarqué. Le phénomène s'explique par le réchauffement qu'à connu la Terre entre les ères glaciaires.

Sur ces mots, il descendit du pont et l'oiseau poussa un cri de protestation.

— Donc, nous être prisonniers, conclut Iggy en allant droit au but. Que vous vouloir ?

— Ce n'est pas ainsi que j'aurais présenté les choses, mais, comme vous pouvez le constater, j'ai l'avantage.

— Nous conduirez-vous en 1862 après Jésus-Christ ? demandai-je.

— Il n'y a pas d'accord qui tienne. Les voyages dans le temps ne sont pas gratuits, vous savez. Me prendriez-vous pour un voyagiste à rabais, par hasard ? Vous avez commis une erreur et le moment est venu de passer à la caisse.

— En faisant des commissions pour vous ? risquai-je.

— Oui, mais ce sont plutôt des « tâches », si vous voyez ce que je veux dire. Peut-être même des « travaux », au sens de ceux qu'a accomplis Hercule. Ha ! ha ! Dès que vous aurez terminé, je vous ramènerai dans votre époque. Entendu ?

— Nous voir tableau et sauver nous d'abord. Commissions ensuite.

— Vous n'êtes guère en position de force.

— Iggy, s'il te plaît, plaidai-je en donnant à ma voix un ton incisif.

J'espérais ainsi le forcer à se taire.

— Non, insista Iggy. Peinture, puis commissions. Sinon, pas accord.

Sous l'effet de la rage, les yeux du Vieil Homme s'assombrirent, puis il disparut purement et simplement.

— Bravo ! s'écria l'oiseau.

— Eh bien, rien ne t'empêche de sauter dans la rivière et de nager jusqu'à l'océan, déclarai-je. Avant ou après Jésus-Christ… Pour toi, quelle importance ? Pourvu que les grands pingouins soient nombreux, au fond… Il y en a sans doute plus à cette époque-ci qu'en tout autre temps, avant ou après.

— Oui, mais mon seul et grand amour n'y sera pas, lui !

— Bon sang, ne me dis pas que tu veux retrouver l'âme sœur !

— Si.

La femelle baissait la tête, les ailes pendantes, une larme au coin de l'œil. Je songeai que rien n'est plus triste qu'un pingouin, grand ou pas, qui se languit d'amour.

— Bon, répliquai-je un peu sèchement. Comment allons-nous nous en sortir ? Nous sommes coincés ici.

— N'oubliez pas que je suis la dernière représentante de mon espèce, que les vôtres ont anéantie. Sans moi, personne ne saurait à quoi ressemble un grand pingouin.

Iggy hocha la tête avec sympathie.

— Quoi toi vouloir, honorable oiseau ?

— Emmenez-moi avec vous à la vieille maison. Je dois savoir à quel moment j'ai été capturée et tuée, déclara la femelle. De cette façon, je réussirai peut-être à remonter dans le temps, à le retrouver et à lui éviter une mort atroce…

— … le procès et la flagellation, m'empressai-je d'ajouter pour l'empêcher de reprendre l'histoire depuis le début.

Elle poursuivit sans se laisser démonter.

— Nous passions notre temps sur un éperon rocheux au milieu des mers du Nord. Je l'attendrai là-bas et… et… je sais qu'il viendra. Je sais…

Sa voix se brisa et son bec tomba encore plus bas.

— Je suis sûr que oui, dis-je en lui flattant le dos. Nous irons ensemble… enfin, si nous pouvons.

— Et ensuite, ajouta notre amie, ragaillardie, je le guiderai jusqu'au pont. Nous demanderons au Vieil Homme de nous transporter dans le lointain passé, celui de nos plus grandes épopées, celui où les hommes restaient sur la terre ferme et où les océans nous appartenaient.

— Pas trop vite, glissa Iggy.

— À quoi penses-tu ?

— Nous conclure accord maintenant, déclara-t-il en élevant la voix.

— Brave garçon ! répliqua le Gardien, qui demeura toutefois invisible. Suivez-moi jusqu'au centre du pont. Destination : le 24 décembre 1862.

— Après Jésus-Christ ! m'exclamai-je.

— Entendu.

— Tableau d'abord, commissions ensuite, lança Iggy.

— Bon, puisque vous insistez… Laissez-moi cependant vous prévenir : une ou deux surprises vous attendent et… euh… enfin, vous verrez par vous-mêmes.

Nous grimpâmes sur la première pierre et amorçâmes la traversée du pont, qui s'obscurcit de nouveau. Nous marchâmes jusqu'au torrent qui, comme à l'aller, étouffa nos voix. Toc-toc, toc-toc, toc-toc. Voilà tout ce que nous entendions.

Nous mîmes dix minutes à retrouver le Vieil Homme. Entouré par la brume, il faisait face à l'aval. La mine sombre, il fixait la brume avec intensité.

— Ça ne va pas? demandai-je, frappé par son changement d'attitude.

Il se tourna vers moi.

— Pas la peine de me lécher les bottes, jeune homme. Je suis insensible à la flatterie.

— Ce n'était pas mon intention, répliquai-je. Vous avez l'air triste et je vous interrogeais simplement sur les causes de cette humeur.

Il me sonda de ses yeux terrifiants.

— L'homme. Voilà ce qu'il y a. Lui et sa folie, sa vanité, son penchant pour la destruction. Les exemples ne manquent pas... Les mêmes erreurs, la même barbarie, le même orgueil, génération après génération. L'homme est un cliché.

— Un cliché?

— Une mauvaise plaisanterie qui se répète.

Le grand pingouin hocha gravement la tête. Iggy avait l'air triste.

— Dans mon domaine, il faut s'y habituer.

Il s'interrompit.

— Tout le monde est là? Bien!

Il ficha son bâton dans l'eau, l'y maintint pendant quelques minutes et le ressortit.

— Bon, je vous laisse. Vous pouvez emprunter l'une ou l'autre rive. N'oubliez pas qu'il est défendu de changer le cours des événements provoqués par le tableau. Rien ne doit être chambardé. Me donnez-vous votre parole ?

Iggy et moi hochâmes la tête.

— Quant à moi, je réintègre de ce pas une époque plus hospitalière. J'attendrai votre signal. Allumez un feu au même endroit.

Il s'avança, puis, se ravisant, pivota vers nous. Son visage n'avait jamais été aussi effrayant.

— Au cas où vous décideriez de ne pas revenir, je vous traquerai et je vous abandonnerai dans une époque où vous passerez sûrement l'arme à gauche. La peste noire de 1347 après Jésus-Christ est une des destinations que je réserve aux clients difficiles.

Il effectua quelques pas et, au milieu de tourbillons de brume, lança :

— Ne me mets surtout pas au défi, Jeannot Lapin.

Iggy haussa les épaules.

— Vieux filou ! s'écria-t-il en passant le bras autour de moi.

L'homme, cependant, était encore tout près. Dans le brouillard, une voix rauque entonna :

Ô mes pieds adorés,
Couple idéal
Où se croisent mes extrémités :

Étranges mais symétriques
Et tout à fait uniques,
Mes chers et délicieux,
Mes petits pieds adorés !

Puis il y eut le silence.

Chapitre 19

Le beau Noël d'antan

Nous choisîmes le rivage où nous avions allumé un feu, cent ans plus tard. Le jour était levé, mais le givre recouvrait les arbres. La clairière était à l'endroit habituel. Au fond, cependant, on devinait une maison délabrée et les vestiges d'une carriole. Il y avait plus d'arbres qu'à notre époque, et la végétation était plus dense. Seuls quelques oiseaux gazouillaient.

— Quel est notre plan ? demandai-je.

— Trouver cachette, puis voir tableau.

— Il ne faut pas qu'on nous surprenne en compagnie de l'oiseau. Nous ne pourrons entrer dans la maison qu'à la nuit tombée. Et si nous nous cachions dans la ferme ?

Je m'arrêtai. À cause de la fatigue, la tête me tournait.

— Et nous avons besoin de nourriture.

Iggy passa le bras autour de mon épaule.

— Toi venir, frère Kim. Être pas loin.

Nous remontâmes le sentier que nous avions emprunté cent ans plus tard. Quelle singulière sensation ! Toute notre vie jusque-là s'était entièrement déroulée dans l'avenir. Et tous les actes des prochaines heures appartenaient déjà au passé.

— Tu crois que la maison est remplie de fantômes, comme celle que nous connaissons ?

— Non. Plus de personnes, moins de revenants. Être justement astuce. Mme Alba créer royaume dans maison. Lui grandir, toujours grandir. Alba attirer esprits de partout.

— Comment le sais-tu ?

— Moi avoir profession, commença-t-il. Moi être plus qu'Igthy Ma-tuu Clava, seigneur de Ro-Torva, frère de frère Kim. Moi être artiste coquillages, poète, magicien, navigateur émérite, conteur — dans propre langue, évidemment —, pêcheur, fabricant parfums et enquêteur. Cela être profession principale.

— Sur quoi enquêtes-tu ?

— Temps, frère Kim, et meurtres. Crimes, en gros.

— Comment étudie-t-on le temps ?

— Moi le faire maintenant. Moi enquêter sur «fissures du temps», comme dire dans langue de moi.

— Tu en as déjà vu ?

— Oui, mais pas utiliser comme avec Vieux Doigts Osseux.

— Doigts Osseux ?

— Vieil Homme. Vieux Doigts Osseux.

Il ajouta en me décochant un clin d'œil entendu :

— Vieux Doigts d'Encre.

Effectivement, les doigts du vieillard étaient osseux, et deux d'entre eux étaient tachés d'encre.

La femelle grand pingouin, que notre conversation semblait ennuyer, traînait derrière. Elle dit regretter de n'avoir pas remonté la rivière à la nage, même si, elle en convenait, on aurait tôt ou tard fini par la repérer. J'étais si épuisé que je trouvais à peine la force de mettre un pied devant l'autre. Pour me pousser à continuer, cependant, Iggy soulignait les différences d'un siècle au suivant : les ornières étaient creusées par des roues de carrioles et non par des pneus. De petites maisons, rasées avant notre époque, parsemaient le domaine. Les champs et les haies bénéficiaient d'un scrupuleux entretien.

Rien, toutefois, ne nous avait préparés à voir la maison telle qu'elle nous apparut au moment où nous parvînmes au sommet de la colline. Au fond de la vallée, elle avait des allures de palais. Dans l'air froid du matin, de la fumée montait d'une trentaine de cheminées. Les arbustes et les buissons qui obstruaient la lumière au vingtième siècle n'avaient pas encore germé, pris racine et grandi.

La cour, totalement négligée à notre époque, grouillait d'activité. En rang serré, des voitures à chevaux étaient nettoyées et polies par des garçons d'écurie. Un cavalier apparut et fut accueilli par deux portiers empressés. Partout, on s'affairait. Des hommes raclaient le gravier de l'allée, taillaient des haies, creusaient des massifs de fleurs, lavaient et conduisaient des chevaux, emportaient dans la maison les fournitures tirées des voitures, tisonnaient des feux, coupaient et cordaient des billes de bois, transportaient des bidons de lait, guidaient des vaches, sortaient des piles de lessive d'une dépendance. Nous voyions Skirl à son apogée : la famille Drago était alors au comble de sa richesse et de sa puissance.

Avec autant d'allées et venues, nous aurions de la difficulté à entrer sans qu'on nous remarque. Puis je me fis une autre réflexion : le tableau serait-il au bon endroit ?

— Qu'il ait été peint en 1862 ne signifie pas nécessairement qu'il se trouve dans la maison, non ?

— Il sera là, trancha la femelle grand pingouin. J'en suis sûre.

Après avoir marché pendant quelques minutes, nous dénichâmes une grange en briques et en bois débordant de foin et de paille. L'oiseau et moi montâmes jusqu'au grenier et nous laissâmes glisser dans le fourrage tiède et odorant. Iggy partit à la recherche de provisions après nous avoir donné l'assurance qu'il saurait passer inaperçu. Je me demandai ce qu'il entendait par là et si un oiseau appartenant à une espèce disparue avait besoin de se sustenter. Puis je sombrai dans un sommeil profond, sans rêve.

Je me réveillai dans la même position. Un objet pointu me fouillait les côtes. En me retournant, je trouvai l'oiseau en train de me picorer le flanc. Des voix résonnaient en contrebas. La femelle grand pingouin fixait le vide, les yeux écarquillés. Je rampai jusqu'au bord du fenil pour mieux voir. À l'aide de fourches, deux paysans chargeaient un chariot en se plaignant de la température et de leur femme. Après avoir tiré sa charge jusqu'en haut de la colline, un cheval attendait dans le froid. Les hommes portaient des chapeaux à bords flottants, des bottes, des guêtres et des justaucorps en cuir boutonnés jusqu'au menton. Ils avaient les mains et le visage rougis. L'un arborait une barbe et l'autre de grosses et splendides rouflaquettes. Soudain, ce dernier m'aperçut.

— Qu'est-ce que tu manigances là-haut, toi ?

J'hésitai à répondre, puis je me rendis compte que je devais éviter qu'ils ne voient l'oiseau. Je me levai. Par les portes entrouvertes, j'aperçus Iggy, qui gravissait la côte.

— Je jouais, improvisai-je.

— Ah bon ? fit l'autre. À quoi, je te prie ?

— J'essaie d'échapper à Igthy Ma-tuu Clava, seigneur de Ro-Torva, déclarai-je en élevant la voix pour qu'Iggy m'entende. Nous fêtons Noël à Skirl.

En un sens, c'était vrai, à condition de ne pas chipoter sur le siècle concerné.

— Descends de là et laisse-nous te regarder un peu. On ne nous a pas parlé d'un prince qui logerait dans la maison.

— Il voyage incognito, expliquai-je. C'est un secret. Alors vous ne devez rien dire.

Ils me dévisagèrent d'un air sceptique.

— Mieux vaut descendre, jeune maître. Il ne faudrait pas que tu prennes un mauvais coup.

— Comment tu t'appelles ? demanda l'autre.

Avant que j'aie eu le temps de répondre, Iggy entra dans la grange. Il avait enlevé certains de ses vêtements d'extérieur, et je voyais sa tunique et son pantalon de soie. De l'une de ses innombrables poches, il avait tiré un petit chapeau rond brodé, à présent perché à l'arrière de sa tête. Dans l'esprit de la comédie que j'avais amorcée, je m'étais de nouveau enfoncé dans le foin. Là, je mis l'index sur mes lèvres pour décourager l'oiseau de tenter quelque chose de stupide. J'entendis Iggy demander aux hommes :

— Vous avoir vu petit garçon ? Lui être là-haut ? Moi avoir pique-nique pour lui.

— Un pique-nique, monsieur ? Eh bien, je suis sûr qu'il ne voudra pas manquer ça !

Iggy avait entrepris l'ascension de l'échelle. Quand les hommes rirent avec lui, je compris qu'il en avait fait des alliés.

— Ah ! s'écria-t-il en arrivant au sommet. Moi avoir trouvé garçon. Moi vous remercier.

Il me sourit de toutes ses dents.

— Toi te montrer, frère Kim. Toi dire au revoir aux messieurs.

Je me levai et leur souris.

— Que faut-il dire si on vous cherche ? demanda l'un. La nuit approche. Retrouverez-vous votre chemin sans lanterne ?

— Nous n'en avons plus pour longtemps, n'est-ce pas, Votre Altesse ?

— Non, répondit Iggy. Dix minutes au plus.

Les hommes décidèrent qu'ils avaient assez de four-rage et nous souhaitèrent joyeux Noël.

— S'ils savaient que l'un de nous est mort et que les deux autres ne sont pas encore nés ! m'écriai-je après qu'ils eurent disparu au bout du sentier en emportant leur chariot. Que diraient-ils ?

— Je ne suis pas morte, protesta la femelle grand pingouin en baissant des yeux gourmands sur les victuailles rapportées par Iggy.

Pendant que la vallée sombrait dans les ténèbres et que des lumières s'allumaient aux quatre coins de la maison, nous nous régalâmes : de la tourte, des œufs à la coque, du fromage, du pain, du gâteau de Noël et de la boisson au gingembre. Iggy avait déniché quelques harengs dans le garde-manger, qu'il avait réussi à piller sans encombre — exploit qu'il préféra entourer d'un grand mystère. La femelle grand pingouin, après les avoir picorés et reniflés, les avala goulûment. C'était son premier repas en plus de cent ans.

— Vous voyez bien que je ne suis pas morte ! s'exclama-t-elle.

Iggy et moi lui assurâmes que nous n'en avions jamais douté.

Lorsque la nuit fut tombée pour de bon et que nous fûmes certains de ne croiser personne, nous sortîmes de la grange, descendîmes jusqu'à la maison et nous cachâmes dans les buissons au bord de l'allée. Près de la porte de devant, on avait allumé deux braseros, et des charbons ardents scintillaient dans le noir. Au-dessus des braises, des valets de pied se réchauffaient les mains en battant la semelle.

Dans la maison, des centaines de chandelles se consumaient, et des domestiques allaient et venaient, une lampe à huile à la main. Les préparatifs étaient beaucoup plus poussés que ceux qui avaient présidé à notre réveillon. On mesurait facilement l'ampleur des revers de fortune que les Drago avaient subis depuis. La maison n'était pas non plus la même. Si l'immeuble était pour l'essentiel identique, on n'y sentait pas l'atmosphère lourde et sombre qui m'était familière. Par les fenêtres, nous voyions les serviteurs sourire en s'entraidant, et les valets de pied qui attendaient dehors semblaient tout aussi radieux. Iggy, qui observait la scène avec concentration, déclara :

— Ça, frère Kim, être bon Noël d'antan.

— C'est vrai que tout le monde a l'air heureux, confirmai-je.

Environ une demi-heure plus tard, une voiture tirée par quatre chevaux s'arrêta devant la maison. Trois femmes portant une robe longue, un chapeau et un cache-col coururent vers la porte ouverte, où les attendaient deux valets de pied. D'autres voitures suivirent. Dans le brouhaha, des garçons d'écurie s'égosillaient, et les attelages envahissaient la cour. À ce moment, les premières notes de musique retentirent.

— On organise une fête, constatai-je.

— Avec costumes, précisa Iggy.

— Non, expliquai-je. Ce sont seulement les habits de soirée de l'époque.

— Non. Costumes et visages nouveaux.

— Quels visages nouveaux ?

— Là, homme avoir visage nouveau.

Je vis un type sortir d'une des voitures, la figure recouverte d'un loup.

— Ah ! C'est sûrement un bal masqué. Les invités se déguisent et portent un masque pour ne pas qu'on les reconnaisse.

Iggy digéra l'information sans un mot, sortit des buissons et se volatilisa. Un ou deux autres invités arrivèrent. Le problème qui se posait à présent avait trait au nombre d'hommes qui faisaient le pied de grue devant la porte et resteraient là pendant des heures, jusqu'à la fin de la soirée. En jetant un coup d'œil au passage qui donnait sur la cour, je constatai qu'on avait allumé un autre brasero. Une douzaine d'hommes fumaient de longues pipes blanches et chauffaient des bouts de fer dans les braises avant de les plonger dans leur chope. Chaque fois, on entendait un furieux pétillement et de la vapeur montait dans l'air. D'une voix hésitante d'abord, ils entonnèrent des cantiques de Noël. Puis, après avoir bu, ils renversèrent la tête et offrirent des sérénades aux étoiles.

Bientôt, Iggy revint à quatre pattes en tirant un objet derrière lui.

— Qu'est-ce que c'est ? demandai-je.

— Déguisements, répliqua-t-il.

— Où les as-tu trouvés ?

Au lieu de répondre, il m'ordonna de me lever et d'ôter mon manteau, mon bonnet de laine et mes gants. Puis il m'entortilla dans un rideau de velours rouge foncé qui, me sembla-t-il, couvrirait mes bottes.

— Ça ne marchera jamais, protestai-je.

Je me sentais ridicule. Mais, sans me laisser le temps d'ajouter quoi que ce soit, Iggy sortit un petit flacon et appliqua un onguent luisant sur mon visage. Enfin, il percha le petit chapeau rond sur mon crâne et referma les pans du rideau.

— Moi roi, toi esclave, expliqua-t-il en s'essuyant les doigts.

— Et l'oiseau ?

— Lui être mort. Toi porter lui.

— Moi ? se récria la femelle grand pingouin. Je me tue à vous répéter que je ne suis pas morte !

— Joue le jeu, tranchai-je. Juste le temps d'entrer. À l'intérieur, nous passerons inaperçus.

Je pris mon sac en bandoulière.

Iggy retira son manteau, l'étendit par terre et s'en servit pour rouler mes affaires en ballot. Dans les arbres au fond, nous l'accrochâmes à une branche basse : nous le récupérerions plus tard.

Les invités affluaient toujours. Nous avions l'intention de faire comme si on nous avait déposés au bout de l'allée et que nous avions décidé de finir le trajet à pied.

Au moment où nous allions franchir la porte, un splendide carrosse noir, tiré par deux chevaux aux brides décorées de plumes rouges, se rangea. Le suivait une voiture ouverte à l'arrière de laquelle deux hommes, debout, tenaient un objet blanc volumineux, de forme carrée. Un géant vêtu d'une cape noire, d'une culotte de soie noire, d'un haut-de-forme et d'un masque émergea de la première et, en gesticulant, lança des ordres aux deux valets. Ils tentèrent de déposer leur charge sur le sol, mais elle était trop lourde. Il fallut quatre autres hommes pour la sortir et lui faire gravir les marches.

— Maintenant, dit Iggy en s'élançant.

À côté de moi, la femelle grand pingouin affichait un air maussade. Je lui demandai de se raidir pour me faciliter la tâche.

— Juste pendant quelques minutes, lui rappelai-je en la prenant sous mon bras.

Nous arrivâmes au pied de l'escalier. L'objet qu'on s'efforçait de faire entrer provoquait une telle agitation que personne ne nous remarqua. Iggy grimpa les marches d'un pas élastique. Je le suivis. Nous touchions au but quand une voix résonna.

— Où allez-vous comme ça, vous deux ?

Iggy se retourna.

— Ça va, Joe, répondit une autre voix. C'est le prince. Il séjourne ici en compagnie de ce garçon.

Je reconnus l'homme que nous avions vu dans la grange. Il s'occupait des voitures. Son compère, qui avait lui aussi revêtu une livrée et un chapeau de palefrenier, opina vigoureusement du bonnet.

Iggy les gratifia d'un salut princier et nous franchîmes la porte où, quelques jours plus tôt — et cent ans plus tard —, j'avais pour la première fois posé les yeux sur Igthy Ma-tuu Clava.

La maison caverneuse et parcourue de courants d'air de mon époque, avec ses fantômes et ses bruits mystérieux, débordait maintenant de lumière et de joie. Les invités acclamèrent le géant lorsqu'il entra avec son colis, emballé dans un drap de satin retenu par du ruban rouge, comme un cadeau de Noël. Par une deuxième porte, on le fit entrer dans le grand hall, où il fut posé le long du mur, sous l'escalier. L'homme au masque et à la cape s'avança et annonça qu'il s'apprêtait à dévoiler le présent qu'il destinait aux Drago de Skirl, et tout le monde se tut. Il coupa le ruban et ordonna aux hommes de découvrir l'objet.

— Et voici la représentation la plus exacte du paradis, une œuvre digne de la noble demeure des Drago, proclama-t-il en balayant la foule d'un mouvement circulaire de sa canne à pommeau d'argent, à l'instar du maître de piste d'un cirque.

On entendit un «oh» collectif, puis les invités poussèrent des hourras et applaudirent de nouveau. L'homme tapa sur le sol à plusieurs reprises, retira un de ses gants et posa un doigt sur la surface du tableau.

— Attention, mesdames et messieurs. Il y a encore un ou deux endroits mouillés. L'artiste — l'auteur anonyme, si vous préférez, ha ! ha ! — y a mis la touche finale aujourd'hui même. Si, si, je vous assure.

Il recula d'un pas.

— Les membres de l'estimable assemblée seront peut-être intéressés d'apprendre que cette illustration de la maison et de ses terres est peinte sur des panneaux d'une largeur exceptionnelle, tirés de six chênes du domaine abattus par la foudre il y a deux ans. Nous savons que ces arbres avaient plus de mille deux cents ans. Lorsque le gland à l'origine de cette forêt est tombé, le pays était aux prises avec les conflits, le chaos et l'ignorance de l'âge des ténèbres. Le bois est donc riche d'histoire : celle du grand domaine de Skirl et de l'ascension des Drago. Imaginez, mesdames et messieurs… Imaginez la somme de connaissances emmagasinée dans ces planches.

Il s'interrompit, observa longuement la toile, puis se retourna et salua la foule.

C'est donc ainsi que le tableau du Maître des chaises renversées était arrivé à Skirl. Mais qui était-il donc ? Était-ce cet homme immense ou un artiste anonyme ? Je sondai l'expression d'Iggy, qui ne laissa rien voir de ses pensées.

Nous étions tassés dans un coin et, pour observer la peinture, je dus profiter des brèches qui s'ouvraient dans la foule. Elle était très différente de celle que nous avions étudiée à la lueur de la lampe à huile. C'était un portrait de Skirl au faîte de la prospérité et du bonheur. Elle ne contenait ni détails sinistres ni traces de la malédiction des Drago. Les délicates chaises blanches étaient debout, et le domaine semblait fin prêt pour un après-midi d'oisiveté, peut-être un pique-nique : sandwichs et thé sous les ombres qui s'allongeaient. C'était l'été, et non l'hiver comme dans le tableau que nous connaissions, et on entendait presque le bruissement des feuilles et le chant des oiseaux. Pas de corbeaux, pas de visages horrifiés aux fenêtres et près des ponts. Pas non plus de chiens pourchassant des lièvres, pas de trous béants criblant le sol, pas de personnages tombant du haut des arbres. Pour un peu, j'aurais cru qu'il s'agissait d'une œuvre différente.

— Suivez-moi, commanda Iggy.

Je posai les yeux sur la femelle grand pingouin que je tenais dans mes bras. On aurait juré une relique poussiéreuse et mangée des mites, même si, lorsqu'un maladroit lui heurta le postérieur, je vis briller un éclair dans son regard.

— Qui a peint le tableau ? demandai-je. Qui est l'homme à la cape ? Est-il le Maître des chaises renversées ?

En guise de réponse, Iggy se contenta de sourire sans entrain, comme on le fait dans les soirées pour donner l'impression de bien s'amuser et passer inaperçu. Pourtant, on nous remarqua. Une femme qui portait un masque sous son diadème et sentait bon la poudre et le parfum se pencha vers moi. Elle m'interrogea sur la provenance de la jolie couleur dorée de mon visage. Je ressemblais à une statue de l'époque romaine, roucoula-t-elle. Et qui était le potentat oriental que j'accompagnais ? Chacun se posait des questions à son sujet. Il était si intrigant… Iggy eut un grand sourire forcé, agita les manches de sa tunique de soie fripée et me donna des ordres. On aurait dit que j'étais son esclave, ce qui, je l'avoue, m'irrita un peu.

Petit à petit, nous gagnâmes la salle à manger, où était servi un festin comme je n'en avais vu qu'en image. Il y avait des faisans et des dindes, des saumons et d'énormes rôtis de bœuf, des jambons dressés sur des piédestaux en argent, des fleurs et des fruits emprisonnés dans des gelées comme de l'ambre, des tourtes monumentales et d'innombrables assiettes décorées avec de la mayonnaise et des aspics. Aux quatre coins de la pièce, des valets se tenaient au garde-à-vous, des assiettes et des plateaux remplis de coupes de champagne à la main. À la lueur des chandelles, tout étincelait de mille feux.

À voix basse, Iggy déclara que rien ne nous permettait de prévoir quand nous aurions droit à un autre bon repas. Aussi remplit-il une assiette à ras bord. Ensuite, nous sortîmes par la porte du fond, sous le regard des invités et des domestiques. La plupart des membres du personnel étaient trop occupés pour nous accorder plus qu'une attention distraite. Grâce à notre connaissance de la maison, nous réussîmes sans mal à échapper au regard de ceux qui s'intéressaient à nous de trop près.

Plus nous progressions et plus nous étions frappés par les pièces claires et spacieuses. À l'évidence, on avait récemment investi beaucoup d'argent dans la maison. Au moins une demi-douzaine de domestiques devaient avoir pour tâche de remplacer les chandelles, de remplir les lampes à huile et de tisonner les feux. On ne sentait presque pas l'aspect maussade de l'ancienne demeure. Il était même difficile d'en repérer les traces, la majorité des murs de maçonnerie ayant été recouverts de peinture. Je me demandai si plus tard, à mon époque, la vieille maison n'avait pas poussé à l'intérieur de la nouvelle, à la manière d'une bosse sous la peau.

Nous montâmes au premier étage dans l'espoir de trouver le deuxième, au fond, où il y aurait forcément une pièce inoccupée. Après un virage, nous tombâmes sur deux domestiques qui transportaient un seau rempli de charbon.

Je me figeai, puis forçai Iggy à franchir la porte la plus proche. L'oiseau poussa un léger cri lorsque, par accident, je lui cognai la tête contre le chambranle. On ne l'entendit pas du couloir. Quelques secondes plus tard, les deux femmes passèrent en soufflant sans jeter un coup d'œil dans la pièce sombre.

— Quoi, frère Kim ? siffla Iggy. Que nous faire ici ?

Je le regardai dans les yeux, incapable de trouver les mots.

— Toi blême, frère Kim, ajouta-t-il. Toi avoir vu fantôme ?

Ses mains voltigèrent.

— C'était Bella Brown, expliquai-je. J'en suis sûr. Je connais sa démarche. J'ai vu son visage. C'était Bella Brown.

Chapitre 20

Le secours
d'une main invisible

Je m'écroulai par terre. C'en était trop pour moi. Comment Bella pouvait-elle être vivante cent ans avant son assassinat et donner l'impression d'avoir exactement le même âge?

— Qu'est-ce qui se passe, Iggy? Que fait-elle ici?

Il avait changé d'expression. Il ne put néanmoins résister à l'attrait de la blague facile:

— Toi *pas avoir* vu fantôme?

— Là n'est pas la question. Comment expliquer sa présence ici?

— Ça être captivé, admit Iggy. Nous percer mystère plus tard.

— On dit «captivant», pas captivé. Ça n'a pas de sens.

— Mais je être captivé, pas captivant.

— Là, je commence à m'énerver.

— Toi être énervant?

Je renonçai.

Même si je n'avais pas faim, Iggy insista pour que je mange un morceau. Qui sait quand nous aurions de nouveau l'occasion de casser la croûte?

— Voyage dans temps mauvais pour digestion, professa-t-il gravement.

Avant d'examiner le tableau, nous allions devoir nous tenir tranquilles jusqu'au départ des fêtards, ce qui nous amènerait aux premières heures du jour de Noël.

Iggy toucha l'épaule de la femelle grand pingouin, qui sortit de sa catalepsie de pièce de musée.

— Où nous trouver secrets de toi, cher oiseau? demanda-t-il doucement.

Elle cligna des yeux et avala.

— Dans la salle d'histoire naturelle, là où Clive conservait sa collection. J'y serai aussi.

Iggy secoua la tête. En conduisant notre compagne dans un lieu où elle serait face à face avec elle-même, nous enfreindrions une des règles des voyages dans le temps. C'était comme si je tombais sur le garçon de dix ans que j'avais été. Pour contourner cet écueil, la meilleure solution consistait à caser notre amie dans une pièce obscure et à la reprendre lorsque nous aurions recueilli les renseignements nécessaires.

— Faisais-tu partie de la collection de l'arrière-grand-père d'Iggy?

— Je ne vous l'avais pas mentionné? Oui, j'étais sa plus précieuse possession. Il a versé *cinq mille guinées* pour moi. Ce n'est que plus tard qu'on m'a installée dans la Longue Galerie, où tu m'as trouvée. Et c'est là que mon espèce a été profanée lorsque les affreux jeunes hommes m'ont utilisée comme cible de leurs fléchettes.

— Où est la salle d'histoire naturelle ?

Elle souleva ses ailes d'un air incertain.

— Près de l'autre pièce, à côté de l'escalier.

Je me souvenais d'avoir franchi une porte s'ouvrant sur les vieilles marches de bois qui conduisaient à la galerie, mais la salle était vide. Peut-être Clive Endymion y entreposait-il autrefois sa collection. Nous prîmes des chandelles accrochées aux murs et nous enfonçâmes dans la maison, plus tranquille désormais, même si nous aperçûmes un ou deux domestiques en train de ranger.

Après avoir laissé l'oiseau dans un placard, nous gravîmes l'escalier. La porte était déverrouillée et nous entrâmes en refermant derrière nous. Dans l'air frais, les flammes des chandelles vacillèrent. Aussitôt, nous aperçûmes l'oiseau sur son socle. Nous fîmes semblant de ne pas le reconnaître. La vie était trop courte et nous avions trop de pain sur la planche pour nous préoccuper du sort de deux grands pingouins morts qui, en réalité, étaient un seul et même oiseau disparu.

Sur les murs couraient des étagères auxquelles étaient fixés des insectes, des coléoptères et des papillons. Une vitrine contenait des squelettes de serpents et de lézards, des crânes de poissons et des fossiles. Chaque pièce était identifiée par un carton où figuraient des pattes de mouches de couleur brune. Au-dessus du bureau était

313

accrochée une petite carapace de tortue et, sur l'abattant du bureau, trônait un microscope en laiton à côté d'un croquis sur lequel on lisait : « *Copepoda cyclops* — infime bête à un œil. »

Émerveillé, Iggy contempla l'œuvre de son arrière-grand-père. Quel talent il fallait pour reproduire un objet qu'on ne pouvait voir qu'au microscope ! Il y avait aussi des calepins datés de 1842 à 1862. Chacun portait le nom de Clive. Je commençai à les parcourir. Il s'agissait dans la plupart des cas d'observations faites dans les environs de Skirl, agrémentées de petites illustrations dans les marges. Clive avait aussi consigné l'achat de deux fossiles à un négociant de Lyme Regis. L'inscription était à l'encre brune, et non bleue. Dans le cahier de 1853, je tombai sur un relevé de la transaction qui nous intéressait. L'oiseau avait jusque-là appartenu à un certain M. Turvey de Farringdon Road, à Londres. Clive l'avait payé cinq cents guinées — et non cinq mille !

Au profit d'Iggy, je lus le passage suivant à voix haute : « En juin de l'an de grâce 1844, Richard Liggett, une connaissance de M. John Turvey, naviguait au large de l'île de Saint Kilda. Sur un promontoire connu sous le nom de *Stac an Armin*, Liggett aperçut deux gros oiseaux noir et blanc. Il se rendit aussitôt compte qu'il avait affaire à des grands pingouins. Liggett et ses compagnons escaladèrent le rocher pour s'approcher des oiseaux. Ces derniers ne se montrèrent nullement enclins à défendre leur nid. Ils coururent plutôt au bord de la falaise, la tête haute et leurs petites ailes à moitié déployées. Sans pousser de cris de détresse, ils avançaient à la vitesse d'un homme qui marche. Liggett accula l'un d'eux dans un coin, où il s'en empara. Le second se mit à battre des ailes en ouvrant et en fermant le bec, sans toutefois produire le moindre son. Après avoir jeté un dernier coup d'œil à sa compagne, il se laissa tomber dans la mer. Le spécimen que j'ai acquis est sans doute l'un des derniers grands pingouins à avoir vécu. Depuis ce jour de 1844, on n'a en effet rapporté aucune autre observation de l'animal. Cependant, il est possible que, la même année, on ait capturé un deuxième oiseau de cette espèce à Saint Kilda — celui qui m'avait échappé. » Ensuite, Clive Endymion ajoutait : « J'honore le souvenir du grand pingouin et je pleure la disparition de l'espèce. Je donnerais n'importe quoi pour insuffler la vie à la triste relique que j'ai en ma possession. » Le dernier passage était souligné.

— Il ne croyait pas si bien dire, commentai-je.

Je fermai le petit livre.

— Nous avons ce qu'il nous faut. Pour retrouver son partenaire, elle doit retourner à Saint Kilda avant juin 1844. Ton arrière-grand-père était un homme bon.

Dans la lueur des chandelles, Iggy hocha la tête. Derrière ses yeux bruns mouchetés, une idée couvait.

— J'aimerais bien savoir pourquoi il a dû quitter Skirl, poursuivis-je. Il ne me donne pas l'impression d'être du genre à causer un scandale.

Iggy n'eut pas le temps de réagir. Je frissonnai et la flamme des deux chandelles vacilla. Ces signes m'étaient familiers. Malgré la lumière et la chaleur qui régnaient à Skirl en cette veille de Noël 1862, un être ou un objet de l'au-delà nous avait rejoints dans la pièce. Nous nous observâmes pendant plusieurs secondes, Iggy et moi. Puis s'éleva dans l'air une voix si grêle et si enrouée que je dus tendre l'oreille pour saisir ses paroles.

— Sois mon ami, coco. Tu as une bonne bouille, coco. Sois mon ami.

— Poisson d'Argent ? demandai-je, éberlué. Tu es là ?

— C'est ainsi qu'on m'appelle. Sois mon ami, coco.

J'étais sur le point d'ajouter quelque chose, mais Iggy porta un index à ses lèvres.

— Poisson d'Argent ne pas te connaître. Toi être dans avenir pour elle.

Je hochai la tête.

— Pourquoi es-tu là ? lançai-je dans le vide. Montre-toi.

— Je suis venue pour t'aider, coco.

Sur ces mots, deux montants sculptés dressés au milieu des casiers du bureau s'avancèrent vers nous, chacun dissimulant un compartiment secret. Iggy en vida le contenu. Il y avait un petit calepin noir, des lettres pliées très serré et des clés. Il ouvrit le cahier et m'invita à lire à voix haute.

— Moi écouter.

Soudain, les pages se mirent à remuer sous mes

doigts. Je lâchai le livre et le laissai se feuilleter tout seul jusqu'à ce qu'il s'arrête sur des passages où étaient griffonnés des caractères minuscules.

Je fouillai dans mon sac et en tirai une loupe qu'Iggy tint à moins de dix centimètres de la page pour me permettre de lire : « Depuis l'arrivée de cette femme à Skirl, la famille et la maisonnée s'enlisent dans le mécontentement. De multiples querelles ont éclaté, et il ne fait aucun doute que la responsabilité de l'aigreur et des troubles actuels incombe à la gouvernante des deux enfants de mon frère Titus, Mme A. H. Ni lui ni sa femme, Sarah, ne sont conscients de la malveillance de la femme qu'ils ont engagée, car elle a soin de cacher sa nature véritable en leur rendant, à eux et à mon père, d'innombrables services. Dès que nous avons le dos tourné, cependant, elle empoisonne nos relations, corrompt notre confiance mutuelle et détruit nos vieilles complicités. Elle nous veut du mal, mais les autres, comme aveuglés, laissent leurs soupçons et leur malice grandir un peu plus chaque jour. Aujourd'hui (le 15 novembre 1862), j'ai confié à un certain M. Poulter de l'Agence de détective Poulter de Bournemouth le mandat d'enquêter sur les origines de cette odieuse personne. Lorsque j'aurai en main les renseignements nécessaires, je les communiquerai à mon père, et nous serons enfin débarrassés d'elle. »

— C'est elle, Alba Hockmuth, m'écriai-je. Elle est ici aussi. A. H. : ses initiales. Je le savais. Quand j'ai vu les

317

photos floues dans l'album, je me suis dit que c'était elle, forcément. Chaque fois, elle bougeait pour être sûre qu'on ne la reconnaîtrait pas.

Iggy ne paraissait pas surpris.

— Toi continuer, frère Kim.

Il y avait quantité d'autres détails sur les moyens qu'elle avait pris pour monter les frères l'un contre l'autre. Les épouses de Titus et de Rufus ne s'adressaient plus la parole. Lorsque Clive avait abordé la question d'A. H., Titus l'avait menacé. Puis, dans une entrée datée du 22 décembre 1862, je lus : « Victoire ! Les renseignements fournis par Mme A. H. sont faux. Elle n'a fréquenté aucun des collèges mentionnés dans son curriculum vitæ, et ses prétendus anciens employeurs n'ont jamais entendu parler d'elle. Après les fêtes de Noël, je mettrai la famille au courant. Ce sont d'excellentes nouvelles et j'ai généreusement récompensé M. Poulter. » Suivaient un message chiffré, quelques lignes de lettres capitales et de chiffres. Iggy les recopia minutieusement, roula le bout de papier et le glissa dans une poche.

— Pourquoi te donner cette peine ?

— Poisson d'Argent ne pas montrer ça pour rien. Peut-être elle connaître document important.

Dans le vide, je chuchotai :

— Es-tu là, Poisson d'Argent ? As-tu autre chose pour nous ?

Nous attendîmes. Au bout d'un moment, Iggy gesticula en direction de la fenêtre, dont la vitre froide s'était

embuée au contact de notre haleine. On y avait écrit :
« Sois mon ami. »

J'eus alors une drôle de pensée.

— La première fois que je l'ai rencontrée, elle me
connaissait déjà ; la première fois qu'elle m'a rencontré,
je la connaissais déjà.

À l'intention de la pièce, je déclarai :

— Je serai ton ami. Je te le promets, Poisson d'Argent.
Tu veux bien m'aider encore ? Nous cherchons un autre
livre, beaucoup plus vieux. Il contient des diagrammes
et des messages codés. Il est vraiment très, très ancien.

Il n'y eut aucun mouvement. Nous comprîmes qu'elle
était sortie.

Puis, soudain, le livre flotta vers nous, comme si on
l'avait lancé avec force. Dieu seul sait où il était caché.
À présent, cependant, nous l'avions.

— C'est bien lui, confirmai-je en le feuilletant rapidement.

Iggy compara les cartes que l'ouvrage renfermait à
celles dont il avait hérité. Elles étaient identiques. Puis
il prit une plume et du papier sur le bureau, et commença
à reproduire avec précision les diagrammes et les grilles
codées. Je remarquai que certaines de celles-ci compor-
taient des symboles plutôt que des lettres.

— Pourquoi ne pas emporter le livre ? demandai-je.

— Nous devoir laisser lui pour père avant trois. Nous
avoir nécessaire.

Il termina son travail, referma le livre et se redressa.

À la petite horloge murale en laiton, il était minuit et demi.

— Je te souhaite joyeux Noël pour la deuxième journée de suite, dis-je.

La rumeur de la fête s'était atténuée. Les carrioles étaient parties à notre insu. Nous attendîmes encore une heure. Iggy en profita pour me raconter des histoires de son pays. Puis nous sortîmes de la pièce où se trouvait le grand pingouin et allâmes chercher la même femelle, plus vieille de cent ans, dans le placard où nous l'avions cachée. C'était, je l'admets, un peu troublant.

La maison était silencieuse. Toujours au premier étage, nous empruntâmes, pour nous rendre dans le hall, un trajet plus long qui conduisait à l'arrière de la maison. Nous finîmes par descendre au rez-de-chaussée par un vieil escalier en bois et aboutîmes dans une salle de billard plongée dans l'obscurité.

Là, nous entendîmes des voix en provenance du large couloir. Des lumières et des ombres dansaient sur les murs, remontaient jusqu'à une petite galerie longeant un mur de côté. Nous nous avançâmes à pas furtifs et jetâmes un coup d'œil par la porte. Six hommes en tenue de soirée, mais sans masque, étaient alignés. La mine réjouie, ils riaient et s'assénaient de grandes claques dans le dos. Ils tenaient une chandelle à la main, à l'exception de celui en qui je reconnus aussitôt Clive. Il consultait une tablette. Je réprimai un hoquet de surprise. Ils étaient sur le point de jouer à Glisse-la-Chandelle.

Iggy semblait abasourdi d'avoir son ancêtre sous les yeux et de le trouver de si belle humeur.

— Écoutez-moi bien, bande de chenapans ! s'écria Clive. Voici les règlements de Glisse-la-Chandelle. *Premièrement*, Glisse-la-Chandelle ne se joue que la veille de Noël. *Deuxièmement*, chaque participant verse dans la cagnotte la somme de deux guinées. *Troisièmement*, les paris sont permis (le minimum est d'une guinée, et le maximum, de dix). *Quatrièmement*, les participants ne peuvent ni souffler, ni battre des mains, ni faire de mouvements brusques, ni prendre d'autres moyens pour éteindre la flamme de leurs adversaires. *Cinquièmement*, il est interdit de lubrifier le dessous de l'assiette à l'huile de lin. *Sixièmement*, le participant dont la chandelle est éteinte doit se désister et retirer son assiette. Et, *septièmement*, aucune contestation ne sera tolérée.

Les hommes commencèrent à lancer leurs assiettes sur le parquet ciré. On riait et on plaisantait ferme, même si les remarques que s'échangeaient les trois frères, Titus, Rufus et Clive, traduisaient une certaine tension. À la fin, eux seuls restèrent dans la course, même si nous ne voyions pas qui était en avance.

C'est alors qu'un léger mouvement attira notre attention du côté de la galerie. La lumière était mauvaise, mais, pendant un bref instant, nous aperçûmes une femme s'avancer dans l'ombre. Elle observait, fascinée, la partie qui se jouait en contrebas. Un sourire retroussait ses lèvres et nous lûmes dans ses yeux un amusement hautain. Je me figeai. Je reconnus ce visage en un éclair. Alba Hockmuth épiait en secret les victimes de la malédiction, préparait leur disparition et leur enfermement dans la vie après la mort. Puis, lorsque la lueur des chandelles glissa le long du mur, nous distinguâmes à côté d'elle une silhouette à peine humaine qui, fugitivement, adopta une forme floue pour se dissoudre aussitôt dans les ombres.

— Alba, chuchotai-je.

— Et Lyncheur, ajouta Iggy.

Il me tira par la manche et nous battîmes en retraite, nos pas étouffés par le tapis moelleux de la salle de billard. Pendant ce temps, la femelle grand pingouin était demeurée rigide. Lorsque nous fûmes près de l'escalier du fond, et donc hors de portée, elle demanda :

— Qu'est-ce qui se passe, au juste ?

— Nous avons vu Alba Hockmuth, répondis-je. Et nous avons appris à quel moment tu avais… euh… perdu la vie. Tu as été capturée dans le courant de l'été 1844, près d'une île appelée Saint Kilda. Ton partenaire a sans doute été capturé au cours de l'hiver.

Elle hocha tristement la tête.

— Nous pensions que tu serais heureuse de l'apprendre.

— Je le suis, je le suis. Je me disais juste que…

Iggy interrompit notre dialogue.

— Toi venir, frère Kim. Nous aller voir tableau pendant qu'elle regarder jeu.

Je fus stupéfié par sa connaissance de la maison. Par le dédale des couloirs et des impasses, il nous ramena dans le grand hall, où seules deux sources lumineuses brûlaient encore. Dans l'air, des relents d'alcool et des parfums de femmes se mêlaient à l'odeur des cigares et des lampes à huile. Autour de nous, les horloges sonnèrent deux heures à l'unisson.

Devant le tableau, nous nous interrogeâmes sur l'apparence inoffensive de la scène. Aucun indice ne s'offrait à nous. Iggy s'agenouilla et je lui tendis la loupe.

— Est-il signé ? demandai-je.

Il secoua la tête et s'intéressa au côté droit.

— Oui et non, précisa-t-il enfin. Être quelque chose ici.

— Quoi ?

— Plus tard, frère Kim. Je te raconter plus tard.

— C'est la deuxième fois que tu me sers cette réponse. Que veux-tu dire ?

Il grogna d'un air concentré.

— Il n'y a rien à voir, lançai-je, impuissant. C'est juste un portrait de la maison.

— Non. Bois être magique. Lui avoir grands pouvoirs. Iggy pas avoir pensé à ça.

— Tu veux parler du cadre en chêne ?

Il opina du bonnet, puis resta à quatre pattes pendant un long moment avant de pousser une exclamation dans sa langue.

— Quoi ?

Iggy désigna les chaises, mais je ne voyais rien.

— Toi regarder, frère Kim. Regarder bien !

Rien, pourtant, ne sortait de l'ordinaire.

Iggy se redressa vivement et alla prendre une des lampes le long du mur. La lumière à quelques centimètres du tableau et la loupe sous le nez, je distinguai de minuscules inscriptions à l'avant et à l'arrière des chaises. Elles étaient non pas peintes, mais plutôt gravées sur la peinture fraîche. Je regardai de plus près.

— Ça ressemble à des lettres, mais c'est si petit... attends... attends... Je crois que ce sont des prénoms.

— Oui. Frère Kim être là et Igthy Ma-tuu Clava et mon père avant trois.

— Je comprends pourquoi ils nous avaient échappé jusque-là, murmurai-je. Ils sont tous là : Titus, Rufus, Clive, Andrew, Charles, Richard, Francis et compagnie. Et voici nos noms sur les deux chaises qui seront encore debout dans cent ans. Pas étonnant que nous n'ayons rien vu.

Iggy effleura la surface de la peinture et examina son doigt. Puis il saisit la poignée de la loupe et s'en servit pour gratter les inscriptions. Tour à tour, nous nous assurâmes qu'elles avaient bien disparu. Par mesure de précaution, Iggy les frotta encore un peu.

— Et les autres ? lançai-je. Nous ne pouvons pas laisser leurs noms en place. Ils mourront !

Iggy secoua la tête.

— Pour nous, eux être déjà morts. Nous avoir passé marché avec Vieux Doigts d'Encre.

— Et alors ? Ils ne sont pas condamnés à mourir.

— Si.

— Nous ne pouvons pas changer ce qui est déjà arrivé ?

Il confirma tristement d'un geste.

— Et elle ? répliquai-je en désignant la femelle grand pingouin. Elle est déjà morte.

— Je ne suis pas morte !

— Comment expliques-tu le compte rendu de ta capture sur le rocher et l'achat d'un oiseau empaillé par Clive ?

Pour une fois, j'avais cloué le bec à notre compagne.

— Allez, Iggy. Tentons notre chance. Personne ne saura rien et nous épargnerons des vies. Sans parler d'une grande souffrance…

Il secoua fermement la tête et se releva.

— Je être enquêteur temporel. Je savoir choses. Nous pas pouvoir changer passé. Si eux vivent, nous risquer ne pas naître.

Je me dressai devant lui.

— Tu veux dire que nous risquerions de chambarder l'histoire familiale ?

— Et peut-être père de frère Kim jamais rencontrer mère de frère Kim, confirma-t-il en posant une main sur mon épaule. Et peut-être Clava jamais venir à Ro-Torva et jamais croiser mère avant trois d'Igthy. Iggy Ma-tuu être toujours grain de poussière, rien de plus, et jamais voir jour.

— Un grain de poussière ?

— Comme nous tous, frère Kim.

Je ne relevai pas l'affirmation.

— Es-tu sûr que nous ne pouvons rien pour eux ?

Il hocha la tête. À cet instant, la lampe à huile qu'il tenait à la main et celle qui était restée au mur vacillèrent et s'éteignirent à quelques secondes d'intervalle.

— Zut ! m'écriai-je. On a dû les remplir au même moment.

Pendant quelques secondes, nous restâmes dans une obscurité quasi totale. Puis nous décidâmes que nous ne tirerions plus rien du tableau et qu'il était temps de regagner la porte de devant.

Nous avions fait quelques pas lorsqu'un bruit résonna derrière nous. Je me retournai brusquement, et deux ombres diaphanes se détachèrent de l'escalier et foncèrent vers nous à la vitesse de l'éclair. La première était palpable, car je sentis un souffle d'air lorsqu'elle tenta de nous atteindre d'un coup de bâton. Instinctivement, je me penchai et vis la forme se profiler dans la faible lueur provenant de l'un des paliers. Mince et les cheveux remontés en chignon, elle tendait les bras.

— De quel droit osez-vous ? Qui êtes-vous ? Que venez-vous manigancer ici ?

J'aurais reconnu n'importe où la virulente colère d'Alba Hockmuth.

Elle s'arrêta pour mieux scruter les ténèbres. Une lueur pâle auréolait sa tête. Elle tenait à la main non pas un bâton, mais plutôt une délicate rapière qui, soudain, donna l'impression de humer l'air, à la recherche de sa proie. Aussitôt, elle s'abattit sur nous. Je sentis l'oiseau plonger à gauche et je me jetai du côté droit. Puis un gémissement retentit. C'était Iggy. Il n'était pas blessé. Il entraînait Alba loin de nous. Elle effectua trois pas sur ma droite et j'entendis la lame faucher l'air et heurter un objet en bois. Une voix retentit et une lampe s'alluma en haut de l'escalier. Dans la faible lumière, j'aperçus la silhouette accroupie d'Iggy. Sans crier gare, il frappa Alba au ventre. L'épée le rata de peu et je l'entendis fendre le capitonnage d'une chaise voisine. La lame s'y coinça. Alba chancela, se redressa et, dégageant son arme, fondit sur Iggy en fouettant l'air. Il esquiva la pluie de coups, mais perdit l'équilibre et dut rouler sur le sol pour éviter l'attaque suivante. Pris de panique, l'oiseau détala. Pendant une ou deux secondes, je restai paralysé. Nous avions sauvé nos vies dans l'avenir, mais nous risquions d'être tués dans le passé. Et où était donc l'autre silhouette? Deux assaillants avaient jailli de l'ombre.

Pour la cinquième ou la sixième fois, la lame se dressa comme un dard de scorpion au-dessus de la tête d'Iggy, puis retomba et s'agita par-dessus l'épaule de mon ami au moment où il culbutait de nouveau. Il était acculé au mur. Si je ne le voyais pas, je l'entendais se trémousser sur le parquet ciré et tenter de se relever. Il battait fiévreusement des jambes. La lame luisit une fois de plus, goûtant d'avance le sang dont elle se délecterait. Sans réfléchir, j'arrachai le rideau de velours que je portais comme déguisement, fonçai vers Alba et le lui lançai sur la tête. En même temps, je lui assenai le coup de pied le plus violent dont je fus capable et martelai son dos de mes deux poings. Elle me frappa à son tour, et je titubai sous la force de l'impact. Je ne criai pas, car je sentais qu'elle était toujours incapable de nous voir. Quelque chose me disait qu'elle ignorait notre identité et qu'il fallait qu'il en soit ainsi.

Je reprenais encore mes esprits lorsque d'autres lumières s'allumèrent sur le palier. Un homme appela. Je distinguais un peu mieux Alba qui, elle, ne me voyait pas, à cause du rideau emmêlé autour de son cou. En me tournant vers Iggy, je fus horrifié de constater qu'il gisait par terre. Une force invisible lui avait passé une corde au cou et l'entraînait vers les ombres. À chacune des secousses, Iggy râlait. Il avait les jambes et les bras ligotés. Lorsque le Lyncheur entreprit de garrotter mon ami sous mes yeux, une affreuse grimace lui déforma le visage.

Je saisis la harpe et pinçai les cordes comme si ma vie en dépendait, mais en vain. Ma bouche, au lieu de jouer des notes capables de terrasser le fantôme, ne produisit que de faibles sons mats.

Les secours, cependant, s'organisaient. L'oiseau, qui s'était tapi dans l'ombre, s'élança en poussant des cris de mort et se mit à becqueter le Lyncheur. Durement, en l'occurrence, car les liens qui retenaient Iggy se distendirent et il réussit à se libérer. Toussant, une main sur le cou, il m'entraîna vers la sortie. La femelle grand pingouin nous emboîta le pas. À notre arrivée devant la

porte, elle revendiquait déjà une victoire historique sur
le Lyncheur, qu'elle appelait le «bourreau de l'au-delà».

Nous entendîmes alors Alba changer de ton à la hâte
pour répondre aux questions angoissées venues de l'escalier. Pour laisser croire que c'était elle qu'on avait agres-
sée, elle hurlait, hystérique.

Iggy tira les verrous et tourna la clé. Bientôt, baignés
par un air frais délicieux, nous courûmes vers le bosquet
sombre où attendait le ballot. J'avais le cœur battant et
la tête vide. L'urgence de fuir me mobilisait tout entier.
Nous récupérâmes avec joie nos vêtements, car le froid
était mordant. Iggy me toucha l'épaule.

— Ça va? demandai-je.

— Oui. Toi venir, frère Kim. Nous partir. Vieux Doigts
d'Encre attendre nous avec commissions.

Les oreillettes de son bonnet étaient retroussées. Je me
souvins du moment où je l'avais vu pour la première fois,
quelques jours plus tôt à peine, c'est-à-dire cent ans dans
le futur. Je le vis tel qu'il m'était apparu alors : extravagant, rigolo et mystérieux. En le regardant, je sentis un
sourire s'épanouir sur mon visage. Avec un ami aussi
extraordinaire, tout était possible. Il me fixa d'un air
amusé, mais ne dit rien. Puis, sans se presser, il noua les
cordons de son couvre-chef et plissa le nez en direction
de l'oiseau, toujours occupé à célébrer son héroïsme.

Nous levâmes les yeux sur Skirl. Des lumières s'allumaient peu à peu, et les cheminées crachaient de la fumée
dans l'air immobile. On aurait juré un vaste paquebot

amarré à un quai. Je songeai que Skirl, au moment où le Maître des chaises renversées y avait installé le mal, semblait magnifique et invincible.

Nous nous retournâmes sans un mot. Je pris l'oiseau dans mes bras et, sous le ciel nocturne, où jamais les étoiles ne nous avaient paru si nombreuses, nous nous engageâmes dans les champs gelés. Libres et vivants, nous étions sûrs d'avoir déjoué le Maître des chaises renversées et que nous vivrions assez longtemps pour raconter cette histoire à nos enfants.

Chapitre 21

Retour au pont de la Tarle

Pour nous, cette nuit de 1862 n'était pas encore terminée. Péniblement, nous gravîmes la colline et trouvâmes dans les bois le sentier qui nous ramènerait au pont. J'avais de nombreuses questions pressantes à poser à Iggy et, pour une fois, il semblait disposé à y répondre.

— Crois-tu qu'elle a compris qui nous étions ?

— Non, frère Kim.

— Pourquoi pas ?

— Parce qu'elle jamais rencontrer nous.

— Oui, mais elle a sûrement deviné. Après tout, elle sait qui nous sommes.

— Non. Elle être Alba en 1862. Elle pas savoir qui nous être. Si elle voir nous aujourd'hui, elle comprendre et retrouver nous dans futur et elle pas empêcher nous rejoindre pont parce qu'elle pas au courant nous traverser avec aide Vieux Doigts d'Encre. Toi comprendre ? Elle pas reconnaître nous.

— Je comprends, dis-je en mesurant la complexité

des voyages dans le temps. Elle ignore aujourd'hui une chose qu'elle apprendra plus tard, même si elle a la faculté de passer d'une époque à une autre. En un sens, elle est comme toi et moi.

— Ou moi, ajouta l'oiseau.

— Exactement, frère Kim, toi être très futé.

— Il faut avouer qu'elle a l'art de se lier avec des fantômes et de s'en servir pour arriver à ses fins.

Il posa la main sur mon épaule et se pencha.

— Elle avoir grands pouvoirs magiques et eux être encore plus grands dans avenir.

— Et le tableau ? C'est de lui qu'elle se sert ?

— Oui. Elle utiliser bois magique pour obtenir choses.

— Comment ?

— Mystère et gomme de poule, comme honorable oiseau, comme maison. Messages codés aussi.

J'étais sur le point d'évoquer un autre phénomène tout aussi mystérieux : que faisait Bella Brown à la maison cent ans avant sa mort, telle qu'elle était en 1962 ? Mais bientôt nous entendîmes un chien japper. Peu de temps après résonnèrent les aboiements excités d'une meute. Nous nous arrêtâmes pour écouter la nuit. Aucun doute possible : les chiens se frayaient un chemin au milieu de la forêt dense qui recouvrait le flanc de la colline. Selon mon estimation, nous étions encore à une dizaine de minutes du pont. Une seule solution s'offrait à nous : courir. Seulement, c'était plus facile à dire qu'à faire. Sans cesse, nous quittions le sentier, heurtions des troncs et des branches basses. À quelques occasions, je trébuchai et laissai tomber l'oiseau dans les broussailles gelées, et Iggy nous aida à nous relever. Nous essayâmes de transporter la femelle grand pingouin entre nous. Tâche ardue : à cause des limiers, elle battait des ailes et criait, en proie à la panique. Sur le chemin tortueux, nos poursuivants étaient désormais juste au-dessus de nous. D'autres sons résonnaient : des sabots et le fracas d'une carriole emportée à tombeau ouvert. Nous vîmes une lumière environ deux cents mètres plus haut.

Pas moyen de réagir autrement. Nous quittâmes le sentier et dévalâmes un talus à pic. Nous perdîmes pied et finîmes par glisser sur le dos. L'oiseau, se dégageant de mon emprise, descendit à plat ventre. En bas, où aurait dû couler la rivière, il n'y avait qu'un marécage peuplé de touffes d'herbes sèches.

Sans doute nous étions-nous trompés de sentier en entrant dans les bois. Pantelant, plié à la taille, j'annonçai la nouvelle à Iggy : nous arriverions du mauvais côté du pont. Il me serra l'épaule. Sa façon à lui d'indiquer, je suppose, que nous n'y pouvions rien. Puisque les bêtes se rapprochaient, nous repartîmes de plus belle en slalomant au milieu des buissons morts. La boue gelée craquait sous nos pas. Par endroits, la croûte de neige cédait, et nos pieds s'enlisaient dans le limon froid. Plus vite nous progressions, cependant, et moins nous avions tendance à nous enfoncer. La femelle grand pingouin, beaucoup plus légère que nous, prit une longueur d'avance. Elle eut même le temps de se retourner pour nous reprocher notre lenteur, surtout que nous avions la meute à nos trousses.

Nous nous enfonçâmes alors dans une plantation de saules en baissant la tête pour éviter les branches glacées qui nous cinglaient le visage. Je me rendis compte que le sentier où nous courions servait toujours, un siècle plus tard. Tom Jebard me l'avait un jour montré en m'expliquant comment on dépouillait les branches de saule de leur écorce avant de les faire sécher pour les transformer en baguettes. Non loin de là, une route surélevée conduisait au pont, l'une de ces voies bien droites que les anciens avaient aménagées pour faciliter le déplacement de leur bétail. Elle existait, avait affirmé Tom, depuis des millénaires. J'obliquai vers la gauche, ordonnant à Iggy et à l'oiseau de me suivre. Peu de temps après, nous franchîmes un massif de roseaux morts et gravîmes un talus.

La plupart des chiens avaient perdu notre trace. Certains, cependant, nous suivaient toujours. Quelques secondes plus tard, nous les entendîmes grimper à leur tour sur le remblai. Aussitôt, Iggy ralentit le pas.

— Si nous marcher, eux marcher aussi, précisa-t-il.

L'oiseau, toutefois, ne se laissa pas arrêter pour si peu, et Iggy dut tendre la main pour l'intercepter.

Cinq limiers se profilaient derrière nous. Ils s'avancèrent en trottinant, pantelants, reniflèrent la femelle grand pingouin, qui couina pour manifester son inquiétude, et s'approchèrent dangereusement de moi. Nous fîmes comme si de rien n'était et, d'un pas délibéré, poursuivîmes notre route en direction du pont. Mais, soudain, le reste de la meute sortit du marécage devant nous, et les bêtes se mirent à aboyer. On les aurait dites assoiffées de sang. J'étais sûr qu'il suffirait d'un coup de crocs de la part de l'une d'entre elles pour que les autres passent à l'attaque.

Iggy, cependant, semblait les retenir. Je me souvins du jour où Jebard et moi l'avions accueilli à la porte de Skirl : Trompette, Schnaps et Noiraud lui avaient témoigné une attention respectueuse. Les chiens gardaient les yeux rivés sur lui. Avec sa langue, il produisit une sorte de cliquetis haut perché, ti-tchique, ti-tchique, tchiqui, tchiqui, ti-tchique, et les bêtes, le pelage fumant, nous laissèrent passer. Elles sentaient très mauvais, et des torrents de bave s'échappaient de leurs gueules.

Le pont se rapprochait peu à peu et je commençais à croire que nous y arriverions sans encombre lorsque retentit la sonnerie d'un cor. Après avoir franchi les bois, la carriole s'était engagée dans le sentier et fonçait vers nous. Iggy nous ordonna, à l'oiseau et à moi, de nous accroupir au milieu des chiens, où nous passerions inaperçus. L'apparition de la carriole aggrava encore la confusion des bêtes. Elles tournaient en rond en levant leur truffe sur nous d'un air inquisiteur. Malgré les appels répétés du cor de chasse, elles n'osaient rien contre nous.

— Ti-tchique, ti-tchique, répétait Iggy.

La carriole percuta la meute. En me retournant, j'aperçus une petite voiture noire, semblable aux fiacres lon-
doniens que j'avais vus en image. Perchée à l'avant, Alba
faisait claquer son fouet sur le dos de deux chevaux en
ordonnant aux chiens de s'écarter de son chemin. Ses
cris surnaturels et stridents se répercutèrent dans la forêt.
Bientôt, les chiens, heurtés par la voiture ou piétinés par
les sabots, unirent leurs voix à celle de la femme. Les
chevaux, qui en avaient assez, ruèrent dans les brancards,
et la voiture se mit à osciller. Alba tenta de les maîtriser
à coups de cravache. L'initiative décupla leur panique.
Puis je l'entendis hurler :

— Attrape-les ! Ligote-les ! Pends-les !

Une haute silhouette sortit de la voiture et se fraya un
passage au milieu de la meute. Je n'y voyais pas grand-
chose, mais je compris que c'était le Lyncheur, fermement décidé à nous envoyer dans l'autre monde avec ses
cordes. Les chiens, guère plus rassurés que nous par
la vue de cette créature spectrale, s'enfuirent en nous
entraînant dans leur mouvement.

Nous entendîmes alors la rumeur de la rivière, dont
les eaux noires se fracassaient sur les brisants. Le salut
n'était plus qu'à quelques mètres. Iggy bondit, fit quelques pas en direction du Lyncheur et lança un objet au
milieu de la mêlée de chiens et de chevaux. Il y eut un
éclair suivi d'un bruit d'explosion, et un nuage de fumée
nous enveloppa. Au centre de la confusion ainsi créée,
un rire hystérique retentit, puis ce fut le chaos. Les chiens

poussèrent d'horribles hurlements, les chevaux hennirent et renâclèrent. Au moins l'un d'eux avait dû échapper aux harnais, car j'entendais la carriole s'éloigner du remblai. Alba cria.

Iggy sortit du brouillard.

— Toi venir, frère Kim, et emmener honorable oiseau.

— Que leur as-tu lancé ?

— Modeste pétard chinois. Grande dame dans brume et Lyncheur, pfft, disparu.

Il claqua des doigts à deux reprises et ricana.

À tâtons, nous nous faufilâmes au milieu de la meute, puis nous grimpâmes sur la première dalle. Sans réfléchir, nous courûmes aussi vite que possible sur les grandes pierres glissantes en direction de l'autre rive, où nous allumerions un feu pour convoquer le Vieil Homme de la Tarle.

En l'occurrence, ce fut inutile. À mi-chemin, à l'endroit où la rivière étouffait la clameur que nous avions laissée derrière nous, nous le trouvâmes en train de contempler les eaux, qu'illuminait une lumière gris argenté. Nous nous arrêtâmes en dérapant un peu, et il se tourna vers nous.

— Sacré personnage ! J'aime ton style, Jeannot Lapin, s'exclama-t-il en esquissant un sourire hideux. Quel panache ! Et tu as plus d'un tour dans ton sac ! Ça oui ! En plein le genre d'homme qu'il me faut. Ça oui !

Il battit des mains.

— Ah ! La voir tomber du haut de sa splendeur,

culbuter dans la fange parée de ses plus beaux habits…
Quel régal ! Un véritable délice… Si, si, je vous assure.

Il marqua une pause et nous examina.

— Il reste, bien entendu, une petite formalité à remplir : les commissions dont vous avez obligeamment accepté de vous charger pour moi. Êtes-vous prêts à effectuer de menus travaux pour mon compte ?

— Pas si vite, Vieux Doigts d'Encre, répondit Iggy sur un ton pondéré.

Il croisa les bras sur sa poitrine et sourit plaisamment dans le halo argenté qui illuminait le centre du pont. Il avait un ton ferme que je ne lui connaissais pas.

— Tu as quelque chose à ajouter ? Je t'écoute.

— Doigts d'Encre être Maître chaises renversées.

Je fus sidéré et aussi très inquiet à l'idée de la réaction du Vieil Homme.

— Que me chantes-tu là, Jeannot Lapin ?

— Doigts d'Encre peindre tableau avec chaises pour grand amour de lui, Lady Alba !

— Foutaises ! s'exclama le Vieil Homme. J'ai bien envie de te poursuivre en diffamation, espèce de médisant !

— C'est impossible, lançai-je. Il a affirmé ne pas être l'auteur de la peinture et il déteste Alba.

Iggy ne quittait pas le Vieil Homme des yeux.

— Non. Lui dire à frère Kim que question être n'importe quoi. Lui ordonner frère Kim trouver meilleure question. Lui pas nier avoir peint tableau.

À la réflexion, je me rendis compte qu'il avait parfaitement raison. Le Vieil Homme avait simplement changé de sujet.

— Doigts d'Encre aimer Lady Alba, poursuivit Iggy. Et lui peindre tableau et écrire chansons pour elle. D'où doigts tachés : lui toujours peindre et écrire par amour.

Iggy fit la moue, posa les mains sur ses hanches et se mit à onduler telle une femme aux formes généreuses. Sans un mot, le vieillard le foudroyait du regard.

Par « chanson », Iggy voulait parler du poème dissimulé dans le portrait d'Ahrinnia Hecht. Les derniers vers me revinrent en mémoire et je les récitai :

— « Libérez sa beauté du cachot de la mort / Que sa peau blanche vive à jamais comme l'or / Arrachez son éclat à la terre traîtresse / Faites de cette femme du temps la maîtresse / À ce tableau secret je confie en vainqueur / Rien de moins, ma mie, que mon cœur de voyageur. » C'est la vérité, n'est-ce pas ? Le voyageur, c'est vous ! Vous vouliez qu'elle soit votre petite amie !

— Ça suffit ! tonna le Vieil Homme de la Tarle. Ça suffit, je vous dis !

Iggy haussa les épaules.

— Être vrai, Doigts d'Encre. Toi aimer elle. Toi peindre tableau et écrire chansons pour elle. Et petit homme boucle d'oreille dorée être toi. Prisonnier d'elle, esclave d'elle.

Je regardai le Vieil Homme. J'étais si en colère que j'oubliai qu'il avait le pouvoir de nous transporter au temps de la peste.

— Quand je pense à tous ceux qui sont morts par votre faute ! L'arrière-grand-père d'Iggy et les autres ont disparu parce que vous êtes le Maître des chaises renversées et que vous avez lancé une malédiction sur eux. Et sur nous !

Le Vieil Homme secoua la tête et fit quelques pas, donnant l'impression qu'il se volatiliserait encore une fois.

— Vous êtes un lâche ! criai-je dans son dos. Vous escomptiez notre mort, ce soir même, et vous n'avez pas eu le courage de nous l'annoncer ! Nous avons gommé nos noms et nous vivrons. Quant aux autres, ils ont tous péri à cause de vous. Vous êtes aussi mauvais et cruel qu'elle.

Il se tourna lentement vers moi et me gratifia de l'un de ses regards les plus méprisants.

— Crois-moi, jeune homme. La méchanceté de cette femme dépasse l'entendement. Soit dit en passant, c'est elle qui a ajouté les noms.

— Oui, mais vous avez peint le tableau, même si vous saviez qu'elle n'était pas digne de foi.

— Et toi apporter tableau réveillon, ajouta Iggy.

— Il y a longtemps, à l'époque où j'avais encore confiance en elle.

— Ce soir, précisai-je.

— Pour vous, oui. Cependant, l'avenir tel que vous le concevez est peut-être pour moi le passé. Vous ne pouvez pas comprendre.

Il se racla la gorge et se tapota la poitrine.

— Les pouvoirs magiques des panneaux de chêne et la malfaisance de cette femme ont fait le reste. Je n'avais aucune intention de tuer des inconnus. Jamais je ne me serais abaissé à un projet si barbare et si vil. N'oubliez pas non plus qui vous a permis de remonter le temps et de modifier le tableau. Si j'avais voulu votre mort, je l'aurais laissée vous capturer en 1962.

— Et l'inscription ? demandai-je.

— Je la lui ai peut-être soufflée à l'oreille en des temps plus doux. Toutefois, il n'y a pas de commune mesure entre une inscription, une légende ou une devise et une malédiction. Par ailleurs, rien ne m'oblige à me justifier auprès de vous deux.

— Vous trois ! s'exclama la femelle grand pingouin.

Le Vieil Homme demeura silencieux un instant, puis il éructa d'affreuse façon et se moucha dans un mouchoir sale. Il tourna vers l'aval ses yeux sulfureux et, d'une voix à la fois lointaine et déchirante, entama son récit :

— Vous avez raison. J'aimais Ahrinnia Hecht. Autrefois ! Il y a des siècles de cela, une jeune femme frêle et brillante est entrée dans ma vie. Je l'appelais « ma rose de Bohême »... Imaginez ! Je l'ai rencontrée ici même. À cet endroit !

Il martela la pierre du bout de son bâton.

— Jamais autant d'intelligence, de beauté et de grâce n'avaient été réunies dans une enveloppe charnelle. J'avais enfin trouvé une compagne pour me suivre dans mes errances, une égale avec qui partager les secrets de ce lieu, une âme sœur qui apaiserait mon esprit vagabond et profiterait avec moi des douceurs de l'éternité. Et je résolus de me lier à elle inconditionnellement, de façonner un amour qui durerait toujours, un amour que n'altéreraient ni le temps ni la terne monotonie de la vie humaine. Et ensuite… c'est une autre histoire.

— Ensuite, elle vous a quitté, supputa l'oiseau sans crier gare.

Le Vieil Homme gémit.

— Quoi ? En suis-je donc réduit à être analysé par un oiseau appartenant à une espèce disparue ?

La femelle grand pingouin battit des paupières d'un air contrit et souleva ses ailes avant de les laisser retomber lentement.

— Honorable oiseau avoir raison, trancha Iggy. Lady Alba prendre secrets et se moquer de Vieux Doigts d'Encre. Et Vieux Doigts d'Encre envoyer espions.

Le Vieil Homme regardait autour de lui d'un air impatient.

Iggy me fixa.

— Bella Brown être espionne.

Mon cerveau épuisé eut besoin de quelques secondes pour assimiler l'information, mais toutes les pièces du casse-tête se mirent alors en place. Le Vieil Homme avait utilisé Bella comme agente d'infiltration à l'époque où il avait livré le tableau, puis au moment du Renouveau, c'est-à-dire lorsque, à l'intérieur des Frontières de la Tarle, l'énergie était à son comble.

— Vous saviez qu'Alba la reconnaîtrait malgré les cent années qui s'étaient écoulées, conclus-je. Bella est morte à cause de vous !

— Alba n'est pas du genre à remarquer les domestiques, grogna le Vieil Homme. À ses yeux, ils se ressemblent tous. Et l'état actuel de Bella Brown n'a rien de permanent. J'ajoute que j'ai tenté d'entrer en communication avec elle. Seulement, elle a raté notre rendez-vous.

C'était donc le Vieil Homme lui-même qu'on avait surpris en train de surveiller la maison. Cependant, cette révélation m'intéressa moins que celle selon laquelle l'état de Bella n'était pas permanent. Si les lois régissant la vie et la mort pouvaient être contournées dans certains cas, pourquoi pas dans celui de Poisson d'Argent ? Je gardai cette réflexion pour moi. Iggy, en effet, ne révélait rien au Vieil Homme. Ni à moi non plus, à bien y penser. Je m'étonnai du secret dont il s'entourait à propos du Maître des chaises renversées.

— Revenons à nos moutons ! s'écria le Vieil Homme de la Tarle.

Ses yeux se révulsèrent. J'y lus la malice et un mépris généralisé pour l'espèce humaine. Puis il s'éclaircit la gorge avec un bruit dégoûtant.

— Je ne peux pas passer la nuit ici. Le climat ne réussit pas à mes poumons. Je souffre de la bronchite du Voyageur du temps, vous savez.

— Qu'est-ce que c'est ? demandai-je.

— Une affection rare, une maladie professionnelle comme l'inflammation du genou chez les domestiques.

Il toussa, cracha dans l'eau et battit la semelle.

— Traînez sur un pont humide pendant des siècles et vous m'en donnerez des nouvelles.

Il s'interrompit.

— Emmenez-vous le palmipède, oui ou non ? En ce qui me concerne, ça m'est égal.

— Tu dois partir retrouver ton partenaire, dis-je à notre amie. Tu sais maintenant à quelle période de l'année 1844 tu as été capturée et… euh… conservée. Il faut que tu le rejoignes et que, ensemble, vous puissiez déjouer les pièges qui ont conduit à l'extinction de votre espèce.

Les yeux de notre camarade vacillèrent.

— Je ne peux pas vous abandonner. Vous avez besoin de moi.

— Hum… commença Iggy.

— Je vous dois beaucoup et je resterai pour vous aider, insista-t-elle.

Il me suffit de jeter un coup d'œil à Iggy pour comprendre qu'il était d'avis que l'oiseau nous encombrerait, peu importe où nous irions.

— Très aimable de ta part, déclarai-je, mais tu n'as aucune obligation envers nous.

— Je le fais pour honorer la mémoire des miens.

— Bon, c'est décidé, dans ce cas, trancha hâtivement le Vieil Homme. Votre première tâche consiste à…

— Pas si vite, s'interposa Iggy. Nous devoir conclure accord sur commissions.

— Vous devez préciser ce que vous attendez de nous, ajoutai-je.

— Rien de plus facile, répliqua-t-il. Vous remonterez dans le temps pour découvrir l'origine des pouvoirs d'Alba. Vous déterminerez quand et comment elle les utilise, puis vous me soumettrez votre rapport avant l'affrontement final, au moment du Renouveau, alors que je lui disputerai sa suprématie.

— Pas piège, Doigts d'Encre.

Le Vieil Homme exprima son impatience en poussant un soupir aux proportions monumentales.

— Mon offre est à prendre ou à laisser, Jeannot Lapin.

Il montra le pont du bout de son bâton.

— Vous avez le choix. De ce côté-ci, vous pouvez vous frotter à la comtesse Ahrinnia Hecht et au Lyncheur, un type franchement peu recommandable.

Il se retourna et tendit l'autre bras.

— De ce côté-là, elle vous attend, à l'aube du Renouveau, avec une armée de goules qui vous taillera en pièces. Sinon, vous pouvez tenter votre chance avec moi. Vous avez le choix. Ou plutôt vous n'en avez pas.

— Comment peut-elle être aux deux endroits en même temps ? voulus-je savoir.

— Ce n'est pas le même temps, petit crétin, répondit-il. Justement.

Il souleva son bâton et cria :

— Bienvenue à bord, mes agneaux.

Alors il le plongea dans les eaux, qui s'écartèrent et remontèrent le long du bois. L'oiseau se serra contre moi, et je me cramponnai au bras d'Iggy. Tandis que nous frissonnions sur le pont, entre deux temps, dans l'attente du sort qu'on nous réservait, je me tournai et constatai une singulière concentration sur le visage d'Iggy.

— À quoi penses-tu ? lui demandai-je nerveusement.

— Plum-pudding, fut sa seule réponse.

Table des matières

Sources Mixtes

Groupe de produits issu de forêts bien
gérées et de bois ou fibres recyclés.
www.fsc.org Cert no. SGS-COC-2624
© 1996 Forest Stewardship Council

FSC

Achevé d'imprimer en février 2009
sur les presses de l'imprimerie Gauvin,
Gatineau, Québec